COMMENT ARRANGER SON HOMME

Catalogage avant publication de Bibliothèque et Archives nationales du Québec et Bibliothèque et Archives Canada

Bourgault, Catherine, 1981-
Comment arranger son homme
ISBN 978-2-89585-557-6
I. Titre.
PS8603.O946C65 2015   C843'.6   C2014-942743-3
PS9603.O946C65 2015

Image de la couverture : Annabelle Métayer

Les Éditeurs réunis bénéficient du soutien financier de la SODEC et du Programme de crédit d'impôt du gouvernement du Québec.

Nous remercions le Conseil des Arts du Canada de l'aide accordée à notre programme de publication.

Nous reconnaissons l'aide financière du gouvernement du Canada par l'entremise du Fonds du livre du Canada pour nos activités d'édition.

Édition :
LES ÉDITEURS RÉUNIS
www.lesediteursreunis.com

Distribution au Canada :
PROLOGUE
www.prologue.ca

Distribution en Europe :
DNM
www.librairieduquebec.fr

Suivez Les Éditeurs réunis sur Facebook.

Imprimé au Québec (Canada)

Dépôt légal : 2015
Bibliothèque et Archives nationales du Québec
Bibliothèque nationale du Canada
Bibliothèque nationale de France

CATHERINE BOURGAULT

COMMENT ARRANGER SON HOMME

LES ÉDITEURS RÉUNIS

De la même auteure

Sortie de filles – tome 1. Parce que tout peut changer en une soirée…, octobre 2013.

Sortie de filles – tome 2. L'enterrement de vie de jeune fille, mars 2014.

Sortie de filles – tome 3. La fin de semaine de camping, août 2014.

Blanc maculé d'une ombre – tome 1, mars 2012.

Blanc maculé d'une ombre – tome 2, novembre 2012.

Blanc maculé d'une ombre – tome 3, septembre 2013.

Jeunesse :

Le Club des Girls – tome 1. Un bal vraiment pas rêvé !, avril 2014.

Le Club des Girls – tome 2. Ennemies jurées !, octobre 2014.

Le Club des Girls – tome 3. Un week-end en ville, janvier 2015.

Le Club des Girls – tome 4. Un été sur la coche !, juin 2015.

Catherine Bourgault – Auteure

cath_bourgault

À mon homme.

Prologue

Perdue dans une masse de coussins au centre du grand divan blanc, un verre de lait reposant sur son ventre, Justine Gagnon lève les yeux de son film quétaine. Voilà le petit couple de l'heure qui émerge enfin de son tombeau ! Quand sa sœur Isabelle invite son *chum* François pour la fin de semaine, c'est à peine si les tourtereaux sortent de la chambre pour se nourrir ou se laver. Et encore là, ils prennent leur douche ensemble, ils mangent dans la même assiette, ils s'embrassent entre deux phrases. Eurk !

C'est dégueulasse de faire ça devant une fille en peine d'amour. Manque de respect total ! Aucune pitié ! Pas besoin d'afficher leur bonheur parfait sous son nez. Justine les observe du coin de l'œil, le cœur en miettes. François met ses souliers pendant qu'Isabelle joue dans ses cheveux. Ah ! Arrêtez ! En plus, ils sentent le sexe à plein nez. Elle connaît leur rituel ; c'est toujours le même. Sa sœur tendra son manteau à François, il enfilera le vêtement en vitesse, puis les amoureux s'embrasseront au moins huit minutes. Battront-ils leur record encore aujourd'hui ? Justine calcule le temps sur le magnétoscope pendant qu'ils se bouffent les amygdales, un coulis de bave au coin de la bouche.

Cinq minutes, six minutes…

Oups ! Ils sont interrompus par Stéphanie et Marc-André qui reviennent du cinéma. Un autre couple parfait qui tape sur les nerfs de Justine. Sa sœur aînée est en pâmoison devant son gaillard – elle est incapable de commencer une phrase par autre chose que : « Marc-André, lui… » Ça dure depuis deux ans déjà, leur affaire à ces deux-là ! Justine ne pourrait-elle pas pleurer en paix sans avoir l'amour de tout le monde sous les yeux ? Ses sœurs croient avoir trouvé l'homme idéal, mais elle est convaincue que le modèle n'est plus sur le marché. Elle est découragée…

Après deux semaines, Justine croyait qu'elle deviendrait folle avec les bruits de pets que faisait Carl avec ses aisselles. Le cégep, ce n'est plus le secondaire ! Fini les conneries ! Dommage, car maudit qu'il était beau, ce gars-là ! Et il baisait bien ! Et il était tellement fiiiinnnn. Mais des bruits de pets… Sans parler des éructations aux repas. Carl se défendait en arguant du fait que, dans certaines cultures, il s'agit d'une façon de complimenter son hôte. Un simple merci aurait fait l'affaire…

Son amoureux précédent sentait le parfum de pharmacie à quinze piastres, et celui d'avant préférait jouer aux jeux vidéo plutôt que de passer du temps avec elle. Il avait même une affiche de Mario Bros au-dessus de son lit !

— Faites-vous à l'idée, les filles : les hommes sont tous pareils, lance Justine à ses sœurs qui envoient la main à leurs *chums* par la fenêtre comme des gamines. Dans pas longtemps, ils perdront leurs gueules de bons gars et se transformeront en pâtes molles sur le divan, car ils se contenteront de regarder le hockey plutôt que de faire du sport. Pfff !

Isabelle et Stéphanie se retournent sans broncher. Leur benjamine est en peine d'amour une semaine sur deux – la routine, quoi ! –, et pour un gars différent chaque fois. Pas assez grand, trop maigre, trop musclé, pas mature, trop sérieux, les dents jaunes, les pieds qui puent… Toutes les excuses sont bonnes pour reculer et ne pas s'engager. Une vraie girouette !

— Veux-tu un peu de crème glacée, ma chouchoune ? demande Stéphanie à sa petite sœur pour la consoler.

— Arrête de niaiser ! grogne Justine avec une grimace. Je vous le dis : votre beau rêve va s'effondrer un jour ou l'autre. Votre balloune va vous éclater dans la face. Paf ! Fini la romance ; bonjour, les problèmes !

Isabelle coiffe ses cheveux bruns en chignon, qu'elle fait tenir par une pince trouvée par hasard par terre, près du divan. Trois sœurs qui habitent ensemble dans un appartement, c'est le bordel assuré !

— Tu as de la peine, ma pitoune. C'est pour ça que tu vois tout en noir. Tu changeras d'idée quand le prochain charmeur passera !

— Jamais ! s'écrie la jeune femme. Les gars, pour moi, c'est fini. Je mets une croix là-dessus. Oh que oui ! tente-t-elle de se convaincre.

Rien de plus crédible qu'une fille qui énonce de telles choses en buvant un verre de lait. Sa moustache blanche lui donne quand même un petit genre… Tout le monde ne sait que trop bien que la belle Justine ne résistera pas au prochain mâle qui lui dira qu'elle a des yeux de biche.

Stéphanie, l'aînée, plonge sa main dans le bol rempli de caramels sur la table du salon.

— Il suffit de trouver l'homme idéal pour toi, ma chouchoune.

Justine roule les yeux.

— Et Marc-André, c'est le *top* du *top*, c'est ça ?

Il est tellement ennuyant. Et si... vieux avec ses quarante ans et son air d'homme d'affaires qui connaît tout de la vie parce qu'il a du vécu ! Il a déjà un ou deux cheveux gris sur les tempes !

— Ben oui ! s'exclame Stéphanie, le caramel collé au palais. Il va nous construire une belle maison juste pour nous, on va faire des enfants, on va avoir un chien...

Il ne faudrait pas oublier la piscine et la fourgonnette... Isabelle sourit. Elle se souhaite tellement la même chose avec François ! Voilà trois mois qu'elle ne respire plus quand il n'est pas à proximité. Être en amour, c'est souffrant !

— Ouais, c'est ça ! Je vous aurai prévenues, toutes les deux, bougonne Justine avant de se rendre au frigo. Ne venez pas pleurer sur mon épaule quand vous vous rendrez compte que votre beau prince lit le journal au lieu de vous aider à faire la vaisselle !

Parce que c'est toujours comme ça que ça se termine. Justine n'a qu'à regarder tante Michelle avec oncle Jean-Pierre, et aussi papi et mamie...

Stéphanie avait raison. Justine a besoin de crème glacée. TOUT DE SUITE. De préférence à saveur de biscuits Oréo.

— De toute façon, petite sœur, déclare Stéphanie, tu n'auras pas le choix de te forcer pour te trouver un bon gars ! Tu as déjà oublié les paroles de matante Clémence ? « Je vous laisse dix ans pour mettre la main sur un homme convenable. Sinon, je vous raie de mon testament ! »

— Ouais ! glousse Justine, la bouche pleine de chocolat – dont elle a dû se contenter à défaut de crème glacée. Mais ses critères sont tellement sévères que vous feriez mieux de penser à changer vos *chums* tout de suite, les filles ! Vous ne toucherez pas votre héritage avec les gars que vous avez là !

— Bouh ! Tu es jalouse, petite sœur, réplique Isabelle. C'est long, dix ans ! D'ici là, nos hommes seront les meilleurs ! Matante Clémence se mettra à genoux devant nos merveilles, hein, Stéphanie ?

L'air enjoué, cette dernière acquiesce d'un hochement de tête.

On verra bien dans dix ans ! songe Justine.

1
Dix ans plus tard

De : Clémence Guilbault
À : Isabelle Gagnon
Objet : Baptême

Bonjour Isabelle,

J'accepte ton invitation au baptême de ta petite Laurence avec plaisir. J'arriverai la semaine prochaine !

Tante Clémence xxx
P.-S. – J'ai bien hâte de rencontrer vos hommes, à tes sœurs et toi…

* * *

IsaG : SOS, les filles !

Justine_30 : Que se passe-t-il ? !

Stéphanie : Allô !

IsaG : Vous ne devinerez jamais !

Stéphanie : La petite a enfin prononcé le mot *maman* ? Ah non ! Je sais : elle a tenu son biberon toute seule !

Justine_30 : Laurence s'assoit maintenant sans aide. On le sait, tu nous l'as déjà dit deux fois...

IsaG : Arrêtez ! Je ne suis pas si pire que ça... bon, OK ! Mais je viens d'apprendre une terrible nouvelle. C'est la catastrophe ! Matante Clémence débarque de Paris la semaine prochaine pour le baptême de la petite !

Stéphanie : *What ?* Elle se tape six heures d'avion pour un baptême ? ! ^^ Sacramant, elle est folle !

Justine_30 : Ouin, pis ?

IsaG : J'y arrive... Elle a hâte de rencontrer nos hommes ! Vous vous souvenez ? Elle nous laissait dix ans pour trouver l'homme parfait ; sinon, pas d'héritage. Ça fait dix ans ! On est dans la merrrde ! Comment a-t-on pu oublier ça et laisser nos *chums* être « eux-mêmes » tout ce temps ? Il aurait fallu entreprendre leur métamorphose il y a cinq ans, au moins !

Justine_30 : Dans la merde, tu dis ? Je te rappelle que je suis CÉ-LI-BA-TAI-RE ! ! ! Et la bonne femme qui vaut des millions !

Stéphanie : Oh oui ! Elle est plusieurs fois millionnaire... Ça fait dix ans qu'elle mène une vie de princesse dans un château à Paris ! Papa aurait dû investir dans sa compagnie de chaussures. Il aurait fait fortune, lui aussi...

Justine_30 : *Fuck !* Ça veut dire que ça me prend un homme !

IsaG : Pas n'importe quel *bum,* car elle avait des critères bien précis, rappelle-toi ! C'est une femme de principes !

Justine_30 : Hé ! Je ne sors pas juste avec des *bums* !

Stéphanie : Ouais, c'est ça ! :P En tout cas, bonne chance pour te dégoter un gars avec du potentiel en sept jours !

IsaG : Sept jours ? C'est tout ce que ça nous laisse pour arranger nos hommes ? !

Justine_30 : Facile : il faut les mettre dans le coup. Vos *chums* devraient être capables de faire semblant d'être parfaits quelques jours, non ? J'en trouverai bien un qui jouera le jeu en échange d'une modeste somme.

IsaG : NON ! C'est justement ça le problème. Matante a été claire : les hommes ne doivent pas savoir. Par contre, elle a juré de nous donner la moitié de notre héritage de son vivant si on remplissait la condition.

Justine_30 : Il faut trouver une solution !

Stéphanie : De toute manière, on se retrouve ce soir au Café Pierrot ? On discutera de tout ça...

Justine_30 : Je serai là ! Bye !

IsaG : À plus, mes pitounes ! Xx

2
En mode panique

Plusieurs têtes se tournent lorsque la porte du Café Pierrot s'ouvre en coup de vent sur une petite femme brune et délicate. À bout de souffle et les bras chargés, Isabelle Gagnon lance un « bonjour » général avant de se diriger vers une table bien précise : celle placée en plein centre.

— Tu en as mis du temps, grandes dents ! la gronde Justine.

Les longs cheveux de cette dernière, parsemés de mèches blondes assidûment entretenues par sa coiffeuse préférée, cachent son visage. La plus jeune des trois sœurs se concentre pour enfiler des perles dans une ficelle en vue de créer un bracelet. Tous les jeudis soir, le Café Pierrot se transforme en une vraie industrie de fabrication de bijoux. On y voit de petites abeilles à l'œuvre, fabriquant des merveilles.

— Pfff ! À qui le dis-tu ! soupire Isabelle en tirant bruyamment sa chaise. Ma belle-mère avait oublié qu'elle devait garder la petite.

— Ton *chum* n'était pas là ? demande Stéphanie en levant les yeux de son travail minutieux.

Encore frissonnante à cause de l'air frais de septembre, Isabelle retire sa veste en se félicitant d'avoir enfilé un chandail à manches longues. Elle s'ennuie déjà de la chaleur de l'été ! L'automne, c'est déprimant. La saison des morts, très peu pour elle !

— Oui, il était là.

Stéphanie hausse les sourcils.

— Tu as besoin de quelqu'un pour garder la petite même quand François est là ? lance-t-elle, l'air taquin. Mon beau-frère n'arrive toujours pas à changer une couche, c'est ça ? Vite, il faut remédier au problème avant que matante Clémence s'en mêle ! ajoute-t-elle en faisant une grimace affectueuse à sa sœur.

Isabelle secoue ses cheveux. Elle sait ce que sa tante pense des hommes qui refusent de se salir les mains pour changer des couches. Égoïstes ! C'est vrai, c'est ridicule de déranger sa belle-mère lorsque François est à la maison. Le père d'un enfant *devrait* être en mesure de prendre soin de son bambin quelques heures sans qu'une catastrophe survienne. *Ouais, c'est ça !*

— Ha ! Ha ! Très drôle ! réplique Isabelle en étirant le cou pour se voir dans le grand miroir fixé au mur. Chaque fois qu'il est seul avec le bébé, c'est le désastre. Laurence s'est étouffée avec un morceau de banane l'autre jour. Et elle a glissé dans l'eau à l'heure du bain la semaine dernière.

— Étouffée comme dans « elle a cessé de respirer et est devenue bleue » ? s'affole Stéphanie, les yeux sortis des orbites. Pourtant, une banane, c'est mou...

— Elle toussait... un peu, raconte Isabelle. Le morceau est sorti tout seul. Mais écoutez bien ça, relance-t-elle en plaquant ses deux mains sur la table pour donner du poids à sa révélation. Il lui avait donné la banane entière, comme à un petit singe !

Stéphanie et Justine ne peuvent réprimer un sourire. Leur sœur panique si elle ne peut pas tout contrôler.

— Donc, elle ne s'est pas vraiment étouffée ? émet Justine avec son air le plus innocent. Ton *chum* a géré la situation… Et il ne l'a pas laissée se noyer dans le bain non plus.

— Peut-être, mais ça aurait pu être dangereux, se renfrogne Isabelle.

La jeune maman était au salon et croyait que François surveillait Laurence qui barbotait dans la baignoire avec ses petits canards jaunes. Il avait décidé de lire un article *super important* sur le gain de pouvoir du gouvernement libéral ! Et comme François est totalement incapable de faire deux choses en même temps, la petite était tombée la figure dans la mousse.

— Elle a eu de l'eau dans les oreilles ! explique Isabelle pour défendre son obsession de la sécurité.

— Depuis quand les flos ne peuvent-ils pas avoir d'eau dans les oreilles ? s'étonne Justine.

Isabelle baisse le regard, pas tout à fait convaincue de son argument.

— À cause des otites. Laurence en fait à répétition…

Stéphanie secoue la tête, découragée par les drôles d'idées de sa sœur. Ressemblait-elle à ça après la naissance de son premier enfant ? S'inquiétait-elle pour une goutte d'eau dans l'oreille ou pour un petit toussotement ? Peut-être. Quelque chose se transforme à l'intérieur d'une femme lorsqu'elle donne la vie. Une lionne rugit, et l'instinct de protection domine. Stéphanie ne se souvient toutefois pas d'avoir été aussi excessive que sa sœur. Elle laissait ses bébés se mettre de la mousse sur la tête comme ils le voulaient !

— Ce ne serait pas plutôt toi qui craindrais de lui laisser ta fille adorée ? commente l'aînée pour se moquer de la manie maladive d'Isabelle de tout faire à la place de François.

Peut-être... Mais le bain... Ses belles petites oreilles si fragiles...

— À moins que tu aimes vraiment beaucoup ta belle-mère, et que c'est pour ça que tu lui demandes de garder ta fille aussi souvent ?! propose Justine sur un ton sarcastique.

La jeune maman roule les yeux, puis elle se tourne vers le comptoir.

— Jocelyne, apporte-moi un grand chocolat chaud, s'il te plaît ! Avec de la crème !

Ce n'est pas à un cours de peinture ou de danse en ligne que les sœurs Gagnon se sont inscrites pour s'obliger à passer du temps de qualité ensemble. Oh que non ! Elles sont une dizaine de filles qui se réunissent au Café Pierrot pour décompresser devant des perles multicolores. Ça aurait pu être le scrapbooking, le tricot, la photographie... L'activité est un simple prétexte pour se retrouver entre filles et papoter autour d'un café – ou d'une tisane, d'un thé, d'un chocolat chaud, d'un lait de poule – tout en créant de jolis bijoux. Colliers, bracelets, pinces à cheveux...

En réalité, et bien qu'aucune des sœurs Gagnon ne soit prête à l'admettre, la principale activité de ces soirées consiste à discuter des hommes.

Et de leur père malade qui les reconnaît une fois sur cinq.

Mais ce soir, tante Clémence vole la vedette autour de la table !

— Alors, qu'est-ce qu'on fait avec matante qui s'en vient ? rappelle nerveusement Justine qui ne pense pas qu'à l'argent. On n'est pas sorties de l'auberge si elle met son nez dans nos histoires de couple ! Vous la connaissez ; elle peut virer une vie à l'envers en claquant des doigts.

Isabelle se prend la tête à deux mains. C'est malheureusement vrai… Cette tante qui les a élevées, ses sœurs et elle, plusieurs années est capable du pire. Elle a déjà eu le culot de faire fuir LE garçon *top* de l'école à coup de vinaigre et de sel dans la bouffe quand il venait à la maison. Éric… Il était trop populaire et tête en l'air, selon elle ! C'est sans doute les pics verts sur sa tête qui faisaient mauvaise impression à la tante Clémence.

— Il nous reste sept jours ! On est peut-être capables de sauver les meubles…

Oh Seigneur ! Que dira Clémence en voyant les cheveux longs de François ! Un pouilleux, comme elle l'affirmait si bien dans le temps avec une aversion venant du cœur.

— Hou là là ! fait Stéphanie avant de siroter une gorgée de café. Bonne chance !

Il y a seulement un saint qui pourrait atteindre la perfection selon les critères de sainte matante Clémence. Et encore là… C'est sûrement pour ça qu'elle a fini vieille fille !

— Les *girls*, c'est ça ou nous passerons à côté d'une fortune ! précise Justine, prête à faire l'impossible pour le gros lot. Pensez-y !

D'ailleurs, cette dernière songe qu'elle est celle qui aurait le plus besoin du magot, là, tout de suite. Tous ses problèmes financiers s'envoleraient comme par magie ! Fini les sandwichs au beurre d'arachide à la fin du mois. Elle pourrait se débarrasser de son vieux linge démodé qu'elle porte depuis deux ans ! Justine n'aurait plus besoin d'endurer un coloc pour payer le loyer… Au moins, ses sœurs ont une chance de gagner avec les flancs mous qui leur servent de *chums.* Justine n'a rien, à part un ex qui la prend pour une harceleuse et un coloc superstitieux. *Calme-toi! Clémence n'a même pas soixante-dix ans. Et elle fait sûrement encore du Pilates ; elle n'est donc pas près de crever. Et les chipies, ce n'est pas tuable!*

Mais le montant que Clémence a promis de lui léguer de son vivant lui permettrait de sortir de sa petite vie de misère.

Pendant que les pensées de Justine bouillonnent, dans la pièce, tout est calme. Quelques murmures s'élèvent des tables. Les filles travaillent en écoutant d'une oreille distraite la musique douce qui emplit l'endroit chaleureux. On se sent chez soi, ici! Les murs sont tapissés des toiles d'un peintre sûrement connu, et un impressionnant foyer de pierres trône dans un coin. Dans l'endroit, il y a des tables, des banquettes, des petits paniers rouges avec du lait et des sachets de sucre, mais surtout, il y a une serveuse en or.

— Tiens, ma belle!

Jocelyne dépose devant Isabelle une tasse ressemblant à un bol à soupe. Une portion d'ogre! D'un geste taquin, Justine la petite peste plonge son doigt dans la crème fouettée nappant le chocolat chaud, puis elle touche le nez de sa sœur.

— Hé! proteste Isabelle avant de s'essuyer avec une serviette de table.

Tous les bébés de famille sont détestables sans qu'on arrive à leur en vouloir vraiment. Célibataire – encore une fois – depuis peu, Justine est du genre mi-rebelle, mi-espiègle. Elle est capable des pires mauvais coups! Des pires coups bas aussi : quand elle décide de faire suer quelqu'un, elle sait comment s'y prendre. Mais on lui pardonne tout, parce que... c'est la petite sœur adorée. Belle et vive d'esprit, personne ne résiste à ses grands yeux bruns. Avec elle, c'est noir ou blanc, elle aime ou pas. En bonne dernière, Justine a rapidement su faire sa place dans le trio. C'est même souvent elle qui, autrefois, dirigeait les opérations !

Isabelle ramène ses cheveux derrière ses oreilles, puis elle hume le chocolat chaud fait maison de Jocelyne – une recette secrète. Pour la première fois depuis qu'elle a reçu le fameux courriel de matante Clémence, un soupir de béatitude gonfle sa poitrine.

— On est tellement bien ici... J'ai été stressée toute la journée à cause du message de matante ! J'avais déjà un million de choses à préparer pour le baptême ; là, c'est juste trop ! Je n'ai pas le temps de transformer mon François en Superman en criant ciseau ! Je dois préparer la bouffe, le gâteau... Et la tenue de la petite n'est même pas encore achetée ! Aaah !...

— Pas de panique, on va t'aider ! intervient Justine avant que sa sœur ne se roule en boule sous la table pour pleurer.

Physiquement, Justine ressemble beaucoup à Isabelle, qu'elle suit de près en âge. Seulement deux ans les séparent. Elles ont les mêmes cheveux épais et brillants, le même nez un peu retroussé, une peau satinée. Stéphanie a toujours fait bande à part avec sa grande taille, ses cheveux noirs et ses yeux verts. Celle-ci avait six ans lorsque la petite Isabelle a chamboulé sa vie. Son père avait une nouvelle amoureuse, et hop ! elle avait reçu une demi-sœur en cadeau à Noël.

— OK, je vais établir une liste de priorités ! s'emballe Isabelle. Voyons, il me semble que j'avais un vieux papier quelque part...

Elle a déjà la tête dans son sac à main pour trouver un bout de papier et un crayon. Zut ! La pile de son cellulaire est à plat ; sinon, elle aurait pu s'envoyer un courriel. Ah tiens ! La serviette de table fera l'affaire !

— Stop ! On se calme, petite tête ! s'écrie Stéphanie. Respire un bon coup, ajoute-t-elle en mimant la bonne façon de faire.

Isabelle plaque ses mains moites à plat sur la table, puis elle inspire. Un bruit de pet s'échappe de sa bouche lorsqu'elle expire l'air de ses poumons.

— Tu as raison, je dois me calmer... admet-elle. C'est Clémence qui m'énerve ! J'avais tellement hâte à aujourd'hui pour continuer mon bracelet. Je compte les dodos qui séparent les jeudis, s'étonne-t-elle. Je peux enfin profiter d'un moment de liberté, ne plus entendre ma fille pleurer, ne plus changer de couches, ne plus sentir le vomi de lait caillé sur mon épaule... Pourquoi j'ai fait un bébé, voulez-vous bien me le dire ? termine-t-elle en levant les yeux au plafond.

— Veux-tu un peu de brandy dans ton chocolat chaud, ma pitoune ? suggère Stéphanie en lui tapotant le bras.

— Bonne idée !

3
Un peu de brandy

Pendant que la serveuse verse une portion généreuse de brandy dans les tasses, Stéphanie, qui a maintenant trente-sept ans et deux enfants de huit et dix ans, se rappelle très bien toutes les pensées noires qui ont traversé son esprit durant les premiers mois de son nouveau rôle de maman. Maintenant, elle en rit, mais Stéphanie se souvient d'avoir paniqué à quelques reprises ! Dans les livres, les bébés dorment, parfois… Ce qui n'était pas le cas de Megan !

— Ne t'en fais pas, petite tête ! Tu verras le bout du tunnel un jour !

Isabelle sirote bruyamment une gorgée de chocolat chaud bien aromatisé.

— Ouais ! Mais pour l'instant, je débroussaille mon tunnel à coup de nuits blanches, de lavage de biberons, de couches à changer…

En effet, les cernes sous ses yeux et son teint pâle trahissent une grande fatigue. Isabelle se sent comme un zombie sur pilote automatique. Elle ne le dit pas, mais avoir un bébé est plus difficile – plus essoufflant – qu'elle ne le croyait. *Pourtant, elle aime les enfants.* Elle adore Laurence ! Ah ça oui ! Cependant, Isabelle a l'impression de courir sur un tapis roulant toute la journée sans jamais accomplir quoi que ce soit. Les nuits sont courtes et les journées sont longues ! Sa sœur aînée y arrive si facilement avec ses deux enfants… Comment Stéphanie fait-elle pour les accueillir tout sourire le soir au retour de l'école avec des muffins au chocolat encore chauds, frais sortis du four? Elle a sûrement un don, un secret... Isabelle arrive à peine à engloutir un bol de céréales entre deux biberons, et encore, avec de la broue dans le toupet!

— Si tu permettais à ton *chum* d'en faire plus, ça t'aiderait, déclare Justine, sans pitié.

— Tu n'as pas d'enfant, tu ne peux pas comprendre... marmonne Isabelle.

Justine hausse les épaules.

— Sans doute.

Stéphanie trouvait sa sœur mignonne lorsque, enceinte jusqu'aux yeux, elle lançait à tout vent que ce serait facile. « Ça va bien aller, on aime les enfants! » La pensée magique de bien des couples. Stéphanie n'avait pas voulu la décourager, mais la désillusion est grande pour Isabelle qui s'attendait à catiner une poupée. Non, il ne suffit pas d'aimer les enfants. Il faut être capable de faire le don de soi!

À bien y penser, le temps où Stéphanie avait une suce épinglée en permanence à son chemisier telle une décoration lui manque. Ses deux *presque* ados lui grugent encore plus d'énergie! Émile et Megan sont déjà dans la phase « Capote pas, *mom*! » Les copains, le hockey, le karaté, la gymnastique... Elle passe plus de temps à l'épicerie qu'à la maison tellement ses rejetons dévorent tout ce qu'ils trouvent. Encore cette semaine, les vingt-quatre biscuits cuisinés de ses propres mains ont disparu en quelques minutes! *Et ils sont maigres comme des clous!*

— Au moins, la sœur, il y a quelqu'un qui a besoin de toi, avance Stéphanie. Moi, il y a longtemps que plus personne ne se soucie de mes allées et venues. Sauf s'il est question de jouer au taxi, de faire le souper, de laver les pantalons préférés de quelqu'un…

Stéphanie sort un caramel de sa poche. Elle met un temps fou à le déballer, car il a ramolli avec la chaleur. Ses enfants n'ont même pas levé les yeux de leur iPod lorsqu'elle leur a souhaité une bonne soirée. Même Marc-André est resté rivé aux informations à la télévision. C'est vrai que les magouilles gouvernementales sont plus importantes que de lui dire bye. Un signe de la main aurait fait son bonheur…

— Parfois, j'ai l'impression d'avoir deux bébés : mon *chum* ET ma fille ! avoue Isabelle en ouvrant brusquement la boîte contenant les accessoires pour fabriquer ses œuvres.

Et même trois, si elle compte sa belle-mère qui s'incruste dans sa vie ! *Maudite belle-mère…*

Elle envie tellement Stéphanie. Elle considère sa sœur aînée comme une supermaman qui arrive à voir le fond du panier à linge sale, qui fait des muffins maison, qui lave son plancher toutes les semaines… C'est quand la dernière fois où elle a lavé son plancher ? Isabelle réfléchit à la question en saisissant le bracelet qu'elle avait laissé en plan la semaine dernière. Ses doigts tremblent un peu, alors les perles glissent sous sa peau humide… *Respire, Isa.* Il lui faut se concentrer si elle veut le terminer à temps pour le baptême !

Soudain, à cause du message reçu ce matin de matante Clémence, ça semble idiot de perdre son temps à fabriquer un bracelet… Pourtant, Isabelle y tient ! Elle veut le bijou rose autour de son poignet pour agrémenter son chemisier noir et son pantalon blanc. Deux perles blanches, trois perles roses, deux perles blanches…

Se concentrer sur la suite des couleurs à agencer force Isabelle à penser à autre chose qu'aux problèmes qui l'attendent. Eh merde ! Tout ça annonce un vrai cauchemar !

— Je vous le répète depuis toujours : un homme dans une maison, c'est un paquet de problèmes ! intervient Justine après avoir pris une gorgée de son café noir à saveur de brandy. Ils finissent tous par se faire servir leur souper à la table en osant même demander de leur apporter le sel !

— Tu exagères un peu, là, ma pitoune, réplique Isabelle.

L'intransigeante Justine lève un sourcil en repoussant de la main les mèches plus pâles qui entourent son visage.

— Parce que tu ne sers pas ton François à table à l'heure des repas ?

— Ben... euh...

— Voilà, c'est exactement ce que je disais ! Je me sens telllle-ment libérée depuis que Sébastien est parti ! Pfff ! Bon débarras ! Je n'apporterai plus jamais le sel à un homme ! Il lèvera son cul pour aller le chercher, le sel même pas bon pour la santé ! Et puis, je le regarderai crever quand sa pression sera trop haute...

Justine reprend son souffle devant ses sœurs qui l'écoutent calme-ment. Quand leur benjamine s'enflamme, c'est tout un spectacle. Ses belles joues parfaites se colorent d'un rouge feu, ses yeux brun caramel se dilatent. Dans de tels moments, c'est sa pression à elle qui est trop haute !

— Sébastien te demandait de lui apporter le sel ? la taquine Isabelle, camouflant son fou rire derrière sa main. Et tu l'as quand même enduré six mois ?

Justine secoue la tête, créant ainsi une jolie cascade de cheveux dans son dos. L'effet de ses mèches blondes mélangées à sa couleur naturelle est magnifique ! C'est le résultat du grand talent de coiffeuse d'Isabelle.

— J'ai même vu sur Facebook qu'il avait déjà une autre blonde, marmonne-t-elle. En tout cas… tant mieux pour lui ou tant pis pour elle !

Son ton léger et désintéressé cache mal la douleur qui se lit dans ses yeux. Justine est en plein chagrin d'amour. Bah ! Rien de nouveau sous le soleil. Stéphanie et Isabelle ont cessé de compter les ruptures de leur petite sœur depuis longtemps. Mais cette fois, ça semble plus sérieux. Justine a vraiment de la peine. C'est toujours la même histoire avec les hommes. Tout va bien quelques semaines, puis, après un certain temps, les choses changent. Justine prend ses jambes à son cou, convaincue que son *chum* veut la laisser, ou bien elle lui trouve tous les défauts du monde et le largue avant qu'il ne le fasse lui-même. Pour elle, c'est une déception après l'autre. Lorsque les papillons des débuts sont passés, Justine ne sait pas comment gérer une relation qui s'installe. Elle s'imagine toujours que le gars se désintéresse d'elle, puis elle se jette la tête la première dans un jeu dangereux comportant des messages lancés à la volée du genre : « Tu ne m'aimes pas vraiment… » Les hommes ayant un gros bon sens s'échappent du guêpier rapidement – comme Sébastien vient d'ailleurs de le faire. Mais ce n'est pas si grave, n'est-ce pas ? Après tout, il lui demandait de lui apporter le sel…

— Je ne sais pas si j'ai gagné au change, finalement, poursuit Justine avec un bout de ficelle dans la bouche. Je suis prise avec un coloc qui mélange des blancs d'œufs à son jus le matin et qui pense que si le divan est orienté vers le sud plutôt que vers le nord, ça porte chance ! Il a changé la disposition du salon sans m'en parler.

— Ah oui ! Ton nouveau coloc que tu caches pour ne pas qu'on le rencontre ! plaisante Stéphanie. Il doit être beau rare !

— Il s'appelle Mikael. Et n'essayez pas d'aller espionner sur Facebook. Sa photo de profil, c'est son char !

— Mmm... Mik, ça sonne *sexy*, susurre Isabelle en roulant les épaules.

— Il va me rendre folle avec ses superstitions ! Il est en train de me contaminer. Figurez-vous que je contourne les échelles et que le chiffre treize me fait capoter ! Je ne pourrai pas l'endurer bien longtemps...

Son caramel gonflant l'une de ses joues, Stéphanie lève aussitôt la tête. Elle brandit son index devant Justine. La grande sœur s'apprête à faire la morale à la plus jeune.

— Tut, tut, tut ! Tu sais très bien que tu n'as pas le choix de le supporter. Tu oublies tes problèmes d'argent ? Tu as besoin de lui à cause de l'état lamentable de tes finances.

La mâchoire de Justine se crispe. Ses doigts tirent si fort sur la ficelle de son bracelet que celle-ci casse en deux... Les perles roulent par terre.

— Je le sais, alors ce n'est pas nécessaire de me le rappeler constamment, siffle-t-elle entre ses dents serrées.

Elle traîne une erreur de jugement comme un boulet à sa cheville. S'enticher d'un Espagnol sur Internet, s'endetter pour lui payer le voyage pour venir vivre ici, se faire sacrer là à l'aéroport... Disparu dans la brume, le beau Miguel. Cinq mille dollars plus tard, Justine paie encore la note. L'héritage de matante Clémence tomberait à point !

— Peut-être que Sébastien jouerait le jeu du *chum* parfait, le temps du séjour de tante Clémence ? réfléchit à voix haute Justine.

Son cerveau est en mode action. La jeune femme doit trouver une solution, et vite ! Si la vieille découvre qu'elle est encore célibataire, Justine devra renoncer à sa part du gros lot. Elle en a marre d'avoir la corde au cou et son directeur de banque sur le dos !

— Tu ferais mieux d'oublier ça, et tu le sais… formule Isabelle, ce qui sort sa sœur de ses pensées. Surtout s'il a une nouvelle blonde ! Tu aurais plus de chance avec ton coloc. Il pourrait se faire passer pour ton amoureux ? S'il est présentable, évidemment !

À quatre pattes sous la table pour rassembler en petit tas les perles éparpillées – et plusieurs graines au passage –, Justine éclate de rire.

— Présentable ? Ça paraît que tu n'as pas vu sa belle gueule d'acteur de cinéma ! Quoiqu'il y ait certains détails à arranger…

— Comme quoi ? s'informe Isabelle, curieuse.

— Il porte une casquette vingt-quatre heures sur vingt-quatre. Et la barbichette à son menton ne plairait pas à Clémence !

— Ah ça non ! confirme Stéphanie. Tu pourrais lui demander de la couper ?

— Il trouverait ça bizarre, non ? clame Justine, toujours sous la table en train de séparer les perles des cheveux et des cailloux.

Le réflexe d'Isabelle est instantané. Le bout de son soulier atterrit directement sur les côtes de sa sœur à quatre pattes par terre.

— Depuis quand trouves-tu bizarre d'exiger quelque chose d'un gars, toi ?

— Très drôle ! Tu sauras que j'ai fermé la porte de mon appartement sur sa *gang* de *chums* entassés autour de la table de la cuisine ; ils étaient en train de jouer au poker ! Ils vont boire de la bière et vider le frigo. Les petits copains de Mikael se multiplient de jour en jour et ils débarquent à tout moment ! Non mais, c'est paniquant de croiser au milieu de la nuit des étrangers sortant de ma salle de bain !

— Ça, c'est vraiment emmerdant... admet Isabelle qui lève le bras pour contempler son bracelet bientôt achevé. Tu as l'impression de ne plus être chez toi dans ta propre maison. François était un peu comme ça, au début. Ses *chums* débarquaient chez nous avec leur caisse de bière les soirs de hockey. Mais c'est fou à quel point un bébé fait fuir ceux qui ne veulent pas entendre pleurer pendant les prouesses de Carey Price !

— Alors, c'est ça, le secret : faire un bébé ? se moque Justine. Je pourrais trouver un donneur et faire un petit cousin à ta fille ! Ou tomber enceinte de mon coloc et le faire chanter pour de l'argent, tiens ! Ce serait peut-être encore plus efficace que d'espérer l'héritage de matante Clémence...

— Ce serait le bouquet ! s'écrie Stéphanie en passant son doigt sur ses dents pour y décoller le caramel.

De toute façon, ce n'est pas demain la veille que Justine mettra la main sur le futur père de ses enfants. Surtout pas en sept jours... Elle le veut beau, grand, fort, protecteur. Cet homme l'aimera inconditionnellement et déplacera des montagnes pour le bonheur de sa famille. Pas question d'être prise avec un François qui ne change pas de couches parce que ça lui donne des haut-le-cœur. Ou avec un Marc-André ayant quinze ans de plus qu'elle et qui parle déjà de régime d'épargne-retraite. Non merci !

— Pfff ! Oublie ça ! répond Isabelle à Justine qui vient enfin de réintégrer sa chaise. Avoir un enfant n'est pas une solution miracle. Maintenant que la petite est là, les amis ont déserté, oui, mais l'homme aussi. Il va regarder le hockey ailleurs !

De ses longs doigts fins, Isabelle fait glisser avec minutie une perle à la suite des autres. Elle pense à François qui portait, ce soir, la chemise qu'elle lui avait offerte à son anniversaire. La noire, comme ses yeux. Une image qui lui fait oublier un peu celle des nuits blanches qu'elle doit se taper, du linge sale qui s'accumule, de sa belle-mère hystérique… Oui, peut-être qu'elle arrivera à arranger quelques petits défauts en sept jours.

4
Les dix commandements de matante Clémence

— Je vous écoute parler depuis tantôt, les filles, dit Justine, les yeux rivés sur le bracelet à moitié défait qu'elle tente de réparer. Vos commentaires n'ont rien pour m'encourager à fonder une famille ! La vie de célibataire est plus simple, constate-t-elle, l'air blasé.

Même si elle est naïve et pleure d'amour trop souvent, au moins, il se passe quelque chose dans sa vie. Elle ne fait pas seulement ramasser des bas sales en boule sur le plancher de la chambre à coucher ! Justine séduit, désire, s'amuse… Puis elle souffre quelques jours quand c'est terminé. Ou elle paie des dettes. Ce n'est jamais plate ! Mais avec Sébastien, elle y avait presque cru. C'était différent, plus sérieux… Penser au manteau de cuir traînant sur le dossier d'une chaise chez elle lui serre la poitrine. *Arrête, Justine. Il ne reviendra pas…*

Isabelle prend son air coquin.

— Ben non ! Malgré tout, nous les aimons quand même, nos hommes ! Ça fait du bien de chialer…

Stéphanie hoche la tête en coupant les bouts de ficelle qui dépassent. Elle a terminé son collier ; elle le donnera à sa fille. Une demande spéciale de Megan. Maintenant, il en faut un pour chacune de ses copines…

— C'est ça, le pire : on ne peut pas se passer d'eux !

— Même s'ils laissent leurs bobettes sales par terre ! lance Isabelle.

— Même s'ils boivent directement dans le carton de lait ! renchérit l'aînée.

— C'est comme ça aussi, chez vous ? rigole Isabelle. Et le siège du bol de toilettes, est-il parfois baissé ?

— JAMAIS ! répondent d'une même voix ses deux sœurs.

Isabelle hausse les épaules.

— Oui, il faut vraiment qu'on les aime pour les endurer !

— C'est bien attendrissant, tout ça, mais si on se concentrait sur le vrai problème ? formule Justine. Matante Clémence DÉ-BARQUE ! Elle les aime probablement aussi, ces hommes imparfaits qu'elle veut parfaits ! Vous me suivez ?

— On pourrait leur donner un « cours de perfection » accéléré, propose Stéphanie qui se retient de lécher le fond de sa tasse tellement le goût du café au brandy mélangé à celui de son caramel était délicieux.

— Peut-être... lâche Isabelle qui semble peu convaincue. On a de l'ouvrage ! Vous vous souvenez des critères de matante ?...

Les trois sœurs sourient. Bien sûr qu'elles s'en souviennent ! Du temps de leur jeunesse, Justine, Stéphanie et Isabelle les répétaient en boucle chaque jour... Les dix commandements de matante Clémence étaient écrits à la main sur une feuille quadrillée retenue sur la porte du frigo avec un aimant en forme de coccinelle. Dès que les filles avaient été en âge de s'intéresser aux vilains garçons, Clémence, qui remplaçait leur mère du mieux qu'elle pouvait, leur avait fait réciter la liste tous les matins avant le petit-déjeuner. Elles se tenaient debout au centre de la cuisine, placées en ordre de grandeur comme la famille von Trapp !

— Comment oublier les dix commandements de Clémence ?! lance Justine en plissant le nez. Je devrais recommencer à les réciter. J'aurais peut-être une chance de trouver l'homme parfait !

— Le lavabo, il rincera après s'être rasé, coiffé et brossé les dents, déclame Stéphanie avec un sourire en coin.

— Les blagues sexistes sur les femmes, il oubliera, débite Isabelle sur un ton officiel tout en retenant son envie de rire.

— Les sorties imprévues avec ses amis, il évitera, enchaîne Justine en roulant les yeux.

— Les vêtements sales, il portera au panier à linge.

— De ses exploits sexuels, il ne se vantera pas !

— Les tâches ménagères, il accomplira.

— Les poubelles, il descendra après un maximum de trois rappels, rigole Isabelle.

— Des larmes qu'une femme verse devant les films américains, il ne se moquera pas !

— Des cadeaux, il offrira souvent.

— De son apparence, il se préoccupera, termine Stéphanie en frappant sur la table. Pas croyable, les filles, qu'on se rappelle tout ça !

— On les a tellement récités, ces fameux principes! réplique Isabelle. Reste maintenant à les appliquer avant l'arrivée de matante...

5
Entente de couple

Avec un soupir, Justine abandonne son travail. La moitié de son bracelet se répand encore une fois ; les petites billes multicolores roulent sous la table. Découragée, elle ne se donne pas la peine de les ramasser.

— C'est pathétique notre affaire ! Aucun gars sur terre ne pourrait respecter les dix commandements de matante. Tout ça est ridicule ! Le lavabo, il rincera. Avez-vous déjà vu un gars rincer le lavabo après s'être rasé, vous autres ? Papa, LUI, était un homme parfait ! Mais il appartient à une autre génération. Parlant de lui… Vous avez eu de ses nouvelles, ces derniers jours ?

— Non. Je ne suis pas fine, je n'ai même pas téléphoné à la résidence cette semaine, avoue Stéphanie, la voix tremblante de culpabilité.

Jacques Gagnon, qui était jadis un vrai héros pour ses filles, passe maintenant ses journées à se bercer devant la fenêtre de sa minuscule chambre. Les médecins ont été francs : sa condition se dégrade. En plus de souffrir de pertes de mémoire et d'incontinence, il a de l'eau sur les poumons. Malgré tout, l'homme de soixante-dix ans tient à ses cigares Colts, qu'il grille l'un après l'autre. Devenu un cas trop lourd pour la résidence, il faudra le reloger.

— Je passerai bientôt faire un tour, ajoute Stéphanie sans entrain.

Après tout, n'est-ce pas le devoir d'une aînée de famille de prendre soin des parents ? Tandis que les trois sœurs songent à leur père, une femme dans la trentaine au teint blanc entre dans le café à l'ambiance conviviale. Comme toujours, les têtes se redressent pour la saluer. On dirait des petits robots programmés : « Bonjour, Julie ! »

— Ça va ? demande Gisèle, la plus âgée de l'assistance, qui est assise à la table voisine de celle des sœurs Gagnon.

Avec ses yeux rouges, la nouvelle venue scrute tous les regards rivés sur elle. Tout le monde est impatient de connaître la réponse. Julie a la face de quelqu'un qui est passé dans le *shaker* à peinture chez Rona !

— Oui… bredouille-t-elle, la lèvre inférieure tremblante. Et puis, non, ça ne va pas. Mon mari m'a quittée… pour sa secrétaire !

Secouée par les sanglots, Julie se prend le visage à deux mains. Un tsunami de larmes déferle. Les commentaires fusent dans l'endroit, qui était pourtant si paisible quelques instants auparavant. Être abandonnée pour une secrétaire – LA secrétaire de son mari –, c'est le comble de l'humiliation pour une femme ! Le cliché total ! Le *top* du *top* ! La honte suprême ! Isabelle s'appuie lourdement contre le dossier de sa chaise pendant que Julie est consolée par les filles de sa table habituelle. Isabelle se dit qu'elle piquerait une plus grosse crise que celle-là si François la quittait pour une secrétaire. Ou pour n'importe quelle femme ! *Ce ne serait pas beau à voir ! Oh que non !*

— Il y a quelque chose dans l'air ces temps-ci que je n'aime pas ! déclare-t-elle en regardant le mascara de Julie se diluer, ce qui lui donne le *look* d'un raton laveur. Tous les couples se séparent autour de moi : des amis le mois dernier, une collègue de François pas plus tard qu'hier !

— Le week-end dernier, ma belle-sœur et le frère de Marc-André nous ont annoncé leur divorce… déclare Stéphanie.

— Ça vous surprend ? lance sèchement Justine. L'amour, ça finit toujours mal. Tout le monde se fout de tout le monde. Ça ne fonctionne pas avec l'un ? Bah ! Va chez le diable, il y en aura un autre après. Et encore un autre. Plus personne ne considère que la communication dans un couple, c'est important. C'était à la mode dans les années 1970, mais maintenant, c'est trop compliqué ! C'est plus facile de recommencer avec un nouveau partenaire. Matante Clémence est dépassée avec ses histoires d'hommes parfaits ! Ça, c'est beau dans les livres ! Ses dix commandements sont totalement désuets…

— Bâtard ! s'exclame Isabelle. Avec des idées comme celles-là, je comprends pourquoi les hommes te laissent ! Ça fait peur, cette mode de la séparation ! C'est devenu tellement banal ! C'étaient tous des couples qui semblaient heureux. Je ne comprends pas, car ils paraissaient parfaits, justement. Si eux ne sont pas passés à travers, alors ça peut arriver à n'importe qui, même à nous !

— Croyez-moi, personne n'est à l'abri d'une rupture, marmonne Stéphanie tout en fouillant dans ses poches pour trouver un caramel. Moi, c'est la crise de la cinquantaine qui me fait flipper ! Marc-André commence à se retourner sur le passage de petites jeunes en jupes frivoles…

Bon, elle n'a plus de caramels !

La vieille Gisèle de la table voisine n'a rien manqué de la conversation des trois sœurs. Après s'être retournée doucement vers elles à cause de ses jambes endolories, elle couvre les jeunes femmes de son regard si bleu et si sage.

— Mes pauvres enfants, c'est possible de faire durer son couple. Albert et moi, nous célébrerons nos quarante ans de mariage le mois prochain.

— Quarante ans ?! s'exclame Stéphanie. Et moi qui croyais que mes douze ans avec Marc-André étaient un record !

— Aucun gars ne m'a endurée plus de six mois, avoue Justine, la mine basse.

On se demande pourquoi !

Isabelle pose son coude sur la table, puis elle laisse tomber son menton au creux de sa paume pour écouter la vieille dame fort charmante.

— Quarante ans ! Wow ! Quel est votre secret, madame Gisèle ?

L'œil de Gisèle se fait moqueur et un léger rire coquin franchit ses lèvres. Pendant un instant, les filles se demandent si elle ne se mettra pas à réciter ses dix commandements elle aussi !

— Vous voulez vraiment le savoir ?

Les trois sœurs acquiescent d'un signe de tête impatient. Elles fixent Gisèle comme si cette dernière était un génie s'apprêtant à leur révéler la vérité qui pourrait sauver leur couple ! Elles sont disposées à tout gober, même les trucs de grand-mère.

— Eh bien, voilà, chuchote la vieille dame. Le fait de boire une once de gin par jour aide beaucoup à ne plus voir les petits travers de l'homme ! Et...

La douce Gisèle marque une pause, le doigt en l'air. Pour Isabelle, Stéphanie et Justine, l'attente est insoutenable. Au diable les colliers et les bracelets pour ce soir. C'est cette sage dame qui vole la vedette !

— Et il faut avoir une entente de couple, ajoute Gisèle.

— Une entente ? répète Isabelle, les sourcils froncés.

La dame aux cheveux blancs place ses mains au centre de sa poitrine, comme si elle se préparait à faire une prière. Pourtant, Gisèle a l'air de tout en ce moment, sauf d'une sainte à cause de son sourire en coin.

— Oui ! Albert était libre d'aller voir si le gazon était plus vert ailleurs, et moi aussi. Je vous jure que ça garde l'homme alerte et en forme !

La bouche entrouverte, Isabelle laisse échapper un « Oh ! », Justine un « Euh... » et Stéphanie un « Ark ! » Gisèle fait pivoter son corps bien en chair vers sa table, laissant à leur sort les jeunes femmes bien perplexes.

— Je connais un couple « ouvert », si on peut dire ça comme ça, avance Stéphanie en remuant le fond de son café froid. Je ne suis pas certaine que cet homme et cette femme soient plus heureux. Et pas certaine non plus que ça convienne au concept de matante Clémence concernant l'homme parfait, bien qu'elle n'ait pas élaboré de commandement relatif à la fidélité ! glousse-t-elle.

Isabelle repousse le bracelet inachevé devant elle.

— Mon Dieu, je souhaite ne jamais en arriver là !

— Ouf ! Moi non plus... grimace Stéphanie.

Avec conviction, cette dernière dépose sa cuillère. L'ustensile rebondit sur la table dans un tintement qui fait sursauter Justine et Isabelle.

— Pas question d'en arriver là, les filles. De toute façon, on n'a pas le choix, puisque matante Clémence n'en laissera pas passer une ! Vous vous souvenez comme elle était sévère... Le mot *compromis* n'existe pas dans son vocabulaire ! Si on veut voir un jour la couleur de son *cash,* il faut arranger nos *chums* en mode accéléré. On a sept jours pour faire d'eux des hommes convenables !

Isabelle et Justine lèvent un sourcil. Elles se demandent ce que leur sœur a derrière la tête. Il faut toujours se méfier de ses grands yeux verts, qui ont l'air trop sages !

— Ah oui ? Et comment on va faire ça ? interroge Isabelle, impatiente de connaître sa pensée.

— Hé ! Je vous rappelle que je suis célibataire, MOI ! lance Justine, les mains dans les airs. Je pars avec des points en moins !

— Tu te plaignais de ton coloc tantôt. Ce sera donc ta chance de le transformer pour qu'il devienne vivable ! Tu feras d'une pierre deux coups ! Il faut que Clémence tombe sous son charme ; après, ce sera dans la poche. Voici ma tactique : d'ici samedi, on note tout ce qui nous tape sur les nerfs. Ensuite, on comparera nos listes et on établira un plan d'action. À trois, on devrait y arriver !

Justine hausse les épaules avec son air de je-m'en-foutisme qui lui est propre. Un sourire crispé se dessine sur les lèvres d'Isabelle. Celle-ci imagine déjà sa tante en train d'examiner François tout en prenant des notes au stylo rouge. *Cheveux trop longs, ne change pas de couches, ne ramasse pas ses bas sales*... Elle entend même son ton cassant: « Ça ne passe pas! Pas d'héritage! » Voilà un petit jeu qui s'annonce éprouvant.

— Qui aura la plus longue liste, vous croyez? lance Stéphanie, un peu nerveuse.

Isabelle lève la main.

— Moi!

— Oh non! proteste Justine. Ce sera moi si je décide de « prendre en otage » mon coloc. Mon Dieu, par quoi vais-je commencer?...

En silence, Stéphanie songe que ce sera sûrement elle qui gagnera la mise. Tout n'est pas parfait avec Marc-André. Loin de là...

Les trois sœurs entrechoquent leurs tasses vides.

— *Let's go,* les filles, on est capables! s'exclame Justine, prête à tout pour renflouer son compte en banque. Pour se motiver, on n'a qu'à penser à notre futur argent!

— Nos hommes seront des saints après! renchérit Stéphanie. On fera des jalouses!

Une question demeure sans réponse: est-ce vraiment possible d'arranger un homme, même pour un héritage?...

6
Quelque part à Paris

Alors que les sœurs Gagnon partent à la chasse à l'homme parfait, certaines d'avoir encore sept jours devant elles pour atteindre leur but, une femme aux cheveux noir et rouge qui ne fait pas son âge sort dans la nuit sans lune. Une voiture l'attend devant sa résidence, comme ce qu'on voit dans les magazines de vedettes. Le charmant Thomas se tient droit près de la portière grande ouverte.

— Je vous emmène directement à l'aéroport, madame ?

— Oui, Thomas, confirme la passagère en lui tendant sa valise Longchamp.

Un sourire sur les lèvres, la dame s'engouffre dans l'habitacle, fébrile à l'idée de remettre les pieds au Québec. Clémence Guilbault avait donné dix ans à ses trois nièces pour trouver un bon parti. L'heure est venue d'aller constater sur place ce qu'il en est.

7
Mik, le coloc

Les pieds traînants, Justine Gagnon sort du Café Pierrot, tourne à un coin de rue, puis à un second. Isabelle et Stéphanie étaient tout excitées au moment du départ. Elle les avait embrassées sur les joues et leur avait souhaité bonne chance avec leurs listes. Ses sœurs partaient en mission : arranger leur homme. Justine aussi, d'une certaine façon, avec son coloc – le seul homme potentiellement parfait qu'elle a sous la main –, mais ce n'est pas pareil... Tout ça pour les idées folles d'une vieille tante ! Une tante qui a été très présente pour ses sœurs et elle lorsque leur mère est partie. Clémence est une femme forte tenant à ses principes, mais également aimante. Elle faisait redresser les petites épaules courbées, ne voulait pas de coudes sur la table à l'heure des repas, elle vêtait ses nièces de robes blanches et leur tressait les cheveux à la française. Les trois fillettes étaient sa fierté. Matante Clémence a toujours exigé des A dans les bulletins, la politesse, les leçons de piano... Pas étonnant qu'elle souhaite des hommes convenables pour les femmes qu'elles sont devenues.

Justine soupire. La perfection, toujours la perfection... Pfff ! On trouve ça où, en sept jours ? Sébastien Grenier, son ex, était parfait, *lui* ! Beau, travaillant, intelligent, sportif... Bon, il se moquait d'elle quand elle pleurait en regardant des films d'animaux et il faisait des éclaboussures sur le miroir en se brossant les dents, mais elle l'aimait pour de vrai ! Justine n'a pas souvent dit « Je t'aime » dans sa vie. Elle préparait même à Sébastien son café du matin avant qu'il ne quitte son appartement en douce après une nuit mouvementée. Surtout, elle lui apportait le sel à table… Ça, c'est de l'amour ! Il faut croire que c'est elle qui n'était pas parfaite à ses yeux.

Ce soir, alors qu'il fait froid et qu'aucune étoile ne brille dans le ciel, la jeune femme de trente ans arrive à une conclusion consternante : tout le monde est en couple, sauf elle. Même les gens qu'elle croise sur le trottoir se tiennent la main. Deux adolescents timides, un homme en complet accompagné d'une femme en robe blanche moulante, une belle avec un vieux, un grand avec une petite… Justine les contourne, se pousse pour leur céder le passage. Elle se sent de trop dans ce décor romantique du Vieux-Québec. Si jamais elle croise une calèche, elle se jettera devant en pleurant sur son sort !

Justine lève les yeux. La fenêtre de son appartement situé sur la rue D'Auteuil est ouverte. On perçoit des rires, de la musique, quelques jurons… Un autre soupir soulève ses épaules. *C'est vrai, Mik est là avec ses amis.* Comment l'oublier ?

Ce Mik – l'ami d'une amie – a débarqué dans sa vie il y a moins d'un mois. Elle avait dit oui par accident… Ce soir-là, ses collègues de travail avaient décidé de lui changer les idées. Justine venait de découvrir que Sébastien avait emporté ses effets personnels. Il n'avait rien laissé dans l'appartement. Rien, sauf son manteau de cuir. Mik cherchait une piaule en attendant de se trouver autre chose. De son côté, Justine avait besoin d'argent, de quelqu'un pour partager les dépenses. L'esprit embrumé par l'alcool et obnubilée par les yeux bleus du jeune homme, elle avait accepté. Des yeux qui n'étaient pas sans lui rappeler ceux de Sébastien…

Les semaines passent, et Mik ne semble pas pressé de partir. Il a même apporté quelques nouvelles boîtes hier ! Tant mieux, car Justine a besoin de lui pour payer le loyer, la bouffe, le câble… Les appartements dans le Vieux-Québec, ça coûte la peau des fesses. Et ça lui évitera le calvaire de passer une annonce, de se retrouver avec une Barbie aux seins refaits comme coloc. Ou avec un grano qui fait de la méditation en bouffant de la salade. Si elle peut l'arranger à son goût, Mik fera l'affaire. Il est fin, drôle et discret. *Beau,* sexy *et musclé*… Oui, il pourrait peut-être plaire à matante Clémence.

Justine ouvre la porte de l'immeuble. Elle reçoit un courant d'air chaud en plein visage. Puis la jeune femme monte deux à deux la série de marches dont elle connaît chaque fissure par cœur, prêtant attention à ne pas prendre ses talons dans le caoutchouc usé. Plus elle se rapproche de son appartement, plus elle panique. Le volume de la musique est beaucoup trop fort. Les voisins vont porter plainte ! Heureusement, madame Caron voit Mik dans sa soupe depuis qu'il a débouché son évier. Sinon, il y a longtemps qu'elle serait passée aux menaces. La vieille aux dentiers trop grands a déjà pété les plombs pour moins que ça ! Par exemple, pour des ébats amoureux un peu trop exubérants… Franchement ! Elle n'a probablement jamais eu d'orgasme de sa vie, la détestable ! La voisine semble plus tolérante avec Mik qu'avec elle, mais il ne faudrait pas abuser…

En entrant dans son appartement, Justine est accueillie par un rugissement qui fait trembler les murs.

— NON, Jussst !

La jeune infirmière fige sur place devant six mâles, dans la fin vingtaine, assis à la table autour d'une montagne de jetons, des cartes dans les mains. Mik vient de bondir sur ses pieds comme un chat prêt à passer à l'attaque. Justine comprend qu'elle arrive à un mauvais moment… Son coloc saute par-dessus une caisse de bière Coors Light. Sa poigne solide attrape sa main.

— *Fuck!* Va te cacher, Just ! Je perds toujours quand tu es là !

Justine roule les yeux. « Toujours » est un bien grand mot. C'est arrivé une fois ou deux depuis qu'il vit ici... Mik avait perdu, quoi, cinquante dollars ? Elle n'aime pas vraiment le poker, mais elle se tire parfois une chaise lorsqu'un des gars lui offre une bière. C'est amusant de les regarder se faire accroire qu'ils sont des pros avec leurs casquettes, qui descendent un peu sur leurs yeux, ou leurs lunettes fumées. Tentative échouée de *poker face* pour plusieurs ! Pour son coloc, par contre, Justine était incapable de dire s'il mentait ou non. Toutefois, il faut croire qu'elle n'attirait pas la chance, s'il ne voulait pas d'elle pendant le jeu ! Lui et ses superstitions ridicules...

Justine n'arrive pas à suivre Mik ; il marche trop vite ! Dans la foulée, elle perçoit quelques « Salut, Just ! »

— La situation est critique, c'est ça ? chuchote-t-elle en se laissant entraîner dans le couloir.

— Tu as tout compris, Just ! répond-il, énervé. Je suis *all in* et j'ai la paire dans mon jeu pour battre Fred !

Ce Fred est le roi du poker, selon Mik.

— Si un troisième as sort, c'est dans la poche ! reprend-il. En attendant, il faut que tu restes loin, Just !

— Ma grande puissance énergétique pourrait influencer les cartes, c'est ça ?

— Niaise pas, c'est sérieux !

Justine manque de tomber une fois ou deux, car le bout de ses souliers se prend dans le tapis. Elle déteste ce damné tapis qui a toujours l'air un peu sale avec les brûlures de cigarettes faites par les anciens locataires. Le propriétaire refuse de le changer contre n'importe quel plancher flottant *cheap*. Justine est même prête à contribuer financièrement aux travaux. Mais rien à faire : le vieux riche est bouché des deux bouts ! Elle aimerait tellement s'acheter un condo ! Elle en a marre de devoir demander la permission pour installer un cadre. D'entendre le voisin d'en haut pisser la nuit, de se faire casser les oreilles par la musique de celui d'à côté. Ce n'est pas mauvais, du rap, mais le matin au déjeuner, le midi au dîner, le soir – en faisant la vaisselle – et la nuit – en essayant de dormir –, c'est à vomir. Une overdose assurée ! Mik, lui, adore ; il a même demandé au voisin de lui donner sa *playlist*. *Misère*… S'il se met à porter lui aussi son fond de culotte aux genoux, Justine le foutra à la porte sur-le-champ !

En chemin, Justine voit un inconnu sortir de SA salle de bain.

— C'est elle, ta nénette, Mik ? crache le grand maigre avec un sourire niais plaqué sur le visage.

Il a les yeux rouges et une légère fumée flotte autour de lui. Du *pot* ! Justine arrive à se défaire de l'emprise de Mik qui voulait la reconduire jusque dans sa chambre, située au fond du couloir. Elle tourne les talons et se plante directement devant le gars appuyé contre le cadre de la porte.

— Hé ! l'insignifiant ! C'est chez moi, ici. Va te faire foutre ! Et va fumer dehors.

Elle va passer pour une droguée ! Chaque fois, l'odeur de steak brûlé de madame Caron monte dans son appartement par le conduit de la hotte de la cuisinière. Justine n'est pas mieux que morte si la senteur de *pot* se répand chez ses voisins. Et matante Clémence… en ferait une attaque !

D'un tour sur elle-même, Justine fait face à Mik. Celui-ci arrondit les yeux devant l'expression sévère de sa coloc.

— Tu fumes, toi aussi?

Mik toussote.

— Euh... non, non. Pas souvent...

Justine fait son possible pour rester sérieuse et retenir un fou rire devant son visage de petit garçon se faisant disputer. Ce ne sont pas ses affaires ce qu'il fait avec ses poumons, mais puisqu'il faudra l'arranger...

— À l'extérieur, d'accord? dit-elle plus doucement.

L'air impatient, Mik secoue la tête, puis il attrape son poignet. Surprise par son manque de réflexe, Justine ne résiste pas. Elle se laisse traîner comme une poupée de chiffon. Elle aurait pu s'énerver aussi à cause des cannettes vides alignées sur le comptoir entre des restes de pizza et des os grugés, et sur la musique trop forte. C'est drôle comme les soirées de gars diffèrent des soirées de filles. Une petite bouteille de rosé, une salade verte, du vernis à ongles, des revues à potins. Présentement, dans sa cuisine, ça parle fort, ça s'engueule en riant, ça frappe sur la table.

Tout juste avant que la porte de sa chambre ne rebondisse contre le mur, le grand maigre aux yeux brumeux crie à travers le brouhaha:

— Alors, c'est elle que tu trouves *cute* et qui te fait bander quand elle sort de la douche enroulée dans une serviette?

Mik et Justine se faufilent dans la pièce sombre. La jeune femme allume une lampe. Elle aperçoit alors le regard voilé – mais si charmant! – de Mik. Justine en est toute chamboulée.

— Merci, Just, tu es fine ! J'ai une chance de gagner si tu restes ici. Je ferai le café demain matin, promis !

Mik a toutes sortes de superstitions, ce qui le rend à la fois bizarre et mystérieux. Parfois, Justine se demande si ses yeux bleus brillent dans le noir, s'il est un vampire ! Vendredi dernier, qui était le treize du mois, son coloc est resté enfermé dans sa chambre toute la journée. En plus, il jette du sel par-dessus son épaule, il fait peur aux chats noirs… Il tient des statistiques dans un fichier Excel avec un zèle inquiétant. Tout est noté : les victoires et les défaites d'une panoplie d'équipes sportives, le nombre de passes d'un joueur, la fréquence des mises en échec d'un autre… Le document comporte des pages et des pages de chiffres.

— Tu feras mon déjeuner aussi ? lance-t-elle avant que Mik ne s'éclipse.

Éclatant d'un rire sincère, il soulève la vieille casquette des Expos sur sa tête d'un geste familier, secoue ses cheveux, puis la replace dans un angle bien précis.

— Tu auras des *toasts* au Nutella.

— Allez, le gros ! On t'attend ! beugle une voix de la cuisine.

Justine s'adosse au battant de la porte pour empêcher son coloc de sortir.

— C'est vrai que tu me trouves mignonne dans mes serviettes roses ? demande-t-elle d'une voix plus hésitante qu'amusée.

Sans hésiter, Mik pose les mains sur ses épaules pour l'écarter de son chemin.

— Absolument ! proclame-t-il sans grand sérieux avant de disparaître en coup de vent.

Justine se retrouve seule, debout au milieu de la pièce avec son manteau sur le dos et ses chaussures aux pieds.

Bon…

Au moins, son cellulaire est dans la poche de sa veste. Elle pourra occuper son temps avec Candie Crush et essayer de réussir *enfin* le tableau 35. Elle sait que Mik est bloqué à cette étape depuis un bout… Si Justine atteint son but, elle sera rendue plus loin que lui dans le jeu. C'est un beau petit défi de tenter de le battre ! Les amis de Mik viennent jouer au poker une fois ou deux par semaine ; si elle n'intervient pas, des soirées comme celle-là, il y en aura d'autres… Elle n'a pas fini de tourner en rond dans sa chambre ! Ou de s'acharner sur Candie Crush… Des plans pour qu'elle se mette à rêver aux bonbons qui tournent !

Justine regarde en direction de la porte. Elle doit retourner à la cuisine, afin de prouver à son coloc que sa petite personne n'a aucune influence sur les cartes. Et de lui balancer, par la même occasion, qu'elle ne passera pas ses soirées dans sa chambre en attendant qu'il batte Fred ! *Non mais…* Soudain, elle recule d'un pas ; la pensée de son compte en banque presque vide vient de surgir dans son esprit. Justine n'a pas le choix de l'endurer, ce mec, car elle a trop besoin de son argent ! Pire, elle a besoin de lui pour mystifier matante Clémence sur son statut de fille célibataire ! Mik a dit qu'il la trouvait jolie. Si c'est vrai, elle a peut-être une chance de le séduire d'ici la fin de la semaine. Elle songe alors aux rôties au Nutella que Mik a promis de lui préparer. Une couche épaisse de beurre mou avec du chocolat sur le dessus. Mmm ! En plus, ce sera agréable de se faire servir son déjeuner par son coloc, qui est toujours torse nu le matin. Elle pourra l'admirer à satiété, tout en muscles sous son tatouage qui lui couvre la moitié du dos.

Arranger son homme… Oui, Justine peut commencer sa liste ! Elle traverse le lit à grandes enjambées pour attraper le crayon sur sa table de chevet. Elle n'a pas de papier, mais elle prend des notes sur son poignet.

Foutre la gang *de* chums *à la porte*

Maudit poker

Couper la barbichette

Lui apprendre à baisser le son de la musique ou à porter des écouteurs

Assise en indien sur son lit, Justine ramène ses cheveux derrière ses oreilles d'un geste vif. Les superstitions de Mik sont en train de la rendre dingue. Et si elle portait vraiment malheur ? « Essuie les couteaux la lame tournée vers le bas ; sinon, ça attire la haine », « Si tu regardes l'heure et que tous les chiffres sont identiques, comme quatre heures quarante-quatre, ça veut dire que quelqu'un pense à toi ! », « Pose ton pied droit par terre en premier lorsque tu descends de ton lit ; ça porte chance. » Justine surveille maintenant chacun de ses mouvements, de peur qu'un drame lui tombe sur la tête si elle ne met pas le bon pied devant l'autre.

La jeune femme soupire. Et si son coloc avait raison avec ses histoires ? Justine s'allonge à plat ventre sur son lit, son cellulaire à la main. Elle envoie un texto à sa sœur Isabelle d'un doigté habile sur la vitre.

> Salut, grandes dents ! Ma liste est commencée ! Peux-tu croire que je suis séquestrée dans ma chambre parce que ma présence à la cuisine influence les résultats au poker ? Au secours ! Bisous ! Just xxx

8
Colette ou grand-maman-folle

Isabelle Gagnon vient tout juste de demander au chauffeur de taxi de la déposer à quelques pâtés de maisons de la sienne lorsqu'elle reçoit le message de Justine. Elle sourit et lui retourne un «Bonne chance, ma pitoune!» Si sa petite sœur ne s'oppose pas à rester enfermée toute une soirée dans sa chambre pour une ridicule partie de poker, c'est que ce Mik a plus de pouvoir sur elle qu'elle le pense! Justine n'a pas l'habitude de rester passive quand quelque chose la contrarie. Il y a donc de l'espoir pour que cette dernière réussisse à faire de Mikael son homme parfait avant l'arrivée de matante Clémence! Voilà un beau projet pour lui faire oublier son Sébastien...

— Vous êtes certaine, mademoiselle, que vous voulez descendre maintenant? dit le chauffeur qui n'a pas prononcé un mot depuis le départ du Café Pierrot. Il y a beaucoup de vent, ce soir, pour marcher et des gouttelettes commencent à tomber...

Isabelle jette un coup d'œil au compteur. Dans le rétroviseur, elle croise le regard de l'homme assis derrière le volant qui attend son argent et qui aimerait bien poursuivre sa route pour en faire davantage. Elle a pris une tisane de plus avec les filles. Lui reste-t-il assez de monnaie pour payer le taxi? Elle espère que oui; sinon, elle est dans la merde. Isabelle récupère les vingt-cinq sous tombés au fond de son sac à main. Ceux un peu sales qui ont ramassé les cheveux et quelques gommes à mâcher oubliés.

— Oui, oui, ça va. Merci !

— Si c'est ce que vous voulez...

Isabelle sort en vitesse de la Dodge Caravan. Pauvre homme, elle n'avait pas assez d'argent pour lui donner un pourboire. Elle se sent mal un gros dix secondes, puis elle offre son visage à la brise automnale pour emplir ses poumons d'air frais. Elle aime prolonger sa soirée de congé hebdomadaire en marchant, ce qui lui permet de faire le plein d'énergie. Le vent frisquet qui s'infiltre à travers sa veste la fait frissonner, mais tant pis ! Elle enfonce son cou dans son foulard de soie rose et avance d'un bon pas, un sourire sur les lèvres malgré elle. Isabelle est bien, comme ça, les cheveux au vent ; elle adore se promener sans entendre les pleurs de son bébé dans ses oreilles. Elle se sent légère ! Pour une nouvelle maman, même le bruit des voitures est une vraie détente.

La pluie s'intensifie et les gouttes froides forcent Isabelle à accélérer la cadence. Le sujet chaud abordé ce soir avec ses sœurs tourne en boucle dans son esprit. Comment arranger leurs hommes ? Par quoi commencer ? C'est quand même incroyable le pouvoir qu'exerce cette tante malgré les milliers de kilomètres qui la séparent de ses nièces. Et ce, malgré le silence des dernières années. Lorsque les sœurs Gagnon étaient petites, Clémence n'avait qu'à claquer les doigts pour se faire obéir ; sinon, pas de dessert ! Aucune ne voulait être privée des tartelettes au sucre à la crème ou du gâteau triple chocolat ! Si, par malheur, les filles se faisaient attraper après un mauvais coup, la tante prenait plaisir à leur passer les pâtisseries sous le nez. Un vrai supplice ! Isabelle est convaincue d'une chose : si matante Clémence a décidé que ses nièces devaient avoir un homme parfait pour être dans ses bonnes grâces, elle ne flanchera pas !

Isabelle sent monter un élan de panique dans sa poitrine. Oubliant qu'elle se trouve en pleine rue, elle lâche un cri aigu. Cela lui fait un bien énorme. Ensuite, elle serre les poings et se met à piétiner sur place.

— Je n'ai pas que ça à faire dans la vie, moi, montrer à mon *chum* comment remplir un lave-vaisselle ! Qu'elle mange de la m…

La fin de sa phrase meurt avec l'apparition d'un jeune homme devant elle. Son sac à dos semble trop lourd pour ses épaules. Les mains dans les poches de sa veste à capuchon, l'inconnu regarde Isabelle curieusement. Les deux ou trois poils qu'il a au menton indiquent qu'il a tout au plus seize ans.

— Ça va ? s'enquiert-il. T'as besoin d'aide ?

Isabelle toussote en replaçant ses cheveux d'un geste nerveux, puis sa veste et son foulard. Le gars la dévisage comme si elle était folle. Oui, c'est exactement ça : elle est en train de virer folle !

— Non, merci… bredouille-t-elle.

— Tu sais, il ne faut pas t'en faire. Ma mère aussi chiale toujours parce que mon père ne sait pas remplir le lave-vaisselle…

Sur ce, il hausse les épaules et sort un iPod de sa poche. Isabelle le contourne en se disant qu'il doit prendre un malin plaisir à écrire sur son mur Facebook qu'il vient de croiser une hystérique dans la rue !

La jeune femme longe la Honda de son homme garée de travers dans l'entrée asphaltée. François peut bien dire que les femmes conduisent mal ! Cette façon de se stationner, c'est pour être plus près du perron. Il économise des pas ! Pourtant, il va au gym quatre fois par semaine. Elle doute de comprendre un jour sa logique…

Isabelle ne pense plus à l'adolescent. Elle tente de se convaincre que tout va bien aller. Après tout, ce n'est pas si compliqué d'élaborer une liste de ce qui lui tombe sur les nerfs ! D'ailleurs, elle a déjà quelques idées. Arriver à faire changer une couche à François sans vomir serait déjà un bon début ! Au moins, son homme fait un métier honorable qui devrait plaire à Clémence : un enseignant au cégep acceptant de partager la vie d'une coiffeuse, personne n'y croyait vraiment. *Surtout pas la mère de François*, songe la jeune femme avec un rire vainqueur. Merci pour la confiance ! Isabelle pousse la porte en se préparant mentalement à affronter la bête.

— Allô, ma belle ! chuchote Colette qui vient à sa rencontre.

— Bonsoir... marmonne Isabelle, les dents serrées.

Elle n'a jamais aimé sa belle-mère. Cette dernière est trop grande, trop centrée sur elle-même. Une vraie je-me-moi. Madame a fait de nombreux voyages, madame a une manucure parfaite, madame a élevé trois garçons parfaits qui ont tous fait des études universitaires. Ouais ! Isabelle ne sait que trop bien que le fait d'être originaire de la basse-ville de Québec et d'avoir pour mère une accro à la loterie n'ayant pas hésité à s'enfuir en Alaska avec un homme plus riche que Jacques n'est pas très reluisant selon Colette Bérubé. La jeune femme se sent comme une pleure-misère chaque fois que celle-ci pose les yeux sur sa petite personne. Isabelle est devenue coiffeuse ; ce n'est pas rien, elle est une artiste ! L'autre bonne femme, elle a fait quoi, à part dépenser l'argent de son mari ?

Bah ! Depuis longtemps, Isabelle avait opté pour l'ignorance volontaire dans les soupers de famille. Elle se pliait parfois à une conversation polie avec sa belle-mère, d'où elle s'éclipsait à la première occasion sous prétexte d'aller aux toilettes. Elle s'était même inventé des problèmes de vessie pour se donner plus de crédibilité. Une descente de vessie sévère ! Mais les belles-mères inoffensives et sans intérêt se transforment subitement lorsqu'elles deviennent grands-mères ! L'instinct maternel de Colette s'était décuplé à la naissance de sa petite-fille. En fait, cette dernière porte maintenant le titre de « grand-maman-folle » dans la tête d'Isabelle. Elle évite le sujet avec François, parce qu'il apprécie beaucoup sa mère, mais la jeune femme trouve sa belle-mère envahissante et doublement capotée depuis que Laurence est là. Dommage que sa mère à elle ne soit pas plus dévouée pour l'aider avec le bébé. Mais Colette l'est pour deux !

Dans la petite maison de Beauport, tout est silencieux et sombre. François dort sur le divan. Est-ce que sa mère l'a bordé ? L'image fait sourire Isabelle.

— Laurence a fait ça comme une grande, poursuit grand-maman-folle tout bas. Elle a bu cinq onces de lait et elle a fait deux GROS cacas !

À entendre Colette, on jurerait qu'il s'agit d'un exploit. Si elle savait combien de couches sa petite-fille remplit dans une journée… Une vraie fosse à fumier ! Une chance qu'elle n'a pas laissé François seul avec le bébé, songe Isabelle ; il aurait vomi sa vie, c'est certain. Ou la petite aurait moisi dans sa merde.

— Bon, je me sauve, lance Colette, toujours pressée. J'ai fait un peu de lavage et j'ai jeté quelques restants qui pourrissaient dans ton frigo ! Ah oui ! J'ai aussi changé les verres de place. C'est plus pratique qu'ils soient dans l'armoire à côté de l'évier.

Les lèvres pincées pour s'empêcher de répliquer, Isabelle regarde sa belle-mère enfiler sa veste. *C'est ça, décrisse au plus sacrant !*

— Tourlou ! lance la belle-mère avec un signe de la main.

Isabelle répète le « tourlou » dans sa tête. Cette façon de dire au revoir avec le petit doigt en l'air l'énerve tant ! La porte n'est pas entièrement refermée que Colette passe la tête dans l'ouverture. *Elle ne partira donc jamais...*

— J'oubliais ! lance-t-elle de sa voix trop aiguë. J'ai acheté la tenue de la petite pour son baptême. Ma filleule sera la plus belle des princesses. J'ai hâte de te montrer ça !

Elle disparaît enfin. Isabelle fixe la porte avec l'impression que celle-ci s'ouvrira encore une fois. Sa belle-mère n'en finit jamais de s'en aller ! Elle colle comme un ruban adhésif dont on n'arrive pas à se débarrasser. Bon... Isabelle se rue dans la cuisine pour remettre ses verres à leur ancienne place. C'est vrai que c'est plus pratique qu'ils soient tout près du lave-vaisselle. Mais ce n'est certainement pas sa belle-mère qui décidera de l'endroit où elle range ses affaires ! Oh que non ! Pfff !

Isabelle marmonne quelque chose ressemblant à « Ostie de baptême à marde ! » Déjà qu'elle n'était pas chaude à l'idée et qu'elle a accepté uniquement parce qu'elle n'en pouvait plus d'entendre Colette répéter : « C'est quand, le baptême de ma petite pupuuuce ? » François trouvait important de faire baptiser Laurence. Bof ! Isabelle avait donc décidé de jouer le jeu et d'organiser un baptême. Elle avait loué une salle pour cent personnes et elle ferait elle-même la décoration, le gâteau, le buffet...

Justine et Stéphanie lui avaient dit qu'elle était folle de se lancer dans une telle entreprise ! *Pour un baptême.* « C'est intime, un baptême. On y invite papi, mamie, les frères et les sœurs des parents... pas les voisins ! » Elles ont tellement raison... Mais puisque Isabelle ne fait rien comme les autres, elle avait décidé d'inviter TOUT LE MONDE. Sa famille – même tante Ginette qu'elle voit une fois tous les cinq ans dans les funérailles –, ses amies, les copains de

François, ses collègues… Et bien sûr, matante Clémence qui habite à Paris depuis dix ans ! Isabelle l'avait contactée par principe, mais jamais elle ne l'aurait crue assez cinglée pour faire le voyage pour assister à un simple baptême. Si elle avait su que Clémence profiterait de l'occasion pour refaire surface dans la vie de ses sœurs et elle avec ses histoires d'homme parfait, Isabelle aurait choisi la simplicité ! Matante aurait envoyé une carte avec un chèque et tout le monde aurait été content ! *Moi et mes idées de grandeur…*

Dans tout ça, Isabelle aurait voulu avoir le plaisir de choisir elle-même la tenue de sa fille pour cette journée spéciale. *Ce n'est pas trop demandé, il me semble…* Elle dira sa façon de penser à Colette et lui demandera de retourner son achat au magasin ! La connaissant, il s'agit sûrement d'une robe en tulle ! Qui coûte le prix d'une robe de mariée !

Si seulement François pouvait intervenir… Où est son iPad ? Isabelle veut noter ça sur sa liste !

Ostie de belle-mère.

François, le non-interventionniste.

Mais l'histoire de la tenue de Laurence pour le baptême n'est pas le pire. Après tout, ce n'est que du linge ! Colette s'est imposée comme marraine, et ça, c'est le comble. La fin du monde. Le sommet de l'insupportable ! Surtout qu'Isabelle avait déjà promis cet honneur à sa sœur Justine. « Enfin, je serai marraine ! C'est bien ça, Isa ? Tu m'as toujours dit que je serais la marraine de ton premier enfant ! Je suis si conteeente ! »

Isabelle n'est pas sortie du bois. Peut-être pourrait-elle promettre à sa sœur d'être la marraine de son second enfant ? Isabelle est la marraine d'Émile, le fils de Stéphanie. Pour Megan, le choix s'était porté sur le frère de Marc-André et sa femme… maintenant son ex-femme! Justine était convaincue que son tour était arrivé. *Au secours!*

— Ma mère est déjà partie? lance une voix endormie en provenance du salon.

Le bruit des verres cognant contre le comptoir a réveillé François, qui s'étire en bâillant.

— Pourquoi tu l'as laissé changer nos verres de place? grogne Isabelle, la mâchoire crispée.

François se redresse avec difficulté. On croirait qu'il a dormi douze heures tellement il est ébouriffé. Les coussins du divan semblent vouloir l'avaler alors qu'il se démène pour se lever. Colette a dû l'assommer avec une conversation somnifère sur son sujet favori: l'argent. Elle s'inquiète de savoir si François cotise de façon adéquate à ses REER, si lui et Isabelle paient les factures à parts égales, s'ils remboursent l'hypothèque tous les mois ou toutes les deux semaines… François n'a pas hérité du sens des affaires de sa mère; c'est Isabelle qui gère le budget familial. Si Colette savait ça!

— Est-ce que la façon dont notre vaisselle est rangée est si importante? demande l'homme en passant une main dans ses cheveux bruns.

Après tout, ce n'est que de la vaisselle, songe-t-il… Lorsque Isabelle se retourne dans un mouvement lent et calculé avec un verre dans chaque main qu'elle aimerait bien faire éclater contre le mur, elle croise le regard naïf de François. Celui qui l'a séduite il y a dix ans déjà. Son *chum* a de grands yeux noirs sous des sourcils épais, une barbe de trois jours, des cheveux qui descendent comme une vague sur la ligne droite de sa mâchoire. C'est le *look* prof de philo un peu débraillé. Ou celui d'un Highlander des années 1500 dans les films de chevaliers. *Commandement numéro dix: De son apparence, il se souciera.* Il y a un méchant chantier à entreprendre dans ce domaine! Si Isabelle aime l'allure rebelle de son homme, matante Clémence préfère les cheveux courts, la chemise dans les pantalons et la barbe rasée de près avec un Gillette Fusion!

Avec François, rien n'est jamais bien grave. C'est vrai que le fait que les verres soient rangés dans telle ou telle armoire n'est pas si important. Si c'est lui qui avait fait le changement, Isabelle n'aurait pas protesté… Et même, elle les déplacera peut-être dans deux semaines en essayant de se convaincre que la bonne idée vient d'elle et non de Colette.

Avec tout ça, elle n'est même pas encore allée voir la petite dans son lit! Mère indigne! Isabelle dépose le verre qu'elle tient à la main avec force sur le comptoir juste au moment où des bras protecteurs l'enveloppent par-derrière. La jeune femme retient sa respiration et plisse les yeux. Elle est si bien, collée contre François, mais elle sait ce qui suivra… Il pose une main sur la sienne, puis ses doigts remontent le long de son avant-bras.

— Laisse donc faire les verres… lui souffle-t-il à l'oreille.

La culpabilité étouffe Isabelle depuis des mois, car elle n'est plus la même amante depuis son accouchement. Comment arriver à faire l'amour quand on a un bébé de sept mois qui gruge toute notre énergie? Isabelle se le demande… Elle a des cernes jusque sous les aisselles tellement elle est épuisée. En ce moment, elle ne songe qu'à s'écrouler dans son lit – après avoir replacé les verres au bon endroit, bien sûr! Si elle calcule le temps des préliminaires, les ébats amoureux, le bécotage après, le passage à la salle de bain, c'est au moins une heure trente de sommeil qui sera amputée de sa nuit déjà trop courte ! Et le tout sera exécuté avec une oreille distraite au cas où Laurence se réveillerait.

Si le plaisir valait l'investissement en termes de temps, Isabelle considérerait peut-être les choses différemment. Mais depuis la naissance de Laurence, impossible d'avoir des rapprochements sans une douleur lancinante à son bas-ventre ; celle-ci l'empêche de savourer le moment présent. Ce mal est vraiment agaçant. Ça passera sans doute avec le temps, lui répète son médecin.

Isabelle vient de trouver autre chose à noter sur sa liste.

Le sexe, toujours le sexe.

D'un léger mouvement des épaules pour se libérer de l'étreinte insistante de François, Isabelle recule.

— J'ai une ou deux choses à faire avant...

Avec un peu de chance, son *chum* dormira lorsqu'elle ira le rejoindre dans leur grand lit *queen*. Il passera un bras autour d'elle et Isabelle sentira sa respiration régulière dans son cou. Voilà la tendresse dont elle a besoin, ces temps-ci...

François se dirige vers la salle de bain d'un pas lourd, car il a deviné la stratégie d'Isabelle. Cette dernière sort son cellulaire de sa poche et laisse un message à Stéphanie :

> Allô, vieille peau ! Ma belle-mère a changé mes verres d'armoire ! Peux-tu croire ça ? Je vais lui arracher la tête, je le jure... Isabelle xxx

9
M.-A. et les filles à poil

Stéphanie Gagnon éteint le moteur de sa voiture avant de regarder le message texte qui vient d'entrer sur son cellulaire. Elle a entendu le carillon qui lui sert de sonnerie, mais elle a résisté à la tentation de lire le message pendant qu'elle roulait. *Bravo! Belle victoire!* Récemment, les publicités sur le danger de texter au volant l'ont sensibilisée là-dessus… Les histoires d'horreur n'arrivent pas qu'aux autres!

Elle saisit ses sacs en souriant. Sa sœur et la saga de la belle-mère! Tout un phénomène, cette Colette! Stéphanie la croise de temps à autre chez Isabelle. Chaque fois, cette femme parée de bijoux dispendieux fait fuir tout le monde! Elle parle trop fort, elle est trop parfumée, elle se montre trop gentille… Stéphanie n'a jamais connu les parents de Marc-André, ceux-ci étant déjà décédés au moment de leur rencontre. Elle l'a peut-être échappé belle! Colette et matante Clémence ensemble, ce serait un duo d'enfer! Ou alors, elles s'entretueraient. Elle imagine déjà la scène: «Je suis la plus riche!» «Non, c'est moi!»

Enfin chez elle, Stéphanie monte l'escalier les bras chargés. Elle s'est arrêtée au magasin sur le chemin du retour… Megan avait besoin d'un chandail rouge pour une activité à l'école, Émile pleurait parce qu'il avait perdu son crayon préféré, Marc-André n'avait plus de pilules pour son mal de dos. La super maman a tout trouvé pour satisfaire sa tribu ! Elle est épuisée, mais tout le monde sera content. Évidemment, Stéphanie a oublié d'acheter des caramels pour elle.

D'un mouvement vif, elle secoue ses pieds sur le perron avant d'entrer. Maintenant, Stéphanie accomplit ce geste sans réfléchir ; elle a souvent tenté d'inculquer cette habitude à ses enfants – même au chien ! – sans grand résultat. La cour de terre de la maison située près de la rivière Saint-Charles, à Lac-Beauport, transforme le sol de la cuisine en un vrai carré de sable si personne ne fait attention. Mais étant donné que personne ne fait attention, Stéphanie s'est résignée depuis longtemps à passer l'aspirateur deux fois par jour !

Ses achats dans une main, Stéphanie sonde la porte de l'autre. Ah ! Celle-ci est verrouillée... Comme si nul ne se souciait de son retour ! Bizarre, car c'est toujours elle qui verrouille avant d'aller au lit le soir. Fouillant dans sa poche pour prendre ses clés, la jeune femme fronce les sourcils. Après tout, ce n'est certainement pas Marc-André qui craignait de se faire attaquer par un zombie. Ses sacs entre les jambes et le vent ramenant ses cheveux devant son visage, elle s'impatiente en cherchant la bonne clé sur son trousseau qui en contient au moins vingt qui ne servent plus !

Lorsque Stéphanie arrive enfin à ouvrir la porte, elle est soulagée de fuir l'air humide à l'extérieur au profit de la chaleur et de l'odeur des premières attisées du poêle à bois. Si elle n'en avait pas bu autant dans la soirée, elle se ferait un bon café corsé qu'elle dégusterait enroulée dans un doudou sur le divan. À l'intérieur, le silence plane, même si toutes les lumières de la maison sont allumées. Et dire que les enfants lui parlent sans arrêt du réchauffement de la planète, de l'importance de fermer le robinet quand on se brosse les dents, de faire du compost... Visiblement, il y a quelque chose qu'ils n'ont pas saisi dans la théorie de « sauver de l'énergie ».

Une ambiance inhabituelle règne dans la maison ; même le chien n'est pas là pour l'accueillir. Ennuyée, elle dépose ses paquets sur la table tout en portant un regard circulaire sur la pièce. En un battement de cils, la jeune femme remarque qu'un effort de ramassage a été fait. C'est bien, même si ce n'est pas parfait... Stéphanie aurait rangé les vestes qui traînent encore sur le dossier des chaises. Elle aurait aussi vidé la poubelle qui déborde. Tout un chacun pousse sur le contenu, mais personne ne change le sac. *Sauf elle.* Rien de plus répugnant que de ramasser les emballages de barres tendres qui ont déboulé, les fonds de pots de yogourt qui dégoulinent le long du récipient métallique, les restants de bœuf haché tombés par terre. Retirer le sac sans faire de dégâts est un art que Stéphanie ne maîtrise pas. Celui-ci est plein et risque de fendre. *Commandement numéro sept : Les poubelles, il sortira.* Échec !

D'un geste routinier, la jeune femme empile dans un coin près de la porte un ruban à mesurer, un coffre à outils, des bottes de travail. Quand on vit avec un homme qui travaille dans le domaine de la construction, on trouve des petits tas de vis un peu partout sur les comptoirs ou les bureaux de la chambre, un tournevis sur la tablette de l'entrée, une scie à main sur la table, des pinces dans le salon, des clous dans la laveuse qui se sont échappés des poches...

Stéphanie lève la tête en entendant des pas à l'étage. Il s'agit sûrement de ses deux préados qui ne dorment pas encore. Son fils a déjà SA propre télévision et SA console de jeux vidéo dans sa chambre. Et sa fille a SON ordinateur portable, SON iPad, SON iPod ! Et puis quoi encore ? Bientôt, il y aura assez de jouets électroniques dans la maison pour en fournir aux démunis. Il paraît que c'est essentiel – pour l'école ! –, mais Stéphanie n'en est pas certaine. Plus personne ne se parle sous ce toit ! Même Marc-André est probablement rivé à son écran, en train de regarder le prix des scies, des compresseurs... Il passe ses soirées entières sur Internet ! Bon, Stéphanie n'a-t-elle pas, elle-même, son mini iPad qui ne la quitte jamais ? Et son iPhone 5 dont elle ne peut plus se passer ? Pourtant, elle s'était juré de ne jamais s'abaisser à cette dépendance...

Le regard de Stéphanie s'attarde sur l'escalier, situé au coin de la cuisine, qui mène au sous-sol. Sans trop savoir pourquoi, elle s'y engage à pas feutrés pour ne pas faire de bruit. Pratique, quand même, d'avoir un homme habile de ses mains ; il a transformé la vieille cave qui puait l'humidité en une belle salle familiale. Mais elle se demande bien pourquoi puisque, au bout du compte, personne à part Marc-André n'y va. Sauf lorsque vient le moment de regarder un film sur le cinéma maison. Là, la pièce se remplit en un claquement de doigts. Le petit voisin d'en face, les amis de la rue de derrière...

Stéphanie pose un pied sur la dernière marche du sous-sol. La chaleur étouffante provenant du poêle à bois au centre de la pièce la surprend. À côté, Victor, le berger allemand, se prélasse dans son panier. Marc-André a bourré le poêle comme si l'on était en plein mois de janvier ! D'ailleurs, elle voit son mari, dos à elle. *Sacramant!* est la première chose qui lui vient à l'esprit. Elle comprend pourquoi il a verrouillé la porte ! Ce ne sont pas des outils qu'il regarde sur le Net, mais des filles à poil ! Des femmes nues s'exhibent dans des positions explicites sous l'œil voyeur de son mari ! Ce dernier est incliné vers l'écran ; on dirait même qu'il va le lécher tellement il est collé dessus. *Qu'est-ce que tu espères voir ? La grosseur de son mamelon ? Le grain de beauté* sexy *qu'elle a dans le cou ?*

Dans la tête de Stéphanie défile déjà une série de mots de passe efficaces qu'elle pourrait mettre sur l'option contrôle parental de l'ordinateur ! Bloquer tous les sites douteux un par un, faire apparaître une fenêtre surprise avec « Je t'ai vu ! » écrit en rouge lorsque Marc-André tenterait d'accéder à l'un d'entre eux. Elle pourrait aussi installer une pince sous le bureau qui lui arracherait les couilles… Toutes ces éventualités font naître un sourire sadique sur les lèvres de Stéphanie.

OK, on se calme…

Avant de crier comme une folle et de le traiter de cochon pervers, Stéphanie s'arrête pour observer son homme. Marc-André a de larges épaules musclées par son dur travail, un cou bronzé par ses longues heures passées au soleil sur les chantiers, de grandes mains toujours un peu tachées qui font des merveilles avec quelques morceaux de bois. Sa chevelure grisonne sur les tempes, mais elle est toujours aussi fournie malgré ses cinquante-deux ans. C'est quand la dernière fois où ils ont fait l'amour ? Stéphanie doit réfléchir assez longtemps pour se rappeler du moment. C'était il y a un an… ou peut-être plus. C'est flou dans sa mémoire.

Stéphanie porte un doigt à sa bouche. Cela lui donne l'impression de mieux réfléchir. Ça fait si longtemps qu'elle n'a pas touché à son mari qu'elle n'y pense presque jamais. Durant les dernières années, leurs ébats amoureux étaient plutôt désolants. Quand penser à une relation sexuelle amène cet état d'esprit : « Faudrait bien, ça fait longtemps » et que, de part et d'autre, ça semble aussi palpitant que de payer l'hypothèque tous les mois… c'est moche et triste.

La vérité est qu'en vieillissant Marc-André est passé du côté des hommes tendres au lit, ce qui n'a jamais été la tasse de thé de Stéphanie. Elle préfère la spontanéité aux longues caresses interminables à la lueur d'une chandelle. Matante Clémence l'a toujours dit : « Quand ça va bien au lit, ça va bien dans la vie ! » Stéphanie et son mari ont du travail à faire !

N'empêche, si ce sont les petites tenues qui excitent Marc-André, Stéphanie pourrait fort bien en porter, des déshabillés ! Cela ne la dérangerait pas de faire une danse sensuelle à son mari dans la lumière feutrée de leur chambre à coucher. Ils étaient des amants spectaculaires à leurs débuts ! Oui, bon, elle n'a plus tout à fait la même silhouette qu'à vingt ans pour faire autant de folies. Deux grossesses, ça laisse des traces sur le ventre, sur les seins et sur les hanches ! Stéphanie n'a plus rien de comparable à la beauté qui s'offre en spectacle sur le gros écran carré de Marc-André.

La jeune femme toussote pour attirer l'attention de son mari. Elle n'a jamais vu un homme fermer aussi rapidement un écran d'ordinateur ! Vitesse grand V ! Un record mondial ! C'est comme si l'index de Marc-André était programmé pour atteindre directement le bouton en bas, à droite. La fille aux seins retroussés qui porte un kit de cuir moulant disparaît sous quelques lignes bleu et rouge, puis le vieil écran s'éteint en un clic.

— Stéphanie, tu es là !

Eh oui ! Coucou !

— On dirait bien, répond-elle d'une voix posée.

Le couple échange un regard sournois, comme si chacun essayait de lire dans les pensées de l'autre. Cet homme, elle le connaît depuis presque treize ans. Un coup de foudre instantané. Il faut dire que c'était impressionnant, un prince charmant de quarante ans qui avait déjà son camion, sa compagnie de construction, sa maison... À vingt-cinq ans, la jeune femme vivante et pleine d'ambition était tombée dans ses bras les yeux fermés. Elle ne l'a jamais regretté ! Par contre, leur différence d'âge commence à se faire sentir. Stéphanie a encore la tête pleine de projets de voyage, elle vise une promotion importante au travail, elle voudrait se remettre à la randonnée pédestre qu'elle a délaissée depuis qu'elle est mère. Marc-André est encore en forme, pétant de santé et de défis, mais l'énergie n'est plus la même. Il préfère le sofa à l'ascension de montagnes.

— Qu'est-ce que tu faisais ? ne peut-elle s'empêcher de demander du bout des lèvres.

L'envie de poser la question était insupportable : les mots lui brûlaient la langue. Son ton est neutre et ne contient aucun sous-entendu. Stéphanie a simplement très hâte de connaître la réponse de son mari.

Les épaules de ce dernier roulent vers l'extérieur, puis ses doigts se croisent derrière sa nuque dans un geste décontracté.

— Bah ! Je regardais les nouveaux modèles de perceuses.

Stéphanie hoche lentement la tête. Oui, bien sûr, les nouveaux modèles de perceuses… Alors, toutes les fois que Marc-André a prétendu avoir passé sa soirée à comparer le prix des moteurs ou d'autres trucs, c'était de la *bullshit* ?…

Est-elle surprise d'avoir trouvé son mari en train de regarder des filles toutes nues à l'ordinateur ? Non. La plupart des hommes le font, même si l'on préfère se mettre la tête dans le sable et croire le contraire. Cependant, leur relation est devenue si platonique que Stéphanie croyait naïvement que Marc-André avait une baisse de libido. La bosse dans son pantalon lui confirme que non…

— Et elles sont belles, les perceuses ? ose Stéphanie avec une pointe d'arrogance dans la voix.

Son but n'est pas de le confronter, mais de lui montrer qu'elle n'est pas complètement idiote. Elle aurait préféré qu'il lui dise la vérité en pleine face. Pour Stéphanie, le mensonge est pire que l'acte lui-même.

— Elles sont très chères, surtout, réplique Marc-André sans sourciller. Il est tard, je vais me coucher.

Il ferme l'ordinateur avant de passer près d'elle sans la toucher. Stéphanie mordille son index en regardant le dos droit de Marc-André pendant qu'il monte l'escalier de bois. Il doit incliner la tête pour ne pas se cogner contre la poutre qui traverse le plafond. Elle meurt d'envie de se ruer sur l'ordinateur et de fouiller dans l'historique de la journée. Pour voir ce que son homme regarde et qu'elle n'est pas...

Qu'est-ce qui s'est passé, dans leur vie, pour qu'un si grand fossé se creuse entre eux ? Ils donneraient probablement la même réponse plate que tous les couples d'un certain âge : la routine, les enfants et le travail... Boulot, métro, dodo ! Stéphanie et Marc-André se sont sans doute laissés prendre dans la roue infernale du temps qui s'écoule. Leur couple est devenu un long fleuve tranquille, une eau morte que la vie pousse à gauche et à droite sans que personne se pose la moindre question. C'est facile et ça exige peu d'effort.

Incertaine de ce qu'elle ressent vraiment entre déception et frustration, Stéphanie lèche rapidement le bout de son index pour l'humidifier avant de saisir la première feuille brouillon sur la pile devant elle. Avec un stylo bleu qui a du vécu, elle griffonne gauchement :

Liste de choses à arranger : Marc-André passe beaucoup trop de temps sur Internet...

10
Aéroport de Paris

Il est trois heures du matin à Paris, mais l'aéroport est rempli de gens qui vaquent à leurs occupations comme en plein après-midi. Les restaurants, les boutiques et la salle de jeux bourdonnent d'activité… La circulation est constante, le bruit aussi. Des groupes arrivent avec le sourire, d'autres partent avec les yeux mouillés. Un peu à l'écart, dans le chic *lobby* réservé aux passagers de marque, Clémence Guilbault trempe ses lèvres dans un café moka plutôt médiocre. Elle fixe l'horloge du coin de l'œil. Plus que deux minutes à patienter…

Dring !

D'une main alerte, Clémence attrape son téléphone. Elle lâche un « Putain ! » sonore en cherchant le bouton pour répondre. Elle déteste les cellulaires. Surtout, elle refuse catégoriquement de s'approcher de tous les appareils commençant par la lettre *i*. Le modèle qui se replie, sans écran et sans application, est déjà suffisamment compliqué comme ça !

— Allô !

— Salut, ma vieille ! C'est Albert.

Clémence sourit. Elle a hâte de revoir son ami !

— Dis-moi, est-ce que tout est prêt ? demande-t-elle avec enthousiasme.

— Tout à fait ! La maison sera libre toute la semaine. C'est pour tes nièces, c'est ça ?

— Exact ! Par contre, je n'ai pas encore décidé du moment où je te les enverrai.

— Pas de problème. Je dois les garder en otage combien de temps ?

— Le temps qu'il faudra !

11
Le chandail des Nordiques

Stéphanie, qui a le sommeil léger, est réveillée par le vent qui siffle dans l'ouverture de la fenêtre de sa chambre. C'était le seul moyen de dormir après l'épisode de chauffage extrême du poêle à bois de Marc-André la veille. Le bout de son nez est froid, ce qui signifie qu'il s'agit d'un vendredi matin frisquet d'automne. Stéphanie étire le cou pour regarder les chiffres sur le réveille-matin. Cinq heures. C'est parfait !

Il lui reste exactement quinze minutes de solitude. Ensuite, l'alarme de Marc-André sonnera. Celui-ci allumera la télévision, prendra dix minutes à tourner dans le salon avec son rasoir électrique en regardant le canal météo… Le damné bruit du rasoir électrique la rend folle le matin ! Pendant ce temps, elle fera plusieurs fois l'aller-retour entre la cuisine et les chambres de ses héritiers pour *essayer* de les sortir de leur sommeil profond. Elle fera les lunchs, les déjeuners, nourrira les poissons, le chien… Elle mettra du linge dans la laveuse, prendra une douche, sortira un rôti pour le souper. Les enfants se chamailleront pour le dernier bol de céréales Cap'n Crunch, tandis que Marc-André boira tranquillement son café en lisant le journal. Un matin comme les autres, quoi.

Mais pour l'instant, il lui reste quinze minutes de silence.

Quinze minutes pour ruminer les commandements de matante Clémence.

Stéphanie a rêvé que sa tante arrivait plus tôt que prévu et qu'elle surprenait Marc-André en train de se branler devant son écran ! La honte... En plus, l'homme avait éjaculé sur la jupe de Clémence en se retournant. Seule avec ses pensées, Stéphanie plaque ses paumes sur ses yeux tellement l'image est dégoûtante. Elle s'est réveillée juste avant que Clémence castre Marc-André à froid avec des pinces en fer !

D'un hochement de tête, la jeune femme chasse le cauchemar de son esprit. Elle fixe son attention sur son homme dont la respiration est régulière et paisible. Les traits droits et masculins de son visage sont détendus ; Marc-André a l'air bien. Il ne rêve sans doute pas à matante Clémence, *lui*. Son mari porte encore le tee-shirt des Nordiques de Québec vieux de vingt ans que Stéphanie a tenté plusieurs fois de glisser à travers les vêtements à donner. Le chandail est décoloré et troué... mais Marc-André tient à lui. Une fois, il est allé le racheter au sous-sol de l'église ; il avait payé deux dollars pour le récupérer ! Dans la garde-robe, il y a quelques tee-shirts auxquels Stéphanie ne doit *absolument* pas toucher. C'est presque pathétique cet attachement sentimental à ses vieilleries.

À noter sur sa liste : *Pu capable du chandail des Nordiques.*

En fait, pu capable des Nordiques tout court. Marc-André est un admirateur acharné de cette équipe disparue. Il en parle encore avec passion. S'il fallait que l'équipe revienne à Québec ! Donnez-lui une bouteille de vin et il vous racontera tous les buts importants de l'histoire des Nordiques. Particulièrement celui d'Alain Côté qui avait été refusé en 1987 contre les Canadiens. Chaque fois, Stéphanie doit le calmer de peur qu'il ne fasse une crise cardiaque tellement il est en colère !

N'empêche, il est beau, son homme, quand il dort, même avec un vieux tee-shirt usé sur le dos. Stéphanie le trouve encore séduisant, après toutes ces années. Elle oublie simplement parfois de le remarquer. La jeune femme sourit en se remémorant leurs matins torrides. Ils dormaient nus, dans le temps ! C'était leur moment préféré pour faire l'amour. Oh ! Comme c'était intense !... Mais c'était il y a bien longtemps. Qui a cessé de toucher l'autre en premier ? Elle, peut-être, lors de ses grossesses difficiles et qualifiées « à risque », ce qui privait le couple de sexe pendant des mois. Ensuite étaient venus les bébés, la fatigue, les activités, le surplus de poids collant aux hanches de Stéphanie... Les ébats amoureux s'étaient espacés d'année en année, pour finalement disparaître totalement.

Avec un soupir, Stéphanie soulève les couvertures et glisse ses pieds dans ses pantoufles. Elle a tout juste le temps de s'installer dans la chaise berçante avec sa tasse bouillante et un magazine contenant des articles du genre « Ravivez la flamme de votre couple en dix étapes » que Marc-André apparaît dans le salon, avec sa tignasse en broussaille et son chandail troué. Adieu la tranquillité... Elle connaît trop bien la routine de son mari ! Il saisit la manette de la télévision et regarde *Salut, bonjour !* ; ensuite, ce sera au tour de MétéoMédia. Pour l'instant, Ève-Marie Lortie livre les détails d'une importante chasse à l'homme survenue en ville. Stéphanie n'écoute pas vraiment. Marc-André ne l'a pas saluée et ne l'a pas embrassée. Est-ce qu'il avait agi ainsi la veille ? La semaine dernière ? Le mois passé ?

— Depuis quand tu ne me dis pas bonjour, le matin ? lance Stéphanie d'une voix forte pour couvrir le volume de la télé.

Marc-André la regarde une seconde comme si elle venait d'une autre planète. Oh ! Ça fait sans doute plus longtemps qu'elle ne le croyait que son mari et elle ne se parlent plus au réveil.

— Salut... marmonne-t-il avant de se retourner vers la télé.

Il monte même le volume. C'est bon, elle a compris... Stéphanie dépose son magazine, puis elle s'empare de sa tasse de café avant de réintégrer l'endroit où elle se sent vraiment utile et appréciée : sa cuisine. Elle ne supporte pas le bruit et encore moins le changement de chaîne toutes les trente secondes. Chasser les tourments avec la bouffe, ça a toujours été sa façon de faire. Elle dit rarement un mot plus haut que l'autre ; elle préfère se jeter la tête la première dans les gras trans. À défaut d'avoir des caramels sous la main, de bonnes crêpes au chocolat et aux bananes sont donc de circonstance en ce vendredi matin ! De plus, tout le monde sera ravi.

Entre deux œufs et une tasse de farine, Stéphanie ouvre son iPad sur le comptoir pour écrire un courriel à Isabelle.

De : Stéphanie Gagnon
À : Isabelle Gagnon
Objet : Papa

Salut petite tête,

Je vais passer voir papa à la résidence aujourd'hui. Viens-tu avec moi ? Je parie qu'il n'a pas oublié matante Clémence !
Bisous

Stéphanie xx
P.-S. – J'ai décidé d'ajouter un nouveau commandement : Devant les filles nues sur Internet, il ne bandera pas ! Poche, hein ?

12
La cure d'ail

Appuyée contre le comptoir de sa jolie cuisine aux rideaux blancs et au plancher de bois, Isabelle fait sautiller le bébé sur sa hanche en attendant que le biberon chauffe. De l'eau chaude dans un pot de yogourt s'avère un procédé d'une lenteur extrême ; on se croirait à l'âge de pierre ! Pourtant, la jeune femme n'aime pas utiliser le micro-ondes, même si ce serait vite fait et que sa fille se tairait plus rapidement ! Mais c'est nocif pour les bébés, d'après tous les livres… *C'est sûrement vrai si les livres le disent !* De sa main libre, Isabelle consulte ses courriels comme elle le fait tous les matins devant le même comptoir, la même tasse à café…

Un message de Stéphanie l'attend. Isabelle répond maladroitement à sa sœur. C'est difficile de taper avec une seule main et Laurence qui cherche à toucher l'écran. À la dernière seconde, son poignet stoppe la chute d'un coulis de bave…

De : Isabelle Gagnon
À : Stéphanie Gagnon
Objet : RE : Papa

Je passe mon tour ! J'ai l'allure d'une vache enragée. Tu m'en redonneras des nouvelles. Et… bonne chance !

Isa xxx

P.-S. – J'approuve le nouveau commandement ! Mais ne t'en fais pas trop. Tous les hommes regardent du porno sur le Net... Et plusieurs femmes aussi, non ?

Songeuse, les doigts d'Isabelle tambourinent sur la surface rugueuse du comptoir. Voilà un sujet qu'elle n'a jamais abordé avec François. Mieux vaut ne rien savoir ! Pas qu'elle n'ait jamais songé à fouiller dans l'historique du portable de son mari pour vérifier... Ah ! saleté de curiosité ! Mais elle préfère vivre dans l'innocence et la pensée magique que son *chum* n'est pas comme les autres, que ça ne l'intéresse pas !

Isabelle n'a fait que deux clics sur Facebook lorsqu'une fenêtre s'ouvre au bas de son écran. C'est Stéphanie.

Stéphanie : Tu regardes du porno sur Internet ?! Nonnnnnn !

IsaG : LOL ! Je n'ai pas dit ça !

Stéphanie : Ark ! C'est bourré de pénis gonflés au Viagra ! Ce n'est même pas beau !

IsaG : Tout le monde sait que c'est pas vrai...

Stéphanie : Un homme qui s'excite pour de grosses boules, je peux comprendre. Mais une femme ?! Tu le fais, hein ? Merde, je ne te pensais pas de même, la sœur !

IsaG : Ben quoi ? Ce n'est pas excitant d'entendre grogner un beau mâle en érection ? :P

Stéphanie: Nonnn! Arrête! Je ne veux pas savoir ce que tu fais devant ton ordi! (J'espère que tu ne fais pas regarder ça à ta fille, au moins?!) Bon, je retourne à mes crêpes! Si tu changes d'idée pour papa, appelle-moi. Ciao!

IsaG: Bonne journée, vieille sainte-nitouche!

Isabelle taquine son aînée, mais au fond, elle n'est pas une adepte de la pornographie non plus. Du moins, pas souvent… Et c'est juste pour rire, comme tout le monde le dit!

La conversation sur le sexe a redonné le sourire à Isabelle. Ses quatre heures de sommeil entrecoupées des hurlements de Miss Laurence Gagnon-Rancourt lui font l'effet d'une gueule de bois en ce vendredi matin. Le plancher entre sa chambre et celle du bébé est usé par ses allers-retours pour clouer le bec à sa fille avec sa suce. Qu'elle recrache aussitôt… Vingt fois par nuit, c'est à rendre fou n'importe qui.

Exténuée, Isabelle soupire tout en mordillant affectueusement les petits doigts baveux de Laurence qui rigole. Si au moins celle-ci laissait son père la consoler la nuit, au lieu de s'époumoner jusqu'à ce qu'elle soit dans les bras de sa maman. Ah! ce sentiment d'être indispensable pour nos enfants! Quand sa sœur Stéphanie avouait qu'elle laissait Émile dormir dans le lit conjugal, Isabelle était scandalisée… Aujourd'hui, la jeune maman est sur le point de faire pareil! Mais il ne faut pas tomber dans le panneau. Selon les livres, le cododo est dangereux…

Le biberon est sans doute tiède depuis longtemps, mais la vue d'un panier de gousses d'ail sur le comptoir a distrait Isabelle. NON! Ce n'est pas déjà le temps pour François de faire sa cure d'ail?! Il se soumet deux fois par année à ce procédé: à l'automne et au printemps. Il ingurgite alors deux à trois gousses par jour pendant trop longtemps au goût d'Isabelle. Il pue le calvaire! La jeune femme veut bien croire aux vertus de cette plante sur la santé, mais l'odeur manque de lui faire perdre connaissance à cause de son intensité. On croirait que François transpire de l'ail! C'est à réveiller les morts.

C'est au tour d'Isabelle d'inventer un nouveau commandement: *La cure d'ail, il bannira!* Il ne reste plus qu'à espérer que sa réserve de chandelles Dollarama qui sentent le pot-pourri soit bien garnie.

Le bébé sur la hanche, Isabelle fonce dans sa chambre. La pièce est vide... Le bruit de la douche se fait entendre. La jeune maman installe sa fille dans un coin avec son biberon, puis elle ouvre le tiroir à cochonneries de sa table de chevet. C'est celui qui accumule les objets perdus, les trucs qu'on ne sait jamais où ranger: de la monnaie, de vieilles barres tendres, des cartes d'affaires, les bas désormais célibataires... Zut! Aucune chandelle! Les bras croisés, Isabelle regarde la montagne de couvertures entremêlées en expirant. Ce n'est pas très invitant.

— Regarde ça, Laurence: ton père ne sait pas faire un lit! Il va falloir lui montrer la technique cette semaine, n'est-ce pas? Sinon, matante Clémence sera fâchée!

Isabelle roule les yeux, car elle se sent toujours un peu stupide quand elle parle en bébé à sa fille! Même Laurence la regarde avec un air de «bel effort, maman!» François est toujours le dernier à se lever et, évidemment, il ne se donne jamais la peine de faire le lit. «Personne ne vient jamais dans la chambre...» C'est un bon point. Et dire que le couvre-lit a coûté une fortune, la peau des fesses: une semaine de salaire! Isabelle l'a commandé par Internet. C'était le seul qui s'accordait avec la couleur «pomme de sucre» des murs.

Malgré le bébé qui la regarde en pleurnichant comme si elle était la belle-mère d'Aurore, Isabelle empoigne la couverture à deux mains et la secoue pour l'étendre sur le lit. Voilà qui est mieux ! Un coussin, deux coussins… Déjà, elle se sent de meilleure humeur ! Dans son élan, elle se penche pour prendre quelques vêtements d'homme abandonnés près de la commode. Une corvée qui lui revient trop souvent et qu'elle fait maintenant sans même s'en rendre compte. Quand il y a du linge par terre, elle le ramasse.

Isabelle observe les bas de coton, malodorants et humides, qui pendent au bout de ses doigts. Ça l'écœure ! *Commandement numéro quatre : Les vêtements sales, il déposera dans le panier à linge.* Le panier est pourtant bien visible ; il est placé juste à côté du lit. Pas dans la salle de bain, non : il est à portée de main. François n'est même pas capable d'étirer le bras pour mettre ses vieux bas sales et troués dans le panier. Par vengeance, Isabelle se promet de les brûler, un jour !

— As-tu des cours toute la journée ? demande-t-elle lorsque François pénètre dans la chambre d'un pas vif et déterminé.

— Non, seulement en après-midi. Mais je rencontre des étudiants ce matin.

Son *chum* est encore ruisselant de vapeur à cause de sa douche trop chaude. Isabelle le regarde sortir ses vêtements avec une réelle jalousie. Ce qu'elle donnerait pour n'avoir qu'à se demander quoi mettre aujourd'hui ! Mais à quoi bon se torturer ? Elle ne croisera personne à part un bébé gluant qui se fout de voir sa mère en jogging. Le papa, lui, a un but : se préparer pour aller travailler. Il retrouvera ses amis, ses étudiants, ses collègues. Il discutera avec des gens, se sentira utile en classe devant les vingt-cinq têtes qui sont là pour apprendre. Il ragera même peut-être contre un ou deux baveux qui dérangent tout le groupe, mais au moins, il se passera quelque chose !

Il ne reste plus que quelques mois au congé de maternité d'Isabelle. Enfin ! Pourtant, elle avait si hâte. La jeune femme a travaillé durant presque toute sa grossesse malgré les contre-indications de son médecin. Quand une cliente se plaint de sa repousse de cheveux blancs, on la satisfait ; sinon, elle ira ailleurs. Les derniers temps, elle fantasmait sur l'année à venir. Un an sans devoir courir le matin, sans descendre dans son salon de coiffure situé au sous-sol, sans travailler trois soirs par semaine et les samedis matin, sans être obligée de respecter les horaires capricieux de madame Bérubé pour sa teinture !

Maintenant, la jeune femme s'ennuie de ses ciseaux, des jasettes avec ses clientes régulières sur la météo et la politique. *Ou sur le sexe.* Ce dilemme infernal lui tiraille les entrailles : elle a envie de reprendre sa vie d'avant, mais panique à l'idée de laisser la petite – cette minuscule boule d'amour si chiante par moments, mais dont elle ne peut plus se passer ! C'est ça, l'amour inconditionnel, les liens du sang ? C'est fort… trop fort pour Isabelle. Elle n'arrive plus à s'y retrouver !

— Et toi, ta journée ? s'enquiert François en se retournant.

Isabelle se laisse tomber sur le coin du lit, qui rebondit sous son poids.

— Rien de prévu…

Sa journée à elle sera pareille à celle de la veille. Et à l'autre d'avant. Elle ramassera les traîneries, nourrira la petite, consolera la petite, ira promener la petite en poussette, nourrira la petite… Isabelle s'ennuie tellement !

— Tu n'avais pas du magasinage à faire pour le baptême ?

— Peut-être...

Il faut être courageux pour affronter un magasin à grande surface avec une poussette, un sac à couches, un doudou, un biberon, des purées... Tout ça pour quelques achats vite faits avant que le bébé ne se mette à hurler devant tout le monde. Maintenant, faire les boutiques n'a plus rien de relaxant.

François laisse tomber sa serviette pour passer sous-vêtement, pantalon, chemise. La jeune femme étudie ses mouvements. Le gym lui va bien : ses cuisses sont fermes, ses biceps juste assez gonflés. Il devrait plaire à matante Clémence.

— Mets ta chemise dans ton pantalon, commente-t-elle.

Clémence aime les hommes bien mis ! François lève un sourcil.

— Je vais au cégep, pas à un mariage. Depuis quand te soucies-tu de mon linge ?

— Depuis ce matin, dit Isabelle sur un ton rigide. Allez ! C'est plus beau quand la chemise est dans le pantalon.

François s'exécute sans insister.

— Je ferai comme les enfants ; une fois à l'école, je sortirai ma chemise ! grimace-t-il avec un clin d'œil.

Isabelle sourit. Il en serait bien capable ! Amusée, elle se lève pour ajuster le tissu à sa taille afin que les vêtements de son mari n'aient pas l'air d'émerger de la sécheuse. Le repassage n'est pas le plus grand talent d'Isabelle. Zut ! François a remarqué qu'elle détaillait ses fesses avec beaucoup d'attention. Les mains dans les airs, elle recule d'un pas.

— Non, non, non ! On n'a pas le temps !

Un sourire ravageur aux lèvres, François jette un coup d'œil à sa montre.

— On est capables de faire vite !

Rapide comme l'éclair, Isabelle bondit sur le lit pour fuir les bras de François qui s'apprêtaient à l'attraper. Elle secoue la tête, puis montre le bébé encore par terre qui, les yeux écarquillés, regarde ses parents.

— On ne peut pas faire ça devant la petite, voyons donc ! proteste Isabelle. Et ramasse tes bas qui puent ; le panier est juste là… conclut-elle en lui lançant un oreiller.

François le lui retourne sur-le-champ ; l'objet la frappe en plein visage. L'électricité statique dans ses cheveux donne à Isabelle l'allure d'une sorcière tout droit sortie d'un film d'épouvante à faible budget.

— Tu ne perds rien pour attendre, ce soir ! susurre François, qui soulève sans scrupule le haut du pyjama d'Isabelle.

Cette dernière plaque ses mains sur les épaules de son homme pour le repousser.

— Pfff ! Oublie ça pour ce soir ! J'ai vu les gousses d'ail sur le comptoir. Pas question que tu t'approches à moins de trois mètres de moi avec ton haleine de cheval. Et tu dormiras sur le divan !

François rit doucement, puis il lui laisse le champ libre pour prendre Laurence. La petite a basculé sur le dos et, à en juger par l'ampleur de sa crise, c'est la fin du monde !

— Dans ce cas, je vais attendre à demain avant de commencer ma cure ! annonce-t-il, les mains dans les poches. Mais tu devrais faire une cure toi aussi ; comme ça, on serait deux à puer le diable. On se sent tellement mieux après ! Tu te plains toujours que tu es fatiguée. Ça te donnerait de l'énergie.

Pas question ! Isabelle prendra les comprimés de produits naturels qui donnent de l'énergie que Colette lui a donnés, mais pas l'ail. Jamais l'ail ! Ark ! Elle a déjà l'odeur dans le nez…

La jeune maman passe vite devant la salle de bain encore embuée. Le mélange vapeur, odeur du shampoing et effluves du parfum de François envahit ses narines. Mais ça sent meilleur que l'ail ! À noter sur sa liste : *Les serviettes mouillées en boule sur le comptoir. Les flaques d'eau sur la céramique.*

Chaque matin, elle manque de glisser en mettant le pied sur la céramique inondée. Ce n'est pas difficile d'éponger quand on a terminé… Au pire, tu lances la serviette sur le sol et, du bout du pied, tu frottes un peu. Même pas besoin de se mettre à quatre pattes !

D'un geste lent et sans motivation, Isabelle installe le bébé dans sa chaise avant de préparer ses céréales. La substance ressemble un peu à du gruau, mais beaucoup à du vomi. Cette tâche lui pèse matin après matin. Chaque fois, le bébé tape sur la cuillère, crache, renverse son plat… C'est collant et difficile à nettoyer ! Et ça pue !

Lorsqu'elle se retourne, François tient la boîte de Pablum. Il verse les céréales dans un bol de princesse. Isabelle réagit en le voyant s'approcher de l'évier.

— Tu ne vas pas mélanger les céréales avec l'eau du robinet ? ! s'écrie-t-elle.

François fige. Isabelle lui tend une cruche d'eau bouillie qu'elle garde au frigo. Sa sœur Stéphanie lui répète que Laurence est maintenant assez vieille pour ne plus devoir faire bouillir l'eau avant de la lui donner. Mais Isabelle préfère ne pas courir de risque. Il y a tellement de produits chimiques et de pollution partout de nos jours !

— Tu as mis trop d'eau… commente Isabelle qui suit attentivement les opérations par-dessus l'épaule de François. Ajoute des céréales ; sinon, ce sera trop liquide.

Soupirant pour garder son calme, l'homme s'exécute. Isabelle est si près qu'il a l'impression qu'elle lui arrachera le plat des mains d'une seconde à l'autre. Il décide d'agir le premier.

— Tu t'occupes de faire chauffer les céréales ? s'empresse-t-il de demander, heureux de fuir les ordres.

Immobile, la maman se retrouve avec le bol de potasse brune au creux de ses mains comme une offrande. François rassemble veste, porte-documents et tasse à café pour la route. Isabelle envie tellement la liberté que lui procure le fait d'aller travailler ! Elle se sent prisonnière, et les chaînes à ses poignets sont personnifiées par Laurence avec des céréales plein la face ! Quatre bouchées suffisent à la petite pour en mettre autant sur le plancher qu'il en reste dans le bol ! Grrr ! C'est toujours la même histoire ! Il y a des céréales sur les pattes des chaises et le bas des armoires. Alors qu'Isabelle est agenouillée sur le plancher pour nettoyer les éclaboussures, François met ses souliers et attrape une gousse d'ail comme s'il s'agissait d'une pomme.

— Tu peux aller au gym, si tu t'ennuies ! Ma mère ne demande pas mieux que de venir garder la petite.

Isabelle se frappe la tête contre la table. Ouille ! Le gym l'écœure encore plus que les céréales molles qu'elle ramasse actuellement. Savoir que Colette dorlote sa fille pendant qu'elle sue sur un vélo inconfortable en sentant la sueur des autres, non merci ! Isabelle, qui traîne dix kilos de trop depuis sa grossesse, se demande où elle puiserait la force de faire du sport. François lui avait suggéré le cardiopoussette… La jeune maman ne s'était même pas présentée au premier cours ! Elle s'était cachée derrière un buisson pour regarder les filles avec leurs vêtements Adidas et leurs espadrilles neuves sauter comme des gazelles avec leurs bébés. Elles souriaient en plus ! Un, deux, un, deux. Leurs pas étaient synchronisés. Isabelle était repartie en pleurant avec sa poussette et son vieux jogging, se disant qu'elle devrait se contenter du yoga.

François se penche pour l'embrasser vite fait.

— Bonne journée, mes amours !

Sur ce, Isabelle reçoit une bouchée de céréales en pleine figure. Dans un élan de rage, un cri sourd monte de sa poitrine, puis elle empoigne son cellulaire.

Merde, le répondeur…

« C'est Justine. Laissez-moi un message ! »

— Bonjour, ma pitoune. Qu'est-ce que tu fais aujourd'hui ? Appelle-moi si tu as envie de bercer ta nièce chérie. Faudrait que j'aille au gym… Ah oui ! Je voulais aussi te dire que Stéphanie passera voir papa. Bon, eh bien, c'est ça. Bye !

Isabelle se prépare à raccrocher. Mais, sur un coup de tête, elle remet l'appareil à son oreille :

— Et… euh… ma belle-mère tient à être la marraine de Laurence. Donc, c'est ça… Euh… désolée… Je t'expliquerai. Au prochain bébé, ce sera ton tour ! Promis !

13
Du savon et des bulles

Dans la rue D'Auteuil, dans le Vieux-Québec, Justine Gagnon tâte la table de chevet pour trouver son cellulaire. Elle n'a pas été assez vite pour répondre. Tant pis! Elle prendra le message plus tard. Et si c'était Sébastien? Dans son demi-sommeil, un cri la fait sursauter.

— Non! Sale pute! Je vais t'avoir!

La jeune femme s'assoit carrément dans son lit. Il est sept heures du matin et quelqu'un hurle comme un débile dans son salon! Ah!... Son coloc est déjà debout? Elle tend l'oreille:

— Je t'avais dit de suivre, p'tit con. La prochaine aurait été la bonne!

Il se parle à lui-même, ou quoi? Des copains de la veille sont restés à coucher? Justine n'entend aucun autre bruit que la voix de Mik. D'un geste las, elle abandonne le cellulaire sur son oreiller. Puis, en silence, elle débouche dans le corridor. Au moins, elle sait qu'elle est présentable; depuis que Mik a emménagé chez elle, Justine choisit ses pyjamas avec minutie. Pas trop *sexy* quand même... Aujourd'hui, celui que Justine porte en montre juste assez tout en lui donnant un petit air coquin et intello. La jeune femme s'assure tout de même que sa tignasse n'est pas trop en bataille en regardant son reflet dans la vitre d'un cadre accroché au mur. Celui-ci les montre, ses sœurs et elle, au sommet du Mont Saint-Sauveur. La photo remonte à deux ans.

Bien installé dans la cuisine devant son ordinateur, écouteurs sur les oreilles, Mik lui tourne le dos. D'ailleurs, Justine trouve que la table accueille trop souvent un ramassis de trucs électroniques : cellulaire, iPod, tablette, ordi... Plus moyen de manger en paix sans que tout vibre ! Pour l'instant, Mik a simplement repoussé les jetons de son jeu de poker de la veille pour se faire de la place. La petite valise argentée qui sert à les ranger est placée devant le grille-pain, sur le comptoir. De sa position, Justine voit que son coloc est sur un site de poker en ligne. Il parle à quelqu'un – elle miserait cent dollars sur Fred – dans le micro de son casque d'écoute. Il porte un pantalon de pyjama à carreaux bleus... Elle détaille son dos musclé avec un tatouage en plein centre, sa nuque encore humide.

Allez, Justine ! Secoue-toi un peu !

D'un coup d'œil circulaire, elle constate le désordre qui règne encore dans l'appartement. Partout, on voit des cannettes vides, des boîtes de pizza, des assiettes sales... Une odeur de cendrier plane dans l'appartement. Entreprendre le nettoyage lui occupera l'esprit, songe Justine. La petite soirée de la veille a dû se terminer tard, car elle s'est endormie avec des bruits de jetons rebondissant sur la table. *Et sans réussir le tableau 35 de Candie Crush.* Les montants d'argent qui ont fusé de toutes parts jusqu'à plus de minuit lui ont fait faire des cauchemars ! Rien de plus bas que mille dollars ! Ça donne le vertige...

Justine attache ses cheveux avec détermination et relève ses manches jusqu'à ses coudes. Ensuite, elle saisit les bières du bout des doigts et les dépose bruyamment dans la caisse près du frigo. Il y en a assez pour faire une pyramide ! Elle fait couler de l'eau dans l'évier et appuie avec vigueur sur la bouteille de savon. Elle en met plus qu'il n'en faut, se perdant dans la mousse. Justine chasse de la main les bulles qui flottent dans l'air, puis elle regarde par-dessus son épaule. Mik a toujours les yeux rivés sur son écran. Il lui fait signe qu'il viendra l'aider dans deux minutes…

Ça la stresse de le voir jouer de l'argent. Elle ne veut pas d'un joueur compulsif dans son appartement ! Un plan pour qu'il se mette à vendre ses meubles pour payer des dettes de jeu. Et matante Clémence est antiloterie. Ça ne sert qu'à enrichir le gouvernement, ces niaiseries-là ! Elle paraissait si convaincue que Justine n'a jamais osé acheter un 6/49 de sa vie ! Elle répond toujours « Non merci ! » lorsqu'on lui propose un billet, tout en se disant que le gros lot est peut-être sous son nez… La prochaine fois qu'elle ira au dépanneur lors de l'une de ses rages d'œufs Cadbury, elle dira oui à la fille derrière le comptoir qui lui en offre toujours un quand vient le temps de payer. Énervée, Justine lance sans ménagement verres et assiettes dans l'eau bouillante et savonneuse. *Ce ne sont pas tes affaires ce que Mik fait de son argent !*

— *Fuck !*

Justine sursaute et échappe le verre qu'elle tenait. Elle reçoit des éclaboussures de mousse au visage, dans les cheveux… Le cri de Mik est trop fort pour l'ambiance feutrée de cette heure matinale. Elle s'essuie du mieux qu'elle peut avec son avant-bras.

— Va chier, espèce de trou de cul ! gesticule Mick devant son écran.

Des mots sans doute destinés à son interlocuteur. Justine se demande si elle a bien entendu le montant d'argent que son coloc vient de perdre. C'est le prix d'un voyage dans le Sud !

Là, ça va faire !

Munie de ses gants de caoutchouc et se foutant de l'eau qu'elle laisse sur le plancher, elle rejoint la table à grandes enjambées et se plante devant Mik. Entendre parler d'argent au déjeuner, ça lui donne la nausée ! Dans son impatience, elle agite les bras et envoie un peu de savon dans les cheveux de son coloc trop *sexy*. La jeune femme essaie de se convaincre qu'il n'est pas si séduisant. Non mais, ce n'est pas parce qu'il a les yeux bleus, de gros bras et un tatouage mystérieux qu'il faut baver partout !

Si elle n'avait pas autant aimé Sébastien, cet ex qu'elle a encore dans la peau, Justine ne se serait pas contentée d'utiliser Mik en vue d'un héritage. Elle lui aurait mis le grappin dessus ! Mauvais *timing*.

— Tu attends quoi pour venir m'aider à faire la vaisselle que tes petits copains et toi avez salie ?

Commandement numéro six : Les tâches ménagères, il accomplira.

Le jeune homme arrondit les yeux à la vue des orteils de Justine couverts de mousse. Il s'adresse à la personne avec qui il parle dans ses écouteurs :

— C'est tout pour aujourd'hui, mon *chum*. J'ai une urgence ! On se reprend demain. Je vais te laver !

Justine retourne à la vaisselle pendant que Mik enlève son casque d'écoute, un sourire sur les lèvres.

— Désolé de t'avoir réveillée, mais Fred est vraiment un plein de marde à ce jeu ! Tu n'étais pas obligée d'inonder la cuisine de savon, Just... J'allais m'en occuper.

— Ça va... répond Justine. Mais je n'aime pas entendre parler d'argent. Ça m'énerve.

— Pourtant, l'argent, c'est ce qui mène le monde, déclare-t-il en glissant deux tranches de pain brun dans le grille-pain.

— Oui. Mais ça le détruit aussi.

Mik ne réplique pas. Toutefois, il sourit, ce qui déstabilise Justine. Il s'appuie contre le comptoir, le pot de Nutella à la main. Justine devine qu'il prépare les rôties promises hier soir pour qu'elle accepte de rester dans sa chambre pendant la partie de poker.

— J'espère que ma séquestration d'hier en a valu la peine ? As-tu gagné ?

L'expression narquoise de Mik, comme si sa question était stupide, le lui confirme. Le fait qu'elle n'était pas dans les parages a porté chance à Mik. Justine aurait aimé le contraire, afin d'avoir un exemple concret pour prouver à son coloc que les superstitions… c'est seulement des superstitions.

— Oh oui ! s'exclame le jeune homme. Et ne t'inquiète pas : je gère très bien mon compte en banque. Je vais même payer ma part du loyer aujourd'hui. En avance ! C'est quand même gentil de t'en faire pour moi.

Vient-il vraiment de faire du bruit en aspirant sa gorgée de café ? Non, impossible ; aucune personne de moins de quarante ans ne fait ça ! C'est une affaire de vieux ! Justine délaisse la vaisselle et met les poings sur ses hanches.

— C'est quoi, ça ? s'enquiert-elle, le nez plissé.

— Quoi ?

— Bois encore.

Sans comprendre, Mik s'exécute.

Ssssskkk !

La jeune femme secoue la tête. Deux ronds humides sont apparus à la hauteur de sa taille à cause de ses gants mouillés.

— Ne sirote pas ton café comme ça. Ça m'énerve.

Mik esquisse une moue agacée.

— Mais il est trop chaud !

— Ce bruit m'agresse, précise Justine en plongeant sa main dans l'eau savonneuse. Je suis incapable de l'entendre sans grincer des dents. Comme des ongles qu'on passe sur un tableau.

— Bon, bon… Coudonc, tout t'énerve, toi ! Je boirai mon café dans ma chambre la prochaine fois.

L'air déterminé, Justine tire sur son gant de caoutchouc avec ses dents, puis elle s'empare d'un crayon. Il y en a toujours plusieurs qui traînent sur le comptoir. Mais en dénicher un qui écrit, ça, c'est une autre histoire. C'est sur un bout de facture d'Hydro tachée de sauce à pizza que Justine inscrit deux choses : *Fait du bruit en buvant. Joue de l'argent.*

Elle n'a pas vu Mik s'approcher. Celui-ci se penche sur son épaule.

— Qu'est-ce que tu notes comme ça ?

— Bah ! Quelques trucs à arranger…

— Qu'est-ce que tu veux arranger ?

— Tu verras ! Et je prendrai du beurre, aussi, sur les rôties… Et pas besoin d'assiette !

14
En sol québécois

Clémence Guilbault ne cherche pas à faire la conversation avec le chauffeur plein d'entrain qui la conduit de l'aéroport de Montréal, où son avion a atterri un peu plus tôt, à Québec. Elle ressent un mélange de fatigue et d'excitation en songeant à la semaine à venir. L'homme assis derrière le volant est dans la quarantaine. Une main posée sur le siège passager, il détaille sa cliente dans le rétroviseur plus souvent qu'il ne regarde la route.

— Comme ça, vous revenez de Paris, ma petite dame ?

C'est bien la première fois qu'on l'appelle « petite dame ». Clémence est plus grande que la majorité des femmes.

— Hum ! Hum !...

Si elle ne répond que par des monosyllabes désabusés, il comprendra peut-être qu'elle ne souhaite pas discuter. Clémence a besoin de silence pour rassembler ses idées et réfléchir à son plan. À qui devrait-elle réserver sa première visite surprise ? À ses nièces ou...

— Vous venez rendre visite à quelqu'un en particulier ?

La voix du chauffeur interrompt le fil des pensées de Clémence. Elle fixe les yeux innocents de ce dernier que le reflet du soleil dans le rétroviseur rend brillants. L'homme tapote le volant, fait un dépassement, puis il reporte son attention sur sa passagère plutôt coincée.

— Pas vraiment, ment-elle.

15

Jacques Gagnon et l'homme aux cheveux noirs

Son sac à main sur l'épaule et une boîte de chocolats sous le bras, Stéphanie Gagnon entre dans la résidence où loge son père depuis maintenant cinq ans. Elle remarque aussitôt qu'il fait frais à l'intérieur, comme si le climatiseur fonctionnait à plein régime. C'est probablement à cause de la transition entre les mois chauds de l'été et le début de l'automne… Ici, ça ne sent pas le Lysol ou un autre désinfectant ; ça sent le parfum de petit vieux. L'endroit est sombre et déprimant avec ses murs bleu foncé.

Stéphanie croise une préposée qui la salue poliment, mais sans plus. « Monsieur Gagnon est dans sa chambre. » Oui, bien sûr, car il ne sort plus de cette pièce depuis des lunes… Concentrée sur ses pas, elle zigzague entre des fauteuils roulants, des hommes qui se déplacent en marchette, des dames avec une canne. Stéphanie n'aime pas venir ici, car, chaque fois, elle repart avec le cœur brisé. Son père n'est plus ce qu'il était – beau, généreux, fort et toujours loyal. Il est maintenant en perte d'autonomie, malade et maigre. C'est triste de voir ses parents vieillir. Surtout, elle aurait tellement besoin de ses bons conseils. Jacques était toujours là pour elle, pour la soutenir, pour l'encourager ! Son papa lui manque.

Plus Stéphanie approche de la chambre 216, plus elle ralentit la cadence. La jeune femme a besoin de prendre plusieurs grandes respirations pour chasser sa nervosité. Alors qu'elle a presque atteint sa destination, elle voit un homme sortir de la chambre de son père. Il tourne dans la direction opposée à la sienne, puis s'éloigne dans le couloir terne. Surprise, Stéphanie s'arrête pour mieux observer le visiteur. Celui-ci est grand, a les cheveux noirs et des épaules de footballeur.

Se pourrait-il que…

Non, impossible. Comment a-t-elle pu croire pendant une seconde qu'il s'agissait de Ted? Ce dernier a claqué la porte il y a si longtemps déjà… Stéphanie soupire. Ce serait tout à fait son genre de surgir après dix ans pour réclamer sa part d'héritage!

La porte de Jacques est grande ouverte, comme toutes les autres. Les résidants se bercent en regardant les gens circuler dans le couloir. Son père est fidèle à son poste: il est renfoncé dans sa chaise. Son vieux chandail de laine beige fait ressortir l'éclat de ses yeux toujours aussi bruns.

— Bonjour! lance Stéphanie d'un ton faussement joyeux.

Souriant, l'homme interrompt le mouvement de va-et-vient de sa chaise.

— Pourquoi tu n'es pas en uniforme, ce soir, ma belle Lise?

Stéphanie se renfrogne. Son peu d'espoir que son père la reconnaisse s'envole sur-le-champ. Comme trop souvent, Jacques la confond avec une préposée.

— Moi, c'est Stéphanie, papa. Ta fille.

— Ah… répond-il, l'air confus.

Les sourcils froncés, Jacques recommence à se bercer. Stéphanie lui tend la boîte de chocolats Ferrero Rocher. Ses préférés!

— Tiens, c'est pour toi! dit-elle.

D'une main tremblante, son père saisit le petit paquet. Elle peut lire sur son visage qu'il est content. Jacques tourne et retourne la boîte entre ses doigts. Stéphanie sait qu'il pourrait faire ça des heures. Ces foutus gestes répétitifs exaspèrent la jeune femme. Parfois, Jacques met et enlève son chandail sans pouvoir s'arrêter. Ou ses chaussures.

— Megan et Émile, tes petits-enfants, vont bien, annonce Stéphanie. Les vacances sont terminées, alors ils sont de retour à l'école. Ils grandissent vite !

Elle s'arrête pour voir si la mention de ses enfants suscitera une réaction. Jacques les reconnaît presque chaque fois, même s'il ne les voit pas très souvent.

— Tu sais quoi ? déclare-t-il sans cesser de remuer la boîte de chocolats. Je soupçonne la femme de ménage de me voler mes cannettes de Pepsi !

Encore cette histoire…

Quand ce n'est pas la femme de ménage, c'est une préposée ou un autre résidant.

— Mais non, papa ! s'écrie Stéphanie. Le personnel est gentil ici, il ne ferait pas ça. Ah oui ! Tu ne devineras jamais qui viendra au baptême de Laurence ? ajoute Stéphanie pour abandonner la conversation sur le Pepsi prétendument volé. Figure-toi que matante Clémence sera là !

Jacques cesse de faire tourner la boîte de chocolats entre ses mains.

— Clémence… répète-t-il comme si le prénom lui était familier, mais qu'il n'arrivait pas à l'associer à un visage.

Stéphanie l'observe de près. Elle a toujours soupçonné une liaison entre Clémence et Jacques... Sa tante n'est peut-être pas aussi vieille fille qu'elle se plaît à le faire paraître ! Son père recommence son manège avec la boîte de chocolats. Ce n'est donc pas aujourd'hui que la jeune femme en apprendra davantage à ce sujet...

Du bout des lèvres, elle lâche le morceau :

— As-tu eu des nouvelles de Ted dernièrement ? demande-t-elle, à l'affût d'une réaction.

On ne sait jamais : son père aura peut-être un élan de lucidité ! Si l'homme qui est sorti de la chambre il y a à peine quelques minutes est bien Ted, il y a une chance que son père l'ait reconnu.

Le visage de Jacques s'illumine :

— Oui ! Je suis allé voir un match. Tu sais qu'il est un foutu de bon quart-arrière ! Le meilleur de la division.

En effet, Ted – un talent naturel – était le joueur vedette de son équipe.

— Papa, il y a longtemps que Ted ne joue plus au football, réplique Stéphanie en roulant les yeux.

Inconfortable avec l'idée de réveiller les fantômes, elle s'empresse de changer de sujet avant que son père ne se lance dans un récit interminable. Jacques est capable de décrire un match de football qu'il a vu il y a des années, et ce, en fournissant des détails étonnants. Toujours le même match, soit le dernier de Ted.

— Marc-André aussi va bien, dit-elle plus légèrement. Il travaille sur un gros chantier : cinquante condos à terminer avant l'hiver !

Elle tapote le dos de son père, aux prises avec une quinte de toux soudaine. L'emphysème gagne du terrain ; le médecin l'a prévenue… Sans gêne, le malade crache un bon coup à même le sol, puis il lève son regard sur Stéphanie qui retient une grimace de dégoût. Elle n'a aucune envie de ramasser le filament gluant entre le jaune et le vert ! *Allez ! C'est ton père, alors fais un effort…* Elle n'a qu'à faire comme lorsque les enfants étaient petits et vomissaient partout : retenir sa respiration, couvrir l'horreur d'une montagne de mouchoirs et essayer de saisir le tout sans rien toucher de liquide…

— Tu l'aimes encore, ce Marc-André ? interroge Jacques d'une voix rauque.

Sa boule de mouchoirs dégueulasses au bout des doigts, Stéphanie recule sur sa chaise. Son père la fixe avec une telle intensité qu'elle a l'impression, le temps de quelques secondes, de retrouver celui qu'il était. L'art de poser les bonnes questions au bon moment, c'était la force de Jacques. Paf ! Celle-ci tombe à point. Spontanément, Stéphanie veut répondre un « oui » sincère. C'est certain qu'elle aime encore son mari, voyons !

Pourtant, elle hésite. Elle évite depuis longtemps de se poser cette question qui fait mal. De toute façon, ça fait douze belles années qu'ils sont ensemble ! Stéphanie a beau fouiller dans sa mémoire, elle ne voit aucun problème dans son couple. En fait, elle réalise que le temps a passé bien vite ! C'est peut-être ça, le problème ? Vient un moment où, une fois mariés et qu'un ou deux gamins se sont ajoutés au quotidien, on se dit que, de toute façon, on est pognés ensemble pour toujours. Plus besoin de faire d'effort pour plaire et séduire, puisque l'autre connaît tout de nous. Comment fait-on pour savoir si l'on aime encore une personne ? Si l'habitude a remplacé l'amour ? Et puis, Marc-André, l'aime-t-il encore ?

Stéphanie n'a toujours pas répondu lorsque Jacques recommence à se bercer.

— En tout cas, moi, je n'ai jamais cru en votre couple ! confie le vieil homme. Votre amour sonnait faux.

Stéphanie lance les mouchoirs souillés dans la poubelle. Même si elle essaie de se raisonner, de se dire que son père perd la boule et qu'il ne sait probablement pas de qui il parle en ce moment, ses paroles lui font l'effet d'un coup de poignard dans la poitrine. Ouch ! Un amour qui sonne faux ? Non ! Elle était follement amoureuse de Marc-André. Il représentait l'idéal de ce qu'elle avait toujours voulu : sérieux, ambitieux, beau. Il voulait une famille, une maison, vivre près d'un cours d'eau... Stéphanie est toujours comblée. Il lui apporte la sécurité, il est un père attentionné, sa présence est réconfortante...

Réconfortante.

Stéphanie tourne encore ce qualificatif dans sa tête lorsqu'elle sort de la résidence une heure plus tard. Elle ne veut pas d'une présence réconfortante ; elle veut l'amour, les papillons dans le ventre, l'ennui quand l'autre est absent, la hâte de son retour... C'était ça, pourtant, avec Marc-André. Et maintenant ? Stéphanie mordille sa lèvre inférieure en glissant ses lunettes de soleil sur ses yeux. Il faut l'avouer, elle est parfois contente de voir son mari partir au travail le matin. Les journées tranquilles passées à la maison pour écrire lui sont précieuses. Quand son homme est là, il fait du bruit, il lui parle toutes les cinq minutes comme le font les enfants ! « Hé ! Stéphanie ! As-tu vu mon tournevis étoile ? » « Stéphanie ! Viens voir, j'ai lavé l'auto avec un nouveau produit hyperperformant ! » Se languit-elle de lui lorsqu'il part plusieurs jours pour remplir un contrat à Montréal ou à Ottawa ? Elle en profite souvent pour lire tard le soir, pour prendre des bains de mousse, pour se faire un masque facial…

Est-elle si heureuse de le voir revenir avec sa boîte à lunch et son linge sale ? Est-ce que ça ressemble à ça, un amour qui sonne faux ? Stéphanie se le demande encore quand, deux coins de rue plus loin, elle s'arrête net devant un restaurant chinois. Sur l'enseigne, trois petites personnes au teint foncé et aux yeux bridés mangent avec des baguettes. Mais ce n'est pas ça qui a retenu son attention… Stéphanie plisse les yeux, puis elle regarde encore une fois pour s'assurer qu'elle ne s'est pas trompée.

Oui, c'est bien lui !

François, le *chum* de sa sœur Isabelle, est assis à une table… avec une femme blonde ! Le genre « regarde dans mon décolleté ». Ils discutent avec entrain, se passent le sel… Ils se sourient, tous les deux avancés sur le bout de leurs chaises pour être plus près l'un de l'autre. Le centre de table est une fleur rouge – sûrement en plastique. Oh mon Dieu ! Stéphanie se retient de traverser la rue et d'aller le sortir de là par le collet, ce grand fouet mangeur d'ail ! Mais c'est mieux qu'il ne la voie pas… Cachée derrière un camion de livraison de bière Budweiser, Stéphanie tape rapidement un message sur son cellulaire.

> Justine ! Il faut que je te parle ! *NOW !* Je viens de voir François au resto avec une autre femme ! Stéphanie xx

Du coup, elle regrette. Stéphanie a appuyé trop vite sur la fonction « envoyer ». Ce ne sont pas ses affaires, ce que fait François Rancourt sur son heure de lunch. Cette femme est peut-être une collègue, une amie… N'importe qui ! Elle aurait dû attendre et garder l'information pour elle. La discrétion ne fait pas partie des qualités de sa sœur Justine. Celle-ci serait capable d'annoncer la nouvelle à Isabelle d'une façon tragique, et ce, même si elle n'avait aucune preuve de l'infidélité de son beau-frère.

François ? ? ? LE François à Isabelle ?

Oui ! Garde ça pour toi ! ! !

La réponse de Justine suit aussitôt :

Franchement, la vieille, pour qui tu me prends ? ! (Le trou de cul !)

16
Papi le perroquet

Justine range son cellulaire dans sa poche. Elle était figée devant la porte de son appartement pendant qu'elle répondait à Stéphanie. C'est fou comme la vie s'arrête parfois, pendant qu'elle discute avec une personne via un minuscule appareil électronique ! Plus rien n'existe ; elle attend le prochain bip. Souvent, Justine fait brûler son souper parce que son cellulaire vient de lui annoncer l'arrivée d'un message…

Non mais, c'est vraiment malsain ! Justine est de ces gens qui textent en marchant, foncent dans les passants parce qu'ils ont les yeux rivés sur leur écran, s'emmêlent dans les laisses à chien ou manquent de se faire percuter aux feux de circulation. Par chance, Justine n'a pas de voiture ! Tout ça pour des messages textes sans grande importance de ses amis ou de ses sœurs. Ou bien elle attend le bip qui annoncera un courriel de Sébastien… Le message n'aurait pas besoin d'être long. Elle prendrait un « Allô, c'est moi ! Bonne journée xxx » Le « allô » seul pourrait convenir… Tout ce qu'elle veut, c'est un message provenant de lui.

Elle s'apprête à tourner la poignée quand elle perçoit du bruit à l'intérieur… La jeune femme tend l'oreille. Pourtant, Mik devrait encore être au garage à cette heure-ci.

— Ta gueule, espèce de crétin. Tu devais me fournir le stock avant jeudi soir ; c'était ta part du marché ! On est vendredi, alors tu es en retard de vingt-quatre heures !

La main moite de Justine glisse de la poignée. *Le stock?* Ça sonne comme «trafic de stupéfiants» dans son esprit. Voilà, elle est tombée sur un drogué, un arnaqueur, un profiteur. Un joueur compulsif ! Des méchants débarqueront chez elle pour un règlement de comptes! Justine se voit déjà avec un bâton de baseball caché dans la garde-robe pour se défendre. Mik, qui paraît hors de lui, semble s'entretenir avec quelqu'un au téléphone. L'idée de Justine est de coller la tête contre la porte pour mieux écouter et d'appeler la police si elle entend quelque chose de louche. Mais le voisin, monsieur Bégin, sort de chez lui... Justine reprend son cellulaire pour paraître occupée.

— Bonjour! lui lance-t-il. Toujours accro à ton cellulaire, jolie Justine?!

La jeune femme sourit tout en tournant sa langue pour ne rien répondre. Pas même un bonjour. Si elle prononce un mot, un seul, l'homme prendra sa politesse pour une envie d'engager la conversation, ce qu'elle ne souhaite absolument pas en ce moment! Ouf! Monsieur Bégin s'éloigne en sifflant, son chien laid sous le bras. Un bichon mal frisé avec le toupet dans les yeux! Et portant un petit chandail de laine... Justine reporte son attention sur ce qui se passe chez elle. Tout est silencieux. Son coloc a-t-il déjà été égorgé? Ou bien, il a égorgé quelqu'un...

Prudemment, elle tourne la poignée. La première chose qu'elle remarque, c'est la disposition du salon. Tout a changé de place! Quelle est la raison du chambardement, cette fois? Le meuble de la télévision a été repoussé sur la droite pour faire de la place à un banc d'exercice. Une panoplie de poids et haltères sont empilés tout autour. Ils sont si énormes que Justine se demande si elle pourrait en soulever un avec ses deux bras! Disons que tout ça détonne dans son décor féminin – et avec les coussins roses sur le divan. Mik est assis sur le banc de cuir, un coude posé sur sa cuisse. Il exécute un mouvement de va-et-vient faisant gonfler son biceps. Ça a l'air facile… Il tient son cellulaire de l'autre main.

— Je pensais que tu travaillais, aujourd'hui? lance Justine sur un ton léger.

Trop léger! Elle a presque fait un petit pas de danse avec ça. C'est tout sauf *sexy* dans son uniforme bleu pâle de l'hôpital. Sa devise: ne pas attaquer l'ennemi. Si Mik est un bandit, vaut mieux adopter une approche détournée pour savoir ce qui se trafique sous son toit. Il ne lève pas les yeux et continue de pianoter sur l'écran.

— Oui, mais j'avais des trucs à régler.

Justine fait deux pas à l'intérieur. Des petits pas de souris, comme si le plancher était miné. Elle retire sa veste, qu'elle laisse tomber sur le dossier d'une chaise. Les sourcils froncés, elle oublie aussitôt l'étrange appel de Mik et le banc d'exercice au salon…

— Où est le manteau qui traînait sur le dossier, là? demande-t-elle en pointant une chaise.

Mik change son poids de main afin d'exécuter la même série de mouvements avec l'autre bras. Elle devrait lui dire qu'à vingt-huit ans une camisole à l'effigie des Simpson, c'est *out*.

— Le manteau de cuir? Un gars est venu le chercher. Il a dit qu'il te connaissait, que le vêtement lui appartenait… Il n'avait pas l'air heureux de me voir ici.

Sébastien. Un petit rire nerveux échappe à Justine. Son ex est passé alors qu'elle n'était pas là. C'était à prévoir. *Il a bien calculé son moment. C'était brillant de sa part!* Qu'a-t-il imaginé en voyant Mik dans la place? Avec ses affaires de monsieur Muscles, en plus! Oh mon Dieu ! Elle doit tout lui expliquer ! Vite, il faut qu'elle envoie un message Facebook à Sébastien ! Soudain, la jeune femme se souvient que cela est impossible, car il l'a bloquée... Le con ! Merde, elle voulait tellement le revoir ! Tant que le manteau se trouvait dans son appartement, Justine gardait espoir. Maintenant, c'est foutu.

Bon... Elle devra trouver un autre moyen de le croiser *par hasard.* Il n'y a qu'un endroit où Sébastien n'a pas le choix de tolérer sa présence : à la résidence où vit Jacques Gagnon. Le jeune homme y travaille comme cuisinier. Justine et lui se sont rencontrés à la salle à manger, et ils ont baisé dans la chambre froide...

Justine appuie lourdement ses avant-bras sur le dossier de la chaise maintenant vide.

— Pourquoi est-ce que tu n'as pas mis tout ça dans ta chambre ? demande-t-elle en pointant les poids.

— Parce que je garde l'espace pour autre chose...

— Ah oui ? Vraiment ? Et pour quoi ?

Soudain, Justine tourne la tête. Elle a perçu un mouvement sur sa droite. Avant de crier, elle monte sur la chaise pour s'assurer qu'elle a bien vu. *Aaaahhhh !* Une bestiole à deux pattes avec des plumes et des ailes sautillent sur le plancher de son salon. OK, on appelle ça un oiseau. Oh ! Il y a un oiseau en liberté chez elle !

— Qu'est-ce que tu fais, Just ? s'esclaffe Mik.

— Je n'aime pas les oiseaux !

Son coloc lui adresse un petit sourire baveux. Il n'a même pas une goutte de sueur sur le front !

— Ça ne te donne rien de grimper sur une chaise… Un oiseau, ça vole !

Ostie ! Il a raison !

— Je ne veux pas de ça chez moi. Mets-le dans une cage et appelle un vétérinaire ! Il faut qu'il sorte d'ici.

— Arrête de paniquer ! Ce n'est pas un oiseau comme les autres, c'est un perroquet ! Et il ne vole pas, puisque ses ailes sont taillées.

Justine se met à piétiner sur la chaise, car le perroquet rouge, bleu et vert la regarde. Est-ce que les oiseaux, c'est comme les chats ? Si oui, il faut éviter de les fixer dans les yeux. Dans le cas contraire, vous transpercent-ils l'âme ou bien vous sautent-ils dessus ? C'est Mik le superstitieux ici, il devrait savoir ça ! Ark ! Celui-ci se penche pour que l'oiseau monte sur son doigt.

— Il n'est pas dangereux. Et il s'appelle Papi !

L'animal répète son nom d'une voix enrouée, comme s'il avait le rhume ! Justine esquisse un mouvement de recul avec ses bras :

— N'approche pas ça de moi !

L'oiseau grimpe sur le bras de Mik et se perche ensuite sur son épaule. La seule idée de sentir de petites pattes sur sa peau fait frémir Justine. L'animal la détaille en tournant sa tête de droite à gauche. Celle-ci peut presque faire un trois cent soixante degrés ! Mieux vaut que Papi reste loin, car Justine pourrait lui tordre le cou en un rien de temps s'il s'approche trop d'elle.

— Je vais le remettre dans sa cage, annonce Mik. Mais fais-toi à l'idée, Just : il restera ici !

Et toi, resteras-tu ici? Au fait, Mik n'avait-il pas besoin d'une chambre seulement *en attendant*? Justine s'assure que le perroquet est hors de portée avant de descendre de la chaise, honteuse de sa réaction. Qu'est-ce qui lui a pris ? Pourquoi n'a-t-elle pas simplement dit à Mik qu'elle a la phobie de tout ce qui vole depuis qu'elle s'est fait attaquer par un corbeau à l'âge de dix ans ? Mais non ! En silence, elle laisse son coloc déposer l'animal dans la cage... qui occupe tout un coin du salon ! Elle n'avait même pas remarqué l'objet. Pourquoi donc ? Mais parce qu'auparavant il y avait un autre meuble à cet endroit.

— Sa cage est un peu grosse. J'ai déménagé la bibliothèque avec tes livres dans ta chambre.

— Tu es entré dans ma chambre quand je n'étais pas là ?! s'exclame Justine, les yeux ronds.

Mik passe rapidement une serviette dans ses cheveux humides. Puis il met une casquette avant de se diriger vers la sortie.

— Ne t'inquiète pas. Je n'ai pas fantasmé sur tes petites culottes !

Il ouvre la porte. Avant de disparaître complètement, il passe la tête dans l'ouverture.

— Juste sur tes soutiens-gorge ! Bye, je vais courir !

La porte claque. Justine entend son coloc dévaler l'escalier.

Endure-le encore une semaine, Justine. Après, s'il est trop cinglé, tu le foutras à la porte !

17
Souper de retraite

Au secours ! Il y a un perroquet en liberté chez moi ! Je répète : IL Y A UN PERROQUET EN LIBERTÉ CHEZ MOI ! Sacramant ! Just

Isabelle fronce les sourcils. Elle ne comprend pas le message de sa petite sœur. Un perroquet chez Justine ? De quoi parle-t-elle ? Si c'est le cas, la crise cardiaque la guette ! Déjà un miracle qu'elle ne soit pas morte sur le coup. Elle ne supporte même pas la vue d'un colibri ou d'une libellule. Sa sœur a-t-elle écouté son message au sujet de son problème de marraine ? Elle n'a pas commenté la nouvelle, alors Isabelle s'inquiète. *J'espère qu'elle n'est pas trop déçue…*

Pour l'instant, la maman est à bout de souffle entre une brassée de lavage, un biberon et la fabrication de couronnes de fleurs pour le baptême. Ce sera magnifique, même si c'est un travail de moine ! Par contre, pour y arriver, ce serait bien que Laurence fasse une sieste de plus de quinze minutes. Ou que le téléphone ne la réveille pas ! *C'est évident, il me semble, qu'on n'appelle pas entre treize heures et quinze heures chez les gens ayant des bébés !* C'est une règle universelle, tout le monde sait ça ! *Maudit sondage à marde…*

C'est donc avec soulagement qu'Isabelle accueille François en ce vendredi soir. Enfin, la semaine est terminée ! La maman a eu une journée désastreuse. Laurence a hurlé des heures, alors maintenant Isabelle en a marre d'entendre les cris stridents de sa fille. Elle a tout essayé pour la calmer : la prise de l'ours, chanter *Dans la ferme à Mathurin* cent fois, danser, la chatouiller, imiter un chimpanzé, la bercer... La petite a même avalé quelques pétales de fleurs – qu'elle a vomis, bien sûr. Vivement les bras de François pour lui donner un peu de répit ! Isabelle aura alors peut-être le temps de prendre une douche et d'avaler un sandwich vite fait...

Visiblement épuisé par sa journée à l'école avec des étudiants jeunes et fringants – c'est sûrement la pleine lune ! –, François espérait trouver le calme et le silence à la maison. Il est plutôt accueilli par un bébé hystérique et une femme à l'air bête. De l'endroit où il se trouve, il voit qu'il y a des fleurs, de la ficelle et des bouts de bois sur la table de la cuisine.

— Bonjour, mes amours ! lance-t-il avant d'embrasser Isabelle.

Cette dernière recule en pinçant le nez. L'haleine d'ail de François est à faire tomber les mouches ! Mais cette odeur incitera peut-être Laurence à cesser de brailler.

— Tu n'as pas fait fuir tes étudiants ? se moque Isabelle en secouant la main pour chasser l'air autour d'elle.

— Non ! répond François en souriant. Mais plusieurs m'ont offert de la gomme.

Isabelle va à la cuisine. Quelques instants plus tard, elle revient avec une touffe de persil frais. Avec le temps, elle a lu tous les trucs pour lutter contre la mauvaise haleine !

— Tiens, mon chéri ! Mâchouille ça !

Elle allume aussi un bout de chandelle à la vanille – découvert au fond du tiroir à cochonneries. Isabelle croit que François digère mal l'ail, car ce n'est pas normal de puer comme ça ! Quand les pores de la peau sentent, c'est qu'il y a un problème ! Pendant que son homme prend une bouchée d'herbe, Isabelle fronce les sourcils.

François a un drôle d'air. Un je-ne-sais-quoi qu'elle n'arrive pas à identifier. Quelque chose dans son attitude lui indique qu'elle n'aura pas droit au vendredi soir tranquille en famille dont elle rêvait depuis le matin. Elle voulait ouvrir une bouteille de vin et lui parler de matante Clémence. Il faut commencer le travail sur le terrain ! Ça fait cinq ans qu'Isabelle essaie de convaincre son *chum* de la laisser lui couper les cheveux… Elle doute d'y arriver en une semaine. Même pour un héritage, il ne consentirait pas !

— Tu as sorti ta chemise de ton pantalon ! remarque Isabelle en pointant le tissu froissé à la taille de François.

— Oh oui ! Je me sens mieux comme ça. Les mottons dans les culottes, c'est tannant !

Isabelle tend la petite à François. D'un geste maladroit, celui-ci la prend. Il a toujours peur de coincer un bras du bébé, de le serrer trop fort ou carrément de l'échapper… Tout en essayant de sourire, il dépose un baiser sur les joues mouillées de Laurence qui pleure encore. Il paraît que ça développe les poumons. Sa fille sera prête pour les Olympiques à deux ans si ça continue…

— Belle journée ? demande la maman qui reste alerte afin de reprendre le bébé s'il y a un problème.

François a de si grandes mains et Laurence est encore bien petite… Et puis, ce dernier n'aime pas beaucoup l'étape « bébé végétatif ». Il a hâte de jouer au ballon, au hockey, de faire du vélo avec sa fille… Quoi faire avec un bébé qui bave partout ?

— Pas si mal, répond-il en haussant les épaules. Les jeunes étaient agités en classe aujourd'hui.

— C'est à cause de l'ail ! L'odeur produit de curieux effets sur le cerveau.

Mal à l'aise avec le bébé dans les bras, François le redonne à Isabelle à la première occasion. Celle-ci sait que son *chum* n'aime pas qu'elle le suive à la trace et qu'elle surveille chacun de ses mouvements. Il se sent ridicule et incompétent – ce qu'il est peut-être… Isabelle fait sautiller la petite pour la calmer. Pour ce que ça donne… La laveuse ou la sécheuse serait plus efficace à titre de « manège pour bébé ». Elle a pensé à la corde à linge aussi.

François file à la cuisine ; le frigo est dans sa mire. La porte de l'appareil s'ouvre, puis Isabelle entend le bruit familier d'un bouchon de bière roulant dans l'évier. *Chéri, la poubelle est dans l'armoire juste en dessous…*

— Désolée, mais je n'ai pas eu le temps de penser au souper, annonce-t-elle en entrant dans la cuisine.

Une excuse qu'elle donne un soir sur deux. Adieu les bons repas équilibrés et santé depuis qu'ils sont une famille ! Manger est maintenant secondaire… Isabelle hausse les sourcils. Pourquoi François se rend-il dans leur chambre d'un pas décidé ?

— As-tu vu mes décorations, au moins ? ose-t-elle demander, déçue de ne pas avoir récolté de commentaires sur ses couronnes de fleurs.

Elle a travaillé si fort ! Bon, ce n'est pas encore au point, mais bientôt ce sera joli. Si elle peut avoir le temps de s'y mettre vraiment !

— C'est beau, lui dit-il de loin. Et ce n'est pas grave pour le souper, je ne mange pas ici de toute façon. C'est le souper de départ à la retraite du grand Jean-Guy. Tu n'avais pas oublié ?

— Non, bien sûr que non… répond Isabelle, désappointée.

C'est vrai, François l'en avait informée au début de la semaine. Mais dans le tourbillon des pleurs, des gazouillis du bébé et des remous causés par l'arrivée de matante Clémence, l'information s'était effacée de sa mémoire. Isabelle rejoint son *chum* dans la chambre, où elle le regarde tristement échanger sa chemise contre une autre. La rouge… Ah ! Il passe la main dans ses cheveux et hésite entre deux paires de chaussures. François fait beaucoup de cérémonie, pour un simple souper de retraite en l'honneur d'un vieux collègue qu'il n'aime même pas ! « Il est plus que temps que Jean-Guy quitte le bateau ; sa façon d'enseigner est dépassée. » En tout cas, les cris de Laurence ne semblent pas perturber François une seconde dans sa préparation.

Il lui sourit. Pendant un instant, la jeune maman pense qu'il l'invitera à l'accompagner. Quoique avec cette odeur d'ail…

— Je ne devrais pas revenir tard, à moins que Max veuille aller jouer au billard après. Mais je téléphonerai pour t'avertir. Profites-en pour te commander des sushis. Tu aimes tellement ça !

Puis il l'embrasse vite fait sur les lèvres. Voilà, c'est réglé : elle séchera à la maison toute la soirée avec un bébé baveux à consoler et du poisson cru. Elle aura tout son temps pour parfaire sa technique de couronnes de fleurs… La mine réjouie, l'homme attache les boutons à ses poignets. La poitrine d'Isabelle se serre et sa joue se colle contre celle de Laurence. En bonne petite femme, elle restera à la maison pour changer des couches et préparer un baptême. Elle se sent *loser* ; elle n'est même plus bonne à traîner dans les soupers de retraite ennuyants ! Des larmes jaillissent au coin de ses yeux.

Elle dépose la petite sur le sol.

— Tu peux la surveiller quelques minutes ? demande-t-elle à François.

— Hum ! Hum !... dit-il distraitement.

La maman dévouée fonce dans le couloir et s'enferme dans la salle de bain qui déborde encore de linge sale en tas sur le sol près de la laveuse. Elle n'arrive pas à voir le fond du panier. Comment un bébé si petit peut-il salir autant de vêtements ?! Et puis, ils ne sont que trois ici. Sa sœur Stéphanie y arrive avec brio, et ils sont quatre chez elle ! Et tout ça, c'est sans parler des éclaboussures sur le miroir, des poils de barbe, de la brosse à dents de François qu'il laisse toujours près du lavabo... Isabelle regarde le petit bâton blanc et vert aux poils retroussés avec le goût de pleurer. C'est ridicule de pleurer pour une brosse à dents abandonnée sur un comptoir, mais ça l'énerve, elle, les brosses à dents pas rangées ! Elle veut un nouveau commandement ! *Sa brosse à dents, il rangera.* Voilà !

Isabelle est dépassée par toutes les responsabilités pesant sur ses épaules. Pour en rajouter, elle se met de la pression pour préparer le plus beau baptême de l'univers. Plus beau encore que celui du prince George ! Les idées folles de matante Clémence, c'est la goutte de trop ! *Commandement numéro trois : Les sorties imprévues avec ses amis, il évitera.*

Isabelle prend une grande inspiration en examinant son reflet dans le miroir. Son teint est blême et les poches sous ses yeux font peur. Depuis l'arrivée de sa fille, se maquiller est chose superflue ! Comment avoir le temps d'appliquer du fond de teint quand on n'a pas une seconde pour prendre une douche ? C'est la même histoire avec sa tête. Avant, tous les matins, elle prenait de longues minutes pour se façonner une belle coiffure, créer une vague dans ses cheveux trop droits ou arranger sa frange à l'aide de son fer plat. Maintenant, elle passe un élastique pour attacher ses cheveux, sans façon. Une vraie honte à sa profession ! Son cœur de coiffeuse en prend un coup. Plus Isabelle se regarde, plus elle comprend pourquoi François ne l'invite pas dans ses sorties… Elle essuie le coin de ses yeux avec un morceau de papier hygiénique et dépose la brosse à dents dans le verre destiné à cet effet. Puis elle retourne d'un pas lent dans la chambre. Elle n'a qu'à suivre l'odeur pour trouver son *chum*.

La jeune maman arrive juste à temps. François se pince le nez et un mouchoir imbibé de vomi pend au bout de ses doigts. L'image suffit à redonner le sourire à Isabelle.

— Le bébé a vomi, dit-il avec un haut-le-cœur.

D'ailleurs, la petite joue à deux mains avec ce qu'il reste sur le plancher. Des pétales de fleurs à moitié digérés. Laurence aura besoin d'un bain… D'un geste saccadé, Isabelle extrait plusieurs mouchoirs de la boîte posée sur la table de chevet.

— Ça va, je vais nettoyer. Et mets ta chemise dans ton pantalon…

François se sent coupable d'abandonner Isabelle pour la soirée. Il avait pris la décision de ne pas aller au souper de Jean-Guy, de passer du temps en famille. Mais dès son arrivée dans la maison, en entendant le bébé hurler, il s'était senti mal. Une immense boule au fond de la poitrine l'empêchait de respirer. Il avait besoin d'air. Quel père il fait ! Et puis Marie-Josée, sa collègue qui enseigne l'espagnol, a beaucoup insisté pour qu'il se joigne au groupe. Jamais l'homme n'a imaginé qu'Isabelle aurait aimé l'accompagner ce soir. Elle a tant à faire pour la préparation du baptême. Et surtout, elle ne lâche pas le bébé d'une semelle !

François s'assoit sur le lit pour mettre ses souliers noirs, ceux réservés aux grandes occasions. Le souper de retraite de Jean-Guy est-il important au point que son *chum* mette ses chaussures du dimanche ? Isabelle en doute, mais elle est occupée à ramasser le vomi qui pue. Elle n'a pas le temps d'approfondir la question.

— Ma mère dit qu'il faudrait la changer de lait, avance François, qu'elle régurgiterait peut-être moins... Au fait, j'ai pensé que tu aimerais avoir de la compagnie ce soir. Ma mère va justement venir t'aider avec le bébé ! annonce-t-il fièrement.

— QUOI ?

18
Visite surprise

Clémence n'a pas tenu en place très longtemps. À peine avait-elle posé ses valises dans le luxueux loft qu'elle avait loué pour la durée de son séjour qu'elle quittait l'endroit en coup de vent. La riche dame n'avait même pas pris la peine de disposer ses vêtements sur des cintres comme elle le fait toujours en voyage. Cette fois, le fait que ses robes griffées soient froissées est le cadet de ses soucis.

Oui, elle est venue au Québec pour rendre visite à quelqu'un en particulier.

Les doigts serrant une boîte de chocolats, Clémence descend d'un taxi bien ordinaire. Puis, le cœur battant, elle monte les marches en pierre. Elle ne sent plus la fatigue du voyage, ses muscles lourds ou la faim qui tiraille son estomac. Tête levée, elle regarde l'enseigne coiffant la porte. Voici donc le tombeau de Jacques Gagnon.

Un soupir soulève ses épaules raides avant qu'elle n'entre d'un pas décidé dans le centre d'hébergement. Clémence ne remarque pas le jeune homme aux cheveux noirs, assis sur un banc, qui l'observe de loin.

Une femme à l'accueil lui indique le numéro de la chambre de Jacques après avoir vérifié son identité.

— Ah ! C'est donc vous, la fameuse Clémence ! s'exclame-t-elle avec un sourire coquin. Monsieur Gagnon parle souvent de vous.

Clémence lui retourne un hochement de tête. Mon Dieu, qu'a-t-il pu raconter ?

La visiteuse se plante devant la chambre du malade. Debout dans le cadre de la porte, elle attend quelques instants avant de s'approcher. L'homme assis dans la chaise berçante n'a pas beaucoup changé physiquement. Certes, ses épaules sont plus courbées et ses joues plus creuses, mais c'est un réel bonheur de le revoir après toutes ces années. Une vague de nostalgie s'empare de Clémence jusqu'à ce que l'homme braque son regard sur elle.

— Hé ! Mais c'est toi, Clémence !

19
Sauce à spaghettis

Salut, vieille peau ! François a DE-MAN-DÉ à sa mère de me tenir compagnie pendant que LUI mangera au restaurant avec des collègues ! Isa xx

Les doigts tachés de rouge, Stéphanie brasse lentement sa sauce à spaghettis. A-t-elle mis du sucre ? Elle a été distraite par le message de sa sœur. Pauvre chouette ! Isabelle est au cœur de la phase de panique normale des nouveaux parents. Une série de petits deuils à faire afin d'accepter que sa vie soit changée pour toujours. Fini le cinéma sur un coup de tête un mercredi soir, fini le flânage au lit jusqu'à midi. Aligner deux phrases sans qu'une mère ne soit interrompue relève du miracle… Mais tout ça va passer et, comme toutes les autres, Isabelle s'en sortira haut la main !

Stéphanie saisit le petit cochon rose servant de sucrier. Elle verse une bonne quantité de cristaux dans la sauce. Au pire, celle-ci sera trop sucrée et les enfants n'en seront que plus heureux ! Ses pensées dérivent vers l'image de François, le *chum* d'Isabelle, au restaurant chinois avec une autre femme – une blonde ! De quoi avoir la nausée. Et si elle avait tout imaginé ? Non, elle est presque certaine de les avoir vus se toucher la main… Merde, pourquoi n'est-elle pas restée un peu plus longtemps pour les observer ? Elle aurait pu prendre une photo avec son cellulaire. La journaliste en elle s'en veut! OK, Stéphanie écrit des articles de cuisine pour un magazine féminin, pas des chroniques à sensations, mais quand même...

Devrait-elle en parler à Isabelle? Non, surtout pas... Mais cela lui démange les doigts. Toutefois, elle ne peut pas faire ça, puisqu'elle n'a aucune certitude. Et l'on ne diffuse pas une nouvelle sans preuves! La plupart du temps, du moins... Le nez au-dessus du chaudron, Stéphanie continue de remuer la sauce tout en réfléchissant à ce qu'elle pourrait faire. Une pincée de sel, un peu plus de thym... Ça sent bon! Ça sent l'automne.

La douce mélodie du disque instrumental qu'elle écoute pendant ses séances de yoga l'apaise. Cuisiner est le seul remède qui la calme après une visite à son père. Aujourd'hui, le truc est particulièrement efficace. Elle a cru voir l'ombre de Ted... Rien de pire pour la virer à l'envers! Stéphanie doit cesser d'aller à la résidence; chaque fois, elle n'en tire que déception, inquiétude, sollicitude, colère... Elle se sent comme une petite fille orpheline qui aperçoit un homme ressemblant physiquement à son papa. Avec Jacques, c'est un peu ça. C'est lui, sans être lui. Il a frappé fort en lui balançant que son amour pour Marc-André sonne faux. N'importe quoi! Malgré tout, se poser la question a secoué Stéphanie plus qu'elle ne l'aurait cru. Il faut se mettre en mode action! À commencer par préparer un gros plat de lasagnes pour le souper; il y a longtemps qu'elle n'en a pas fait. C'est le repas préféré de Marc-André. Il en mange toujours trois morceaux et termine son assiette en essuyant le reste de sauce avec une tranche de pain frais. Espérons qu'il remarquera sa délicate attention...

Dans sa cuisine, Stéphanie a l'impression d'être dans une bulle de verre. Toutefois, autour d'elle, c'est le brouhaha quotidien.

— MAMAN! Émile a pris mon iPod!

— Mais mamannn, elle m'a traité de bébé lala !

Entre les enfants, une engueulade éclate toutes les cinq minutes. La routine, quoi !

— Il ne veut pas me redonner mon iPod ! Ah ! Arrête de me prendre en photo !

— Aaahh ! MAMANNN ! Elle m'a griffé !

Il y a longtemps que Stéphanie n'intervient plus dans ce genre de débat. Tous les grands psychologues disent qu'on doit laisser les enfants régler leurs conflits eux-mêmes. Qu'ils se débrouillent ! Comme elle le répète souvent : « Tant qu'il n'y a pas de sang… » Mais il n'y a pas que les enfants. Des coups de marteau provenant du sous-sol secouent le plancher sous ses pieds. Le son d'une scie, des jurons en série… Il n'y a rien d'anormal là-dedans. Stéphanie se concentre sur la sauce aux tomates mijotant dans le chaudron. Elle n'entend plus le chaos régnant dans la maison.

Et si elle faisait un gâteau ? Oui, le fameux pouding chômeur dont raffole son mari remporterait un grand succès auprès des enfants. Bonne idée ! Déterminée à préparer le meilleur dessert au monde, Stéphanie pivote sur elle-même pour ouvrir le frigo. Elle constate rapidement que le contenant de lait vide a été remis sur la tablette. Grrr ! Ce phénomène arrive combien de fois par semaine ? En fait, on boit une telle quantité de lait dans cette maison qu'acheter une vache serait sans doute meilleur marché ! Stéphanie passe son temps à aller au dépanneur…

La famille a de la chance, car il y en a un dans sa rue. Stéphanie peut même accéder au commerce grâce à un raccourci donnant sur sa propre cour. Avec le temps et tous ses allers-retours, les branches se sont écartées sur le trajet et la terre s'est tassée. C'est devenu un beau petit sentier. La façade de la vieille bâtisse a l'air un peu louche, mais Jean, le propriétaire, est vraiment gentil. « Salut, ma belle Stéphanie ! » lui lance-t-il toujours, assis près de la caisse pour veiller sur son trésor. Souvent, Stéphanie appuie ses coudes sur le comptoir et s'attarde à jaser avec lui. Mais pas aujourd'hui : elle est en mission !

— Je m'excuse, Jean, mais je n'ai pas le temps de t'écouter me raconter tes problèmes d'insomnie. Je suis dans la popote par-dessus la tête !

Stéphanie attrape une poignée de caramels au passage, puis elle dépose le sac de lait sur le comptoir. L'homme entre à la main le prix des achats sur la caisse enregistreuse. La bonne vieille méthode !

— Et tu cuisines quoi ?

Ti-Jean, comme l'appellent la plupart des clients réguliers, est grand et paraît plus jeune que ses quarante-cinq ans. Et il se tient en forme ; l'été, il parcourt une tonne de kilomètres en vélo. Il a des cuisses et un bronzage d'enfer.

— Un bon pouding chômeur ! lance Stéphanie en fouillant dans ses poches pour trouver son argent.

Jean lève les bras au ciel.

— Non, pas un pouding chômeur ! Je tuerais pour en manger un fait maison.

— Ça va, j'ai compris ! Je t'en apporterai un morceau demain.

Leurs doigts se frôlent lorsque Stéphanie tend à Jean un billet de dix dollars. Un léger contact qui se répète chaque fois qu'elle vient ici pour acheter la même sorte de lait, les mêmes caramels... Si Marc-André regarde des filles nues sur Internet, se pourrait-il que

Stéphanie fasse un peu trop souvent un détour par le dépanneur pour voir Jean ? La jeune femme est songeuse sur le chemin du retour. Il lui est arrivé une fois ou deux de rêver au propriétaire du dépanneur… Des rêves plutôt explicites. Et bien pires que ce que Marc-André admire sur le Net ! Un élan de culpabilité envahit la jeune femme. C'est mal de tromper son mari, même en pensée !

Un vacarme la sort de ses réflexions ; ça provient de l'intérieur de la maison. Qu'est-ce que c'est *encore* ? Ou plutôt, qu'est-ce que fabrique Marc-André *cette fois*. Tout est possible… Stéphanie sait qu'elle peut se réveiller un matin avec un mur en moins dans sa maison. Son homme ne se sent pas bien s'il n'a pas un chantier en cours ! Le mois passé, il a décidé de refaire le plancher du salon et, cet hiver, il a bâti une chambre froide au sous-sol. Sur le perron, Stéphanie ne sait pas si elle doit se réjouir ou s'inquiéter au sujet du prochain projet de son mari. On ne sait jamais. Marc-André pourrait avoir arraché les armoires de la cuisine…

Ah ! Finalement, je n'étais pas si loin. Ce ne sont pas les armoires qui ont disparu, mais le plafond…

Figée sur le seuil de la porte avec son sac de lait froid à la main, elle observe son mari. Celui-ci, grimpé sur un escabeau placé au centre de la cuisine, tient une masse à la main. UNE MASSE ! Marc-André donne de grands coups au plafond ! Stéphanie a envie de crier : « Hé ! Stop ! » Il y va avec force, et des milliers de miettes de bois et de plâtre tombent sur le sol. Et dans sa sauce à spaghettis, qu'il n'a pas pris la peine de couvrir avant son carnage !

— Qu'est-ce que tu fais ? ! hurle Stéphanie pour se faire entendre.

Les cheveux pleins de poussière, l'homme donne un autre coup. Un morceau de bois atterrit devant Stéphanie.

— Je trouvais la cuisine trop sombre. Je vais nous installer un puits de lumière.

Stéphanie fronce les sourcils en regardant le trou dans le plafond. Un puits de lumière? Elle était parfaite sa cuisine! En plus, elle possède une multitude de fenêtres.

— Au moins, tu aurais pu mettre le couvercle sur le chaudron de la sauce...

Marc-André pose un regard rapide sur le poêle, puis il reporte son attention sur sa tâche.

— Désolé, je n'avais pas vu.

Tu attends quoi pour le mettre, le maudit couvercle? Sa belle sauce est maintenant pleine de saletés! Stéphanie soupire, puis elle contourne l'escabeau et les résidus sur le sol pour aller couvrir le chaudron. Son plan de cuisiner un bon souper vient de tomber à l'eau, car l'homme fait des rénos! Elle peut au moins se dire que ça a le mérite de l'occuper... Il passera peut-être moins de temps sur Internet. Stéphanie est capable de lui en trouver des projets, elle! Il manque un panneau à l'armoire de la salle de bain depuis belle lurette, elle aimerait que leur chambre soit d'un léger vert pomme plutôt que mauve démodé. Et le clou qui dépasse sur la rampe de l'escalier du sous-sol ne devrait pas être long à enlever. En plus, ça sauverait quelques chandails! C'est toujours pareil: Stéphanie doit répéter cinquante fois pour faire avancer les choses vraiment utiles.

Pour l'instant, sa priorité est de sauver le beurre qui fond sur le comptoir. Ensuite, la jeune femme lance un linge à vaisselle sur ses muffins aux bleuets. Elle doute qu'ils soient encore mangeables; ils ont reçu une pluie de poussière de plâtre. Bah! Elle dira aux enfants que le croquant dans les muffins, c'est des noix. Son cellulaire aussi est là, sur la table, vulnérable aux coups de masse de son homme des cavernes. Stéphanie le saisit et souffle sur la vitre pour en enlever la poussière. Justine lui a envoyé un message :

> Un nouvel animal de compagnie pour tes enfants ? J'ai un perroquet à donner ! Viens vite le chercher avant qu'il ne finisse en steak... Just

20
Le cellulaire

Justine a avalé plusieurs bouchées de travers pour ne pas exploser de colère. *Bordel, il y a un oiseau dans mon appartement!* Les carottes crues et les brocolis amers qu'elle avale lui grafignent l'œsophage. Elle croque si fort qu'elle se mord même la lèvre. Ça, c'est insultant! De quoi bouillir… C'est vendredi soir, elle a sa semaine dans le corps, sa patience est à zéro et elle se sent à fleur de peau. Sébastien est passé, et elle l'a raté. Son coloc est un je-ne-sais-quoi qui déplace ses meubles, s'engueule au téléphone, attend son stock… *Entre dans ma chambre, m'impose un perroquet, fait du bruit en buvant son café.*

Et son pied vient encore d'entrer en collision avec des chaussures traînant sous la table! Rien pour la calmer! Justine les repousse avec impatience tout en surveillant du coin de l'œil l'oiseau qui gruge les barreaux de sa cage.

— Tu es certain qu'il ne peut pas sortir de là?

Pas question pour Justine que quelque chose vole autour d'elle pendant qu'elle regarde la télévision! Ah! C'est vrai! Papi ne vole pas… Pas grave, c'est un oiseau quand même! Mik est assis devant elle, mais il ne l'écoute pas vraiment. Elle le sait, car il répond d'un « hmmm », les yeux rivés sur son cellulaire. Exaspérée, Justine pique sa fourchette dans sa salade verte.

— Donc, comme je te disais, reprend Justine, un tigre s'est enfui dans les corridors de l'hôpital aujourd'hui. J'ai couru après lui toute la journée.

Pas obligée de spécifier que le tigre en question était un petit garçon déguisé.

— Ah ouin ? réplique Mik, qui sourit en regardant le texto qui vient d'apparaître sur son écran. Vraiment, il est con ce Fred ! Tu sais ce qu'il veut acheter ? demande-t-il en posant des yeux rieurs sur Justine.

Elle se fout de Fred ! Elle ne veut même pas entendre ce prénom ! Ce grand insignifiant trop maigre, qui a pour seul titre de gloire d'être le meilleur *chum* de Mik, se prend pour le roi du monde. *Roi du poker peut-être, mais roi du monde, pfff !* Ce monsieur je-sais-tout débarque à l'appartement sans frapper comme s'il était chez lui et il ignore Justine une fois sur deux. Cette dernière ne l'aime pas, et c'est réciproque. Surtout depuis qu'il lui a lancé en pleine face : « Si tu n'avais pas l'âge d'une matante, tu serais baisable, Just ! » Crétin !

Justine laisse tomber sa fourchette dans son assiette. Mik engloutit en une seule bouchée la moitié de son steak au poivre. Chose notable, son coloc n'a pas besoin de beaucoup d'espace dans le frigo. La tablette qui lui est réservée contient des œufs, du steak, du pain, du fromage P'tit Québec et de la bière. Quelques potions protéinées aussi... Il se nourrit aux protéines ! Mik prétend qu'il y en a même dans la bière ! Il finira avec le foie en piteux état s'il continue de bouffer des œufs à un tel rythme. Ce régime est fait sur mesure pour son entraînement, dit-il. On comprend pourquoi il a de gros bras.

— Je me fiche de ce que veut acheter Fred, grogne Justine, un morceau de brocoli coincé entre les dents. Tu ne m'écoutais pas, hein ?

— Mais oui, je t'écoutais. Tu t'inquiétais d'une possible fugue de Papi. Dors sur tes deux oreilles, il ne peut pas se sauver. Mais fais attention de ne pas laisser un chandail près de sa cage… Il n'en ferait qu'une bouchée !

Justine soupire, puis elle relâche ses épaules crispées. *Du calme, idiote ! L'oiseau est dans une cage, alors il ne peut rien te faire !* Avec son ongle trop court, elle essaie de retirer le morceau de brocoli pris entre ses palettes tout en regardant Mik qui mange, concentré sur son cellulaire. Il ne se préoccupe pas vraiment d'elle. Pourquoi le ferait-il ? Son coloc n'est pas obligé d'écouter ses états d'âme, il ne lui doit rien. Il est libre de manger quand bon lui semble et de faire ce qu'il veut de son temps. Seule de son côté de la table, la jeune femme ressent alors la frustration que ses amies vivent lorsqu'elle joue avec son cellulaire en leur compagnie. Entrecouper une discussion à cause d'un bip, c'est monnaie courante pour Justine. Cela donne lieu à une conversation à sens unique où l'autre – ou les autres – a l'impression de s'entretenir avec un mur. C'est vrai qu'elle doit souvent faire répéter ses copines parce qu'elle a manqué un bout de l'histoire. *Mais tout le monde fait ça, non ?*

Mik répond à un nouveau message. Il a le pouce agile sur un écran ! Son téléphone ne le quitte jamais, tout comme Justine. Les textos, c'est important… Il ne faudrait surtout pas en rater un ! Ni faire attendre l'expéditeur ! Pourtant, Justine attend parfois, *elle*. Sa pression monte à un point critique, au seuil de la crise cardiaque ou d'un AVC, quand elle envoie un message et qu'un petit crochet indique que ledit message a été vu, mais que la personne ne répond pas ! Mik lui a fait le coup une fois. Pourtant, c'était urgent, dans le genre : « Tu rentres à quelle heure ? J'ai oublié mes clés et je t'attends sur le perron!» Non, Mik n'avait pas répondu, mais il avait lâché ses moteurs de voiture au garage et il était venu lui ouvrir la porte.

— Et toi, ta journée? lui demande-t-elle avec un sourire innocent.

Être subtile lui demande un grand effort! Ce n'est pas son genre de faire des détours, ni de prendre des gants blancs, mais Justine cherche une manière de savoir avec qui Mik discutait au téléphone tantôt. Pourquoi était-il en colère? Le stock en question, c'est quoi? Excité comme un petit garçon, Mik abandonne son cellulaire à côté de son assiette.

— J'ai installé un nouveau moteur dans une Corvette 427 convertible qui date de 1968! Un vrai bijou!

Ça a l'air passionnant, mais Justine ne s'intéresse pas à ses histoires de char. En fait, elle ne comprend pas cet engouement, mais elle le trouve mignon de s'émerveiller pour de la carrosserie. Elle laisse plutôt son regard s'égarer sur la mâchoire carrée de l'homme, le *piercing* à son sourcil, sa bouche attrayante... S'il n'avait pas sa maudite casquette sur la tête, ce serait parfait. À bien y penser, matante Clémence n'appréciera certainement pas le *piercing*.

Justine note sur sa facture d'Hydro: *À mort l'ostie de cellulaire. Casquette devrait être plus belle; mieux, inexistante. Retirer le* piercing.

— C'est toi, là, qui ne m'écoutes pas, constate Mik avec son sourire charmant.

— Mais oui! dit-elle en haussant les épaules. Tu me parles d'un moteur de voiture.

De toute manière, Justine s'en fiche ! Mik engloutit ce qui reste de son steak avant de poursuivre, la bouche pleine :

— Si tu le voyais, tu le trouverais beau, toi aussi !

Oui, sûrement...

Elle note : *Cesser de parler la bouche pleine.*

Mik travaille dans un garage – Caron et fils inc. Le propriétaire est le père de Fred, l'ami maigre que Justine déteste. Facile de deviner qui est le « fils » dans l'équation. Elle a croisé la femme de monsieur Caron l'autre jour, pendant qu'elle attendait Mik... Oui, Justine oublie souvent ses clés. La dame lui avait vanté son coloc comme étant le meilleur prospect en ville. À l'écouter, Justine devrait l'épouser sur-le-champ avant qu'une autre ne lui mette le grappin dessus. Facile de constater que Mik était presque un fils pour elle. Depuis le temps, ce dernier fait partie de la famille Caron.

Si Mik ne parle pas de voiture, il lave sa propre auto. *De haut en bas ou de bas en haut, selon sa superstition du jour.* Quand il n'est pas au garage, il a toujours une ou deux bagnoles appartenant à ses *chums* à vérifier, à réparer, à peindre... Ou bien il appose des autocollants sur des véhicules, installe des néons ou un nouveau système de son. Justine le trouve super *sexy* lorsqu'il est penché sur un capot ouvert. Elle l'avoue : elle l'espionne parfois lorsqu'il travaille dans le stationnement en bas.

Perdue dans ses réflexions, Justine remarque que Mik a déjà reporté son attention sur son téléphone. Sans trop savoir pourquoi, elle éprouve l'envie irrésistible de lui enlever l'appareil des mains. *Hé ! Je te parle !* Justine se surprend aussi à songer qu'elle accepterait volontiers de lui arracher son linge... Fraîchement sorti de la douche, Mik est beau avec son chandail rouge. Elle grignote les derniers morceaux de salade au fond de son assiette en refoulant le désir qui monte dans son bas-ventre. C'est toujours pareil : plus un homme l'exaspère, plus elle le veut ! Ça devrait être le contraire, non ? *Comme avec Sébastien...*

— Euh...

Mik lève un regard interrogateur sur Justine. Le pouce en l'air, il est prêt à se remettre à taper sur son cellulaire aussitôt que possible.

— Quoi ?

Zut ! Il pianote encore sur son écran...

— Mik, tu peux fermer ton cellulaire deux minutes ?

Wow ! Tu es très polie, Justine !

Intrigué, le jeune homme – qui est peut-être un trafiquant de drogue – dépose l'appareil sur la table. Puis il croise ses doigts derrière sa nuque.

— Je t'écoute, lance-t-il avec entrain.

Justine détaille le gars devant elle. Une seconde, elle le trouve désirable ; celle d'après, elle songe qu'il a des airs de *leader* de gang de rue qui trippe sur les bagnoles et les calendriers de filles nues. Il y en a justement un au garage... Et là, maintenant, elle voit une lueur de sagesse au fond des iris bleus de Mik. La jeune femme rassemble la vaisselle sur la table, en érigeant une pyramide avec les verres et les assiettes. Justine a beaucoup d'expérience dans ce domaine, car elle a passé quatre années à servir du poulet dans un restaurant durant ses études. Elle place les assiettes en équilibre sur son poignet, prend les verres du bout des doigts.

— Pourquoi as-tu besoin de plus d'espace dans ta chambre? demande-t-elle en évitant de regarder les lèvres pleines de son coloc.

— Parce que j'attends du stock, répond-il d'une voix posée.

La bouche entrouverte, Justine demeure interdite. Du stock? Pas très explicite comme réponse.

— Ça veut dire que tu resteras plus longtemps que prévu?

Au moins jusqu'à ce que matante Clémence retourne dans la Ville Lumière!

Comme pour la narguer, l'oiseau répète en boucle «Papi». Sera-t-elle capable d'endurer le perroquet? L'air soucieux, Mik se lève. Il avance d'un pas vers elle. Justine doit hausser le menton pour ne pas quitter son regard.

— Je n'ai pas le choix pour l'instant, avoue-t-il. Tu arriveras à me supporter encore quelques mois? Peut-être un peu plus... Actuellement, ça brasse dans ma vie. Et puis, je te trouve divertissante, ajoute-t-il plus légèrement, surtout quand tu grimpes sur les chaises!

— Il faut que je te dise: j'ai la phobie des oiseaux. Alors, je ne pourrai pas vivre sous le même toit que ton perroquet!

Mik rit doucement en reprenant son cellulaire.

— Tu t'y feras! Pas question que je me débarrasse de Papi.

Elle dépose sans délicatesse la vaisselle sale dans l'évier. Dos à Mik, les mains posées sur le comptoir, Justine est perplexe. Elle ne se comprend pas elle-même. Botter le cul de Mik, c'est le seul réflexe qu'elle devrait avoir! Mieux, lui sauter dessus et user de son charme pour le séduire avant que Clémence ne débarque. N'est-ce pas le genre de jeu qu'elle aime ? Au lieu de ça, elle ramollit ; elle ne réagit pas. La jeune femme doit se faire à l'idée : elle n'a pas le choix de tolérer le perroquet encore une semaine, au moins. Mais un oiseau, ça peut s'enfuir par une fenêtre... Elle pourrait « oublier » d'en fermer une, un jour...

— Tu te sens mal ?

Justine tourne la tête. Mik la regarde, l'air inquiet. Elle ne s'était pas rendu compte qu'elle fixait la vaisselle sale.

— Mal ? Non... non, bafouille-t-elle. Je songeais que j'avais hâte de voir ton stock, c'est tout.

Le visage de Mik se déride. La mine satisfaite, celui-ci frotte ses mains l'une contre l'autre.

— *Yes !* Du beau stock, en plus ! J'ai hâte de te montrer ça !

Effectuant un demi-tour sur elle-même, Justine fait face à Mik. Surpris par le geste, ce dernier pousse l'audace jusqu'à enlever une mèche de cheveux collée sur la bouche de la jeune femme.

— Est-ce que tu vends de la drogue ? interroge-t-elle en repoussant sa main. Parce que si c'est ça, tu peux prendre ton oiseau et foutre le camp tout de suite. Je ne veux pas de problèmes !

Même pour un héritage, elle ne pourrait accepter d'héberger un trafiquant sous son toit ! Justine attend une réaction, mais celle-ci tarde à venir. Mik la fixe gravement. Ce petit jeu dure longtemps, assez pour que Justine baisse les yeux la première. Cela ne lui ressemble pas !

— Tu dis ça à cause de mon stock ? lance enfin Mik. Non, il n'y a pas de drogue.

En voyant des gouttes de sueur perler sur le front de Justine, l'homme sourit. Il ne lui dira certainement pas tout maintenant; il veut la faire patienter encore un peu…

— Tu verras!

Justine lui donne une gifle sur son biceps ferme.

— Je refuse que tu me laisses dans le néant. Allez, c'est quoi? Quelqu'un te doit de l'argent?

D'un mouvement rapide, Mik attrape les poignets de Justine et les immobilise dans son dos, à la façon dont on se défend d'un agresseur. Elle ne peut plus bouger. Du coup, elle se retrouve plaquée contre lui.

— Tu le sauras bien assez vite, chuchote-t-il d'une voix rauque.

L'air vainqueur, Mik la relâche. Il disparaît ensuite dans le couloir. Justine se précipite sur son téléphone pour envoyer un message à sa sœur Isabelle.

Allô, grandes dents. Au secours! Mon coloc est fou! Ou alors, il est en train de me rendre folle…

Alors, ça veut dire qu'il est fait pour toi, ma pitoune! Je te laisse… Je suis pognée avec grand-maman-folle. Isabelle xx

21

L'homme qui sent l'ail et le sexe

Très tard cette nuit-là, Isabelle Gagnon tend l'oreille au son d'une clé dans la serrure. Une heure du matin et elle ne dort pas encore. En fait, elle n'arrive jamais à fermer l'œil quand François n'est pas là. Pas qu'elle est inquiète, puisqu'il avait téléphoné pour l'avertir qu'il sortait avec des amis après son cinq à sept. Simple habitude, Isabelle aime sentir sa présence à ses côtés dans le lit. *J'espère qu'il ne réveillera pas le bébé!* Au moment même où elle se passe cette réflexion, la porte d'entrée claque. Grrr ! Il fait toujours ça !

Un bruit de chaise qui se déplace, le frigo qui s'ouvre puis se referme. Le robinet, un verre qui frappe le comptoir et même le tiroir à ustensiles qui fait du vacarme. Parfois, elle a l'impression que François se croit seul au monde. Il veut vraiment que Laurence se mette à hurler, ou quoi ? Évidemment, ce n'est pas lui qui aurait la corvée de tapoter les fesses du bébé jusqu'à ce que le sommeil revienne. Il faut aussi chanter des comptines, redonner la suce cent fois... Et tout recommencer, car lorsque Isabelle est certaine que la petite dort à poings fermés, immanquablement celle-ci lève la tête dès que sa maman tente de fuir en douce.

Respire, Isa, respire...

Sa belle-mère a usé sa patience toute la soirée ; il ne lui en reste donc plus beaucoup pour son homme. Colette a fait SA lessive. Elle a lavé ses petites culottes – dont celle avec des cœurs rouges ! La couleur de ses sous-vêtements ne regarde personne, surtout pas sa belle-mère ! C'est son intimité, et elle partage celle-ci avec François et personne d'autre. *That's it !* Colette a manipulé ses bobettes sales. Ark !

Après avoir passé un doigt sur le meuble de la télévision, sa belle-mère avait marmonné qu'il y avait trop de poussière ici pour un bébé. D'ailleurs, la trace est encore visible. Isabelle s'était retenue de se relever afin de la faire disparaître d'un coup de torchon. Elle ne veut pas l'empreinte de Colette sur ses meubles ! La chipie avait même osé dire qu'il n'y avait rien de bon pour la santé dans le frigo. Même pas vrai ! Il y a... du ketchup et de la mayonnaise. Isabelle a de la broue dans le toupet toute la journée pour essayer d'être une *superwoman*, mais, dans les faits, elle n'a pas le temps de cuisiner cinq soupers équilibrés par semaine selon le Guide alimentaire canadien ! Bien sûr, Colette avait le temps de cuisiner, *elle*, malgré ses trois garçons hyperactifs. Pfff ! C'est dommage, mais François doit se contenter de pâté chinois – pas aussi bon que celui de maman – et de croquettes de poulet congelées. OK, la cuisine, ce n'est pas la force d'Isabelle. Elle demandera des conseils à Stéphanie pour le buffet du baptême ! *Merde... le baptême !*

Isabelle avait failli décapiter le dentier de grand-maman-folle lorsque, *elle*, elle avait réussi à endormir sa petite puce dans ses bras. La tête de l'enfant blottie dans le cou à la peau plissée de sa grand-mère avait brisé le cœur de la maman. Laurence ne fait jamais ça avec Isabelle. Cette dernière arrive à peine à la bercer quelques minutes ; ensuite, le bébé s'agite, lui tire les cheveux, les oreilles, met son doigt minuscule dans sa bouche, impressionnée par les grandes dents blanches de maman. De voir sa fille paisible dans les bras de quelqu'un d'autre – de Colette ! –, c'était assez pour lui ruiner le moral.

Depuis des heures, entortillée dans ses draps, Isabelle se tourne sans cesse dans son lit en repensant à cette image. Rien n'aurait pu arriver de pire. Et pourtant si…

En fin de soirée, Colette avait tout bonnement lâché :

— Isabelle, ma chouette, fais-moi donc un petit *brushing.* Mes cheveux sont ternes cette semaine. Tu serais bien fine.

Isabelle s'était raidie de tout son être ! Premièrement, personne ne l'appelle « ma chouette ». Deuxièmement, elle avait rangé ses ciseaux de coiffure pour un an. CONGÉ DE MATERNITÉ. Bon, elle arrange la tignasse de ses amies et fait les mèches de sa sœur, mais elle refuse de se plier aux caprices de Colette. *Je vais lui en faire, moi, des cheveux ternes !* Isabelle n'a jamais eu aussi honte d'être coiffeuse que lorsqu'elle se croise dans un miroir depuis son accouchement. Elle n'a même pas le temps de sécher correctement ses cheveux ! Colette était repartie sans *brushing* après lui avoir précisé que des couronnes de fleurs, c'était parfait pour les mariages, mais pas pour les baptêmes.

Des pas traînants approchent dans le couloir. Malgré sa soirée rocambolesque avec sa belle-mère au cours de laquelle celle-ci lui avait signifié qu'elle ne pliait pas les chandails de la bonne façon, que le lait devrait être sur la première tablette du frigo et non sur la troisième parce que cet endroit est plus frais, que le bébé dormirait mieux si son lit était orienté vers le sud plutôt que vers le nord, Isabelle avait beaucoup pensé à François. Que faisait-il exactement ? Était-il vraiment en train de jouer au billard avec Max ? Dans ce cas, pourquoi avait-il mis ses souliers des grandes occasions ?

BANG !

On ouvre la porte de la chambre sans grande délicatesse, puis Isabelle est éblouie par la lumière du plafonnier. *Ouille! Mes yeux!* La jeune femme se cache le visage avec les mains en poussant quelques plaintes.

— Oh! Désolé! dit François d'une voix pâteuse. Je pensais que tu dormais.

Il a bu?

— Comment veux-tu que je dorme avec tout le bruit que tu fais?

François éteint la lumière. Isabelle étire le bras pour toucher la lampe tactile sur sa table de chevet. Oh non! François lui lance aussitôt un sourire complice.

— Maintenant que tu es réveillée, on pourrait en profiter!

Ses yeux sont vitreux et sa chemise un peu débraillée. En tout cas, il a l'air d'avoir eu du plaisir, lui...

— Non, tu pues encore l'ail! riposte-t-elle en remontant la couverture sur son nez.

Vive l'odeur du Fleecy!

— Ha! Ha! Ha! Je sais, tout le monde m'a écœuré avec ça! Je vais aller prendre une douche et boire un litre de Listerine...

— C'était *cool,* ta soirée? demande-t-elle pour changer de sujet tout en se pinçant le nez.

Isabelle essaie d'être calme et gentille. Mais elle est encore en colère contre sa belle-mère, stressée par l'arrivée de matante Clémence, déçue de ne pas être sortie avec François, inquiète à l'idée qu'il la trompe avec n'importe quelle fille ne demandant qu'à être baisée et à soulager sa soif de sexe. Isabelle a l'impression que François n'en a jamais assez, qu'elle n'arrive pas à le combler de ce côté. Plus il insiste, plus elle recule. Plus elle recule, plus il se sent rejeté. Ce cercle vicieux la rend malheureuse. D'où sa crainte de le voir sauter la clôture un jour. C'est arrivé à tant de couples dans la première année de vie de leur bébé ! Au moins, l'ail a le mérite d'éloigner les pitounes.

François s'assoit lourdement sur le lit en passant une main maladroite dans ses cheveux. Il les préfère longs, ce qui lui donne un certain charme, mais il faudra trouver le moyen de les couper. Les doigts de coiffeuse d'Isabelle sont prêts ! Elle a déjà choisi une coupe, qui lui irait tellement bien. Celle de l'acteur François Arnaud ! Avec sa petite barbe de trois jours, impossible que Clémence reste insensible. Elle pourrait peut-être lui couper les cheveux pendant son sommeil ? François tient à ses cheveux autant qu'Isabelle à son iPhone ! Encore plus, même ! Elle a la permission de faire ses pointes deux fois par année. C'est tout. C'est quand même ironique que François soit en couple avec une coiffeuse.

— Oui, c'était une belle soirée, mais je n'ai plus vingt ans ! La tournée de *shooters* était de trop.

Par réflexe, Isabelle renifle, à la recherche d'une odeur de parfum de femme. Un rituel qu'elle accomplit tous les soirs au retour de François. C'est plus fort qu'elle, Isabelle doute. Sans raison ! Cette fois, impossible de détecter quoi que ce soit, car l'ail bouille dans les veines de son *chum* ! Il sent un peu la bière aussi, et la cigarette. *C'est bon, rien de dramatique*, tente-t-elle de se convaincre. Il se penche pour l'embrasser à la seconde où un cri strident et familier provient de la chambre d'en face. D'une main, Isabelle repousse son homme pour se lever, coupant court à son élan de désir. Exaspéré, il marmonne : « C'est toujours la même histoire… »

— C'est toi qui tiens à faire une cure d'ail, chéri ! Et puis, va dormir sur le divan. Tu empestes !

Isabelle enfile sa robe de chambre et va voir sa fille. La question du sexe est réglée pour cette nuit !

22
Le plan de Clémence

Clémence n'arrive pas à trouver le sommeil. L'enseigne du bar de l'autre côté de la rue clignote ; le néon mauve produit un reflet d'éclair électrique sur le mur de sa chambre. Étendue sur le lit, la dame fixe le plafond en déroulant dans sa tête le fil de sa rencontre avec Jacques Gagnon, survenue un peu plus tôt cet après-midi-là. Elle était restée plus longtemps qu'on ne le lui avait permis. Ils avaient mangé du chocolat et s'étaient raconté des histoires. Comme dans le temps !

Mais ce n'est pas seulement l'enseigne de couleur qui « flashe » par la fenêtre qui empêche Clémence de tomber dans les bras de Morphée. C'est plutôt la mention de Jacques au sujet de Ted. Il a dit que ce dernier était en ville. De quoi donner la chair de poule à Clémence. Pourrait-il avoir répondu à son ultimatum, le même qu'elle avait lancé à Justine, Isabelle et Stéphanie ? Elle avait laissé dix ans à Ted pour devenir un homme convenable ; sinon, pas d'héritage. Si c'est bien lui, il arrivera comme un cheveu sur la soupe – sa spécialité.

Clémence rabat la couverture sur elle, puis elle se retourne brusquement dans le lit. Impatiente, elle décide que ses nièces ont eu assez de temps pour arranger leur homme. Matante passera à l'attaque dès le lendemain !

23
La pitoune en jogging

Le samedi matin, Isabelle – les bras croisés sur la poitrine, se mordant l'intérieur de la joue – regarde la route défiler devant elle. Elle n'est pas contente !

— Je te le répète : j'avais complètement oublié que ma mère donnait un dîner pour l'anniversaire de mon père... dit François en tournant la tête pour suivre du regard une fille en camisole rose faisant du jogging.

Le genre de fille qui court à la manière de Pamela Anderson sur une plage de Malibu. Un sourire niais plaqué sur le visage, elle se déplace comme sur un nuage dans ses cuissards moulants. Et ses seins rebondissent à chacun de ses pas. *Même pas beau !* L'idée meurtrière d'ouvrir sa portière pour heurter la pitoune en question traverse l'esprit d'Isabelle. *Tiens ! Prends ça dans les jambes, la grande !*

— Ton père est mort depuis dix ans ! crache Isabelle en songeant que l'odeur de l'ail est encore pire à supporter lorsqu'on est confiné dans une voiture. Il serait temps que ta mère passe à autre chose. C'est pathétique, son affaire ! IL EST MORT !

— Je sais... Tu as raison.

C'est ça, François le sait, mais chaque fois c'est la même rengaine : « Oui, oui, on sera là ! » Et il ne demande jamais l'avis d'Isabelle. Découragée par toutes les occasions ridicules que sa belle-mère fête, la jeune femme secoue la tête. Tous les congés fériés sont une raison pour faire un souper, un dîner, un brunch. Il n'y a vraiment rien d'excitant à passer la Saint-Valentin avec grand-maman-folle. Mais si ce n'était que ça ! Elle souligne aussi le changement des saisons, l'anniversaire de ses belles-filles, de ses petits-enfants... Isabelle s'est juré que Colette n'aurait pas le privilège d'organiser le premier anniversaire de Laurence ! Elle voit déjà la crise d'ici... Sans oublier le fameux baptême, dont elle veut absolument se mêler !

Et puis, Isabelle n'a pas que ça à faire, célébrer les morts ! Elle a un baptême à organiser, un homme à arranger... Le temps file !

Aux yeux des automobilistes qui le croisent, François a l'air frais et dispo avec sa main sur le volant qui tape au rythme de la musique et ses lunettes de soleil. En réalité, les lunettes servent à soulager son mal de tête causé par le trop-plein d'alcool de la veille. Isabelle n'a jamais aimé cette voiture un peu trop sport et pas du tout familiale. Le véhicule n'a que deux portes ! Entrer le siège de bébé sur la banquette arrière exige une contorsion spectaculaire. Si quelqu'un se gare trop près dans un stationnement public, c'est carrément l'enfer. François l'aime d'amour, son auto. Il avait amadoué Isabelle avec son regard charmant pour la convaincre d'acheter ce modèle. « J'ai toujours rêvé d'en avoir une comme celle-là ! » Elle avait accepté puisque, de toute façon, ce serait SA voiture à lui. La jeune femme travaille dans son propre salon de coiffure situé dans le sous-sol de leur maison. Elle n'a pas à se déplacer quotidiennement...

François tourne dans l'entrée aux petits cailloux blancs et aux dimensions parfaitement rectilignes chez Colette. Déjà, sa belle-mère foule le perron pour courir à leur rencontre, les bras en l'air tellement elle est énervée de les accueillir. *Comme si on ne la voyait jamais*... Le cœur dans la gorge, Isabelle tarde à ouvrir sa portière.

Elle fait semblant de fouiller dans son sac à main pour gagner du temps. Tiens, elle est là, la suce rose avec une petite girafe bleue qu'elle cherchait depuis trois jours…

Chaque fois que François et elle mangent chez Colette, cette dernière passe de vilains commentaires sur la façon d'Isabelle de nourrir le bébé. « À son âge, mes gars mangeaient déjà comme nous ! » « Pourquoi tu ne lui donnerais pas son lait au gobelet ? Ce n'est pas bon pour les dents, le biberon ! Si tu allaitais, aussi… » Grrr ! Celle-là, Isabelle n'est plus capable de l'entendre.

Elle avait essayé d'allaiter ; elle débordait de motivation et de bonne volonté ! Surtout que sa sœur Stéphanie, *elle*, avait allaité ses enfants jusqu'à l'âge de deux ans ! Cela avait été le premier grand échec de sa maternité. Après seulement trois semaines, ses seins étaient si gercés qu'il en coulait plus de sang que de lait. Elle en avait pleuré un coup durant les tétées ! C'est François, un soir, qui s'était pointé avec des biberons et du lait maternisé. « Ça suffit ! » avait-il dit, conscient qu'Isabelle était au bout du rouleau.

Le pire, c'est LA question qui jette un froid autour de la table dans tous les soupers de famille : « C'est pour quand, le mariage ? » Pour belle-maman, François et Isabelle sont un couple qui vit dans le péché ! Dans la famille, ils sont les seuls à ne pas être mariés. Le frère aîné s'est marié aux Bahamas, car il souhaitait une belle cérémonie sous le soleil. Voyage payé par maman, bien sûr… Le plus jeune, lui, a eu un mariage princier célébré sous un chapiteau. Il avait plu et la soirée avait été un vrai désastre. Une robe blanche dans la bouette.

Isabelle rêve d'un petit mariage intime dans la cour de sa maison. Pourquoi pas sur le thème d'un *beach party* ? Colette serait drôle avec son maillot fleuri ! En fait, elle aurait aimé avoir la grosse cérémonie à l'église, descendre l'allée au bras de son père ému, boire du champagne dans des coupes de cristal... Mais Isabelle n'a pas de père. Enfin, oui, mais Jacques n'est plus en état de la conduire à l'autel. Elle a oublié depuis longtemps l'idée de se voir un jour dans une robe blanche avec un voile. Tout ce qu'elle souhaite, c'est officialiser son union avec François pour que tous connaissent l'engagement de son homme et le fait qu'il lui appartient.

Quelle raison stupide pour se marier ! Pourtant, Isabelle se sentirait mieux. Et puisque François est un homme de principe, il serait sans doute moins tenté d'aller voir ailleurs s'il avait la bague au doigt. Le fait que son *chum* refuse une union officielle est peut-être ce qui la rend si craintive chaque fois qu'il adresse un sourire à une fille, qu'il parle d'une collègue ou d'une étudiante. Elles sont des centaines dans la fleur de l'âge à défiler dans son bureau à longueur d'année.

Toujours assise dans la voiture, Isabelle perçoit la voix criarde de Colette à travers la vitre.

— Allôôô !

Ça l'agresse à un tel point qu'Isabelle se retient à grand-peine pour ne pas faire un doigt d'honneur à sa foutue belle-mère. Ça lui ferait tellement de bien de se laisser aller ! *Tiens ! Va chier, vieille peau plissée !* Évidemment, au lieu de tout ça, Isabelle force un faux sourire sur ses lèvres crispées. Il faut clore la question du baptême au plus vite. La jeune femme n'a plus de patience, et surtout elle sait que Colette sortira le grand jeu de la marraine heureuse devant tout le monde. Elle serait capable de la mettre devant le fait accompli en dévoilant aux autres la tenue qu'elle a achetée à Laurence pour l'occasion. Comment s'en sortir devant Joëlle, directrice des Services financiers chez Desjardins, et Marie-Christine, détentrice d'un doctorat en biologie ? Ses belles-sœurs sont *tellement* plus brillantes et parfaites qu'elle.

Alors qu'elle va ouvrir sa portière et s'exposer aux griffes de sa belle-mère, Isabelle entend son cellulaire sonner. Un message texte de Stéphanie vient d'arriver.

> Ma liste fait dur ! On se voit en fin d'après-midi au Café Pierrot ?
> Stéphanie

24
Un homme au volant

Son cellulaire dans une main, Stéphanie agrippe la poignée de la portière de l'autre alors que le camion de Marc-André négocie un virage serré. Il a coupé la route à une voiture ! Tout ça pour sauver un gros deux secondes de son précieux temps… Sur la banquette arrière, les enfants sont branchés à leurs écouteurs. Stéphanie en profite donc pour entreprendre son « chialage » habituel.

— Le fais-tu exprès pour essayer de nous tuer chaque fois que tu prends le volant ?

Nouveau commandement : En con, il ne conduira pas !

Marc-André quitte la route des yeux pour lui sourire, ce qui l'agace davantage.

— Tu exagères ! Il y avait de l'espace pour dix voitures, au moins.

— Ouais, c'est ça ! grogne Stéphanie. Allez, regarde devant !

Ce n'est pas vrai que Marc-André et elle ne se disputent jamais. En voiture, c'est inévitable. L'enfer ! C'est le seul moment où le ton monte entre eux et que les nerfs sont à vif. Stéphanie est trop nerveuse, selon Marc-André, et lui trop distrait, d'après elle. Un témoin aurait l'impression d'assister à une dispute presque mignonne entre un couple de longue date. Des enfantillages d'adultes, rien de plus.

Aujourd'hui, c'est le premier match de hockey d'Émile. Toute la famille ira geler dans une aréna alors qu'il fait un beau soleil chaud de septembre à l'extérieur. Marc-André est un papa fier qui prend en charge toutes les activités sportives des enfants. Stéphanie profite souvent de ces moments pour travailler ou faire le ménage de la maison. Ce matin, elle a bien voulu faire un effort, surtout pour profiter de la sortie afin de passer du temps avec Marc-André. Il faut maximiser le temps dans le but d'arranger ce qu'on peut! Au fond, quoi de plus romantique que de souligner par des cris les prouesses de fiston, café de casse-croûte à la main!

— As-tu pris mon portefeuille sur la table? demande soudainement Marc-André en tâtant les poches de son jeans.

Stéphanie lève les yeux au ciel tout en mentionnant du bout des lèvres que le feu de circulation à cent mètres de là vient de passer au rouge. Son mari marmonne: «Je l'avais vu.» Stéphanie n'est pas vraiment surprise par la fameuse question portant sur le portefeuille. Marc-André le perd – ou ses affaires en général – toutes les semaines. Combien de fois a-t-il dû renouveler ses cartes de crédit, de guichet, d'assurance maladie parce qu'il les avait égarées? Et tout ça, c'est sans parler de ses verres de contact et de ses lunettes... Après avoir préparé les enfants, les collations, le sac de hockey, les chandails chauds, mis en marche le lave-vaisselle, la laveuse... Stéphanie n'a pas eu le temps de penser à quoi que ce soit d'autre.

— Non, je n'ai pas touché à ton portefeuille, répond-elle. Attention! Il y a un vélo juste à côté! hurle-t-elle en agrippant nerveusement le bras de Marc-André.

L'homme se libère d'un mouvement impatient pendant qu'il contourne le cycliste. Conduire en présence de Stéphanie est épuisant. Il ne sait jamais quand elle s'énervera et plantera ses ongles dans son avant-bras ou frappera violemment sa cuisse. Il sursaute à tous les coups. C'est dangereux !

— Veux-tu conduire ? lance-t-il sur un ton sévère.

Cette phrase familière est le signal pour Stéphanie de se taire. Pourtant, comme d'habitude, elle est incapable de la boucler…

— C'est qu'il y en a partout, des gens, ici, Marc !

Marc-André crispe ses doigts sur le levier de vitesse pour ne pas répliquer. Mais Stéphanie ressent la tension de son mari. Dire qu'elle était pleine de bonnes intentions en accompagnant sa famille à l'aréna aujourd'hui. À cause de ça, elle remettra son article en retard ! Ce n'est pas une petite sortie familiale qui les rapprochera, son mari et elle, comme par magie.

Sa liste de choses à arranger chez son homme s'allonge, ce qui la décourage… Stéphanie reprend son cellulaire pour envoyer un message à Justine.

Allô, chouchoune. On se voit tantôt au Café Pierrot ? Stéphanie

— Attention ! crie-t-elle tout à coup. Le vieux monsieur veut traverser la rue !

— STEPH !

25
Ce que femme veut...

Encore une fois, Justine est tirée du sommeil par la mélodie qu'émet son cellulaire lorsqu'elle reçoit un message. Deux fois en deux jours ! Elle ne devrait plus laisser l'appareil sur sa table de chevet, mais plutôt dans la cuisine, ou en éteindre le volume ! Elle n'y pense jamais. Ou plutôt, elle a le vertige à la simple pensée qu'elle pourrait rater un message important. *De Sébastien.*

— Tabarnak !

Justine ouvre les yeux. Les jurons qu'elle avait cru faire partie de son rêve sont bien réels. Super, ça veut dire que Mik est là ! Elle a un service à lui demander. Après tout ce qu'il lui fait vivre avec son perroquet, il lui doit bien ça ! L'oiseau a passé la nuit à gruger les barreaux de sa cage ou à répéter « Papiiiii », comme le ferait un enfant à qui l'on ne répondrait pas ! Justine a lu sur Google qu'un perroquet a besoin de plusieurs heures de sommeil... Alors, il dort quand, Papi, s'il ne le fait pas la nuit comme tout le monde ?

— Calvaire ! Je vais t'avoir, emmerdeur...

Oh ! Mik est de mauvaise humeur... comme chaque fois qu'il perd cent dollars au poker ! Justine saute du lit, le cœur battant. Le plan de sa journée est établi ; il ne reste plus qu'à entraîner Mik dans ses manigances. Ça va fonctionner, Justine le sent ! Sébastien sera surpris de la voir. En plus, elle a perdu du poids depuis leur rupture, ce qui devrait lui plaire puisqu'il aime les échalotes. Son genre, c'est des jambes interminables, des fesses fermes et une poitrine pulpeuse. Justine n'a rien de tout ça, mais au moins, elle n'a plus une once de gras sur le corps.

La jeune femme n'est plus du tout dans le même état d'esprit après son arrêt à la salle de bain. L'homme qui lui sert de coloc et à qui elle veut quémander un service a omis de baisser le siège des toilettes. Justine a failli se mouiller les fesses ! Grrr ! Ce n'est pourtant pas compliqué de penser au siège ! *Hé ! Ho ! Tu vis avec une fille, le grand !* Au moins, Mik le lève avant de pisser. Récemment, une collègue lui a raconté que, chez elle, il y a plein d'éclaboussures sur le siège. Ouach !

À mettre sur la liste !

Lorsqu'elle se pointe au salon, Justine ne pense plus aux toilettes. Elle ne voit même pas l'idiot de perroquet qui mange un morceau de banane. Qu'est-ce qu'il est *sexy*, son coloc, avec ses cheveux en bataille et simplement vêtu d'un jeans ! Justine regarde les pieds croisés de Mik sur la table, l'ordinateur près de lui, sa casquette qui n'est jamais loin, le cellulaire en équilibre sur son genou. Le contenant de jus d'orange attend à ses côtés... Il a bu directement à la source ! Il n'est pas gêné !

— Tu sais, il existe une belle invention, pratique comme tout, pour boire du jus : des verres ! lance Justine.

Plutôt que de la regarder, Mik se frappe le front.

— Merde, une carte de plus et je l'avais ! C'est ta faute, Just. Je perds toujours quand tu es là !

Déterminée, Justine s'empare du bouchon et du contenant, puis elle se plante devant l'homme.

— Hé ! rouspète-t-il, car il ne voit plus la télévision.

En même temps qu'il jouait à l'ordinateur, il regardait une émission sur le poker à RDS ! La jeune femme secoue le jus d'orange sous ses yeux.

— Des verres, tu connais ?

Mik hausse un sourcil, celui avec un anneau.

— Ouais ! clame-t-il. Mais ça fait moins de vaisselle si on boit à même le contenant. Économie d'eau et de temps, tu connais ? lui retourne-t-il avec un regard complice.

— Vu comme ça…

Affichant un sourire vainqueur, Mik lui fait signe de s'éloigner de l'écran. Plutôt que d'obéir, Justine dépose le jus et s'assoit sur la table basse devant le divan. Où les pieds de Mik reposent. D'un coup de coude, elle force son coloc à lui faire de la place.

— Qu'est-ce que tu as au programme, aujourd'hui ? demande-t-elle en inclinant le haut de son corps dans un angle stratégique.

Justine s'est positionnée pour qu'il puisse voir la naissance de sa poitrine sous son pyjama. *Allez, Justine, assume ta manipulation féminine !*

— Je ne sais pas encore. Pourquoi ? répond-il en la fixant dans les yeux.

Pas une seule fois, il n'a baissé le regard plus bas que son cou. Justine se redresse.

— J'aimerais aller rendre visite à mon père à la résidence. Tu me prêterais ta voiture ?

— Quoi ?!

— Euh... J'aurais besoin de ton auto... euh...

Mik pince les lèvres. Justine ne sait plus où se mettre. Le perroquet répète le mot *auto.*

— Personne ne conduit ma voiture. Mais je peux te conduire là-bas, si c'est important.

Elle s'apprête à protester lorsque la sonnerie annonçant l'arrivée d'un message texte sur le cellulaire de Mike coupe son élan. Il n'a pas le temps de prendre le message que le clic d'une porte qui s'ouvre leur fait tourner la tête, à Justine et lui. Fred, son meilleur ami, le fils Caron, apparaît dans le salon.

— Hé ! Salut, *man* ! s'écrie le nouveau venu en s'adressant à Mik.

— Salut, grosse bite !

Grosse bite ? Franchement ! D'un mouvement rapide, Justine se lève en remontant le col de son pyjama. Cet idiot de « Fred la grosse bite » ne zieutera certainement pas sa craque de seins ! Les invités au buffet froid sont sélectionnés avec soin.

— Tu aurais pu avertir que tu passerais, marmonne-t-elle.

Fred la jauge de son air de face à claques, puis il brandit son cellulaire.

— J'ai envoyé un texto !

Justine roule les yeux avant de ramasser le contenant de jus d'orange.

— Vraiment, *man*, je me demande pourquoi tu en baves pour cette fille. Il n'y a pas plus coincé qu'elle en ville !

— Ta gueule, Fred ! réagit aussitôt Mik.

Justine s'éclipse à la cuisine. Si son coloc s'intéresse à elle, il n'est pas pressé de faire le premier pas ! Elle devra se jeter à l'eau s'il ne se décide pas… Les jours passent rapidement ! Seigneur, faites que Fred n'entraîne pas Mik dans un tour de moto, de bateau, de VTT… Tout est possible avec ces deux-là ! Ça gâcherait son plan. Sébastien est sa deuxième option.

Deux heures plus tard, la jeune femme est assise sur les marches extérieures de l'immeuble de son appartement. La brise de septembre sèche ses cheveux encore humides de la douche. D'où elle se trouve, elle a une vue parfaite sur les muscles du dos de Mik. Son coloc frotte amoureusement sa Civic. Oh ! que c'est sérieux !… Justine aimerait bien que l'homme s'applique autant avec l'aspirateur. Elle trouve toujours des graines sous le sofa… Mik passe avec minutie un linge sur sa voiture déjà luisante. Ensuite, il souffle un peu pour enlever toute trace de poussière. Justine a presque pitié de le voir autant travailler, car ils prendront la route sous peu. Évidemment, la merveille risque de se salir au premier coup de vent.

Justine tape du pied. Pour tuer le temps, elle compte les cailloux devant elle. C'est long… Mik a insisté pour la conduire à la résidence de son père. Tant mieux, ça lui évitera de se taper le trajet en autobus. Mais si elle veut avoir une chance de croiser Sébastien, Mik et elle doivent partir bientôt. Le samedi, son ex termine son quart de travail à quatorze heures !

— Tu avais dit que cela prendrait deux minutes ! lance-t-elle à son coloc.

Ça en fait au moins quinze ! Mik gratte délicatement la tôle avec son ongle. Il fronce les sourcils. Non ! Non ! Non ! Justine retient son souffle. Pas une autre égratignure sur la belle peinture ?! Si un juron sort de sa bouche, elle saura que c'est grave et qu'il y passera la journée...

— J'arrive !

Ouf ! Le pire a été évité. Toutefois, Justine sait par expérience qu'elle devra patienter encore au moins dix minutes avant que son coloc ne cesse de se préoccuper de cette minuscule égratignure – que, probablement, on voit à peine à l'œil nu – et qu'il donne le signal du départ : « C'est bon, on peut y aller, maintenant. » Oui, il fait souvent le taxi pour elle. Mik travaille avec les voitures ; la tôle, c'est son dada. Mais Justine n'en a rien à foutre, car en ce moment elle est fébrile. Rendre visite à son père la rend nerveuse. La jeune femme ressent toujours une grande impuissance devant cette maladie qui ronge le cerveau de Jacques, ses souvenirs... Elle a l'impression de se retrouver devant un étranger. Ça la perturbe, et elle en a pour des jours à s'en remettre.

Aujourd'hui, sa nervosité est multipliée par deux. C'est la première fois qu'elle va là-bas depuis que Sébastien l'a quittée. Comment réagira-t-elle en sa présence ? Même si Mik ignore que son ex travaille à la résidence, Justine est rassurée qu'il l'accompagne. Elle n'avait vraiment pas envie de faire le trajet seule jusqu'à l'autre bout de la ville... Il aurait été trop facile de prendre ses jambes à son cou et de descendre à un arrêt pour faire demi-tour.

Justine soupire en regardant le soleil briller sur la carrosserie noire de la voiture. Tout ça constitue un scénario trop romantique pour être vrai : Sébastien qui saute par-dessus le comptoir de la cuisine de la résidence avec son tablier et son chapeau pour courir jusqu'à elle. Le problème matante Clémence serait réglé en un claquement de doigts ! Ça, c'est dans ses rêves. Justine sait qu'elle ne doit pas se faire trop d'illusions ; la réalité ne sera pas aussi rose.

— *Let's go,* on y va ! lance Mik en sortant ses clés.

Oh non ! C'est le moment à la fois tant attendu et tant redouté… Justine pourrait inventer une excuse, annoncer qu'elle a finalement changé d'idée.

— Tu viens ? s'impatiente Mik, appuyé contre sa voiture.

Justine se lève, passe une main sur ses fesses pour en enlever la saleté. Sa ceinture de sécurité n'est pas encore bouclée que Mik démarre en trombe. Il fait crisser les pneus neufs sur l'asphalte. La jeune femme glisse ses doigts sous ses cuisses, adoptant une position de petite fille sage, puis elle regarde le décor qui défile devant ses yeux.

— Tu es bien silencieuse, commente Mik avec un sourire espiègle en posant une main sur le levier de vitesse.

Justine serre les dents, car le prochain virage sera serré.

— Je fais mes prières pour m'assurer d'aller au paradis quand ta voiture entrera à toute vitesse dans un arbre !

Avec un demi-sourire, Mik remet ses deux mains sur le volant et amorce le virage. Cramponnée à son siège, Justine récite dans sa tête le *Je vous salue Marie* – dont elle a oublié plus de la moitié des paroles. Ensuite, elle tente de se rassurer en se répétant qu'ils sont presque arrivés. Il ne reste que deux feux de circulation à franchir… Finalement, peut-être que l'autobus aurait été une meilleure option pour son cœur ! En tout cas, elle pourra voir Sébastien. Chaque fois, elle oublie que Mik traverse la ville en un temps record.

Au fait, le feu de circulation vient de passer au rouge.

— Miiikkk, c'est rouge !

Les pneus crissent encore une fois. La Civic toute propre fait tourner les têtes.

— Euh... Justine... Tu peux me lâcher, maintenant?

Elle est agrippée à son bras. La marque de ses ongles reste gravée dans la peau bronzée de son coloc. Oups!

Mik démarre sans hésiter quelques secondes avant que le feu de circulation ne passe au vert. Puis il tourne sur les chapeaux de roues dans la petite entrée paisible de la résidence, bordée d'une haie de cèdres. L'endroit paraît encore plus triste que dans les souvenirs de Justine... D'une manœuvre habile, Mik immobilise la voiture avant de poser lentement ses avant-bras sur le volant. Il se penche pour voir l'ensemble du décor.

— Et dire qu'on va tous finir dans ce genre d'endroit...

Ce constat fait frissonner Justine. Elle refuse de penser à ça! Être casée dans une chambre pareille à celle d'en face, à celle d'à côté et à celle de l'étage du dessous... Quelqu'un allume les lumières le matin, les éteint le soir à l'heure du dodo. C'est comme une garderie pour les mamies et les papis...

Justine chasse ses idées sombres, puis elle ouvre la portière d'un coup sec. Ouf! Elle a retenu de justesse cette dernière avant qu'elle ne frappe le camion stationné à côté. Mik l'aurait décapitée vive si elle avait égratigné son précieux jouet! Une chance, finalement, qu'il ne lui prête jamais son auto. Les autres véhicules et les chaînes de trottoir sont traîtres pour Justine; ils sont toujours plus près qu'elle ne le croit!

Mik claque sa portière.

— Qu'est-ce que tu fais? s'informe Justine en passant la bandoulière de son sac à main par-dessus sa tête.

Les mains dans les poches, Mik hausse les épaules.

— On vient voir ton père, non ?

Justine observe attentivement son coloc. Son regard bleu est sincère et semble presque naïf. Le jeune homme porte un jeans usé, avec un trou au-dessus du genou, et un chandail blanc à manches longues qui moule ses épaules. Comparativement à lui, elle ressemble à une boule de couleur, avec sa jupe turquoise et ses mocassins ! Ce type aux tatous et à la barbichette est prêt à perdre son samedi après-midi pour rendre visite à un homme malade plutôt que de cirer sa voiture ou de niaiser avec ses *chums* ? Il veut s'asseoir sur une chaise droite et respirer le parfum de petit vieux dans une chambre vert pâle ? Mik écoutera-t-il vraiment Jacques répéter continuellement les mêmes questions, les mêmes histoires au sujet du personnel qui lui vole ses cannettes de Pepsi ? Alors là, Justine est étonnée. C'est surprenant de la part d'un pas *clean*… Toujours pas de nouvelle de son stock. Et plus le temps file, plus la jeune femme imagine des scénarios délirants. Pourtant, Mik l'a rassurée : il n'est mêlé à rien d'illégal. Mais ça reste à voir…

— Tu as sûrement mieux à faire aujourd'hui. Je rentrerai en autobus.

On n'organise pas une apparition surprise à son ex avec un autre homme dans son ombre ! Elle aurait l'air de quoi ? Parce que c'est le principal but de toute cette mise en scène : voir Sébastien et le supplier de lui rendre un dernier service. Justine veut qu'il accepte de jouer à l'homme parfait devant matante Clémence. Ce serait plus simple que de manipuler les sentiments de Mik et de le perdre comme coloc par la suite ! Si Sébastien ne travaillait pas à la résidence, serait-elle passée voir son père un après-midi ensoleillé de fin de semaine ? Non ! Peut-être que oui, finalement… Justine se sent toujours un peu coupable de ne pas venir très souvent. Mik, qui s'apprêtait à lui emboîter le pas, devine son malaise. Il s'appuie contre le capot de son auto.

— Je vais t'attendre ici.

Justine fonce vers la résidence ; elle court presque. Les cheveux au vent, elle se sent légère comme une petite fille gambadant dans un champ de fleurs. Mik doit se dire qu'elle est drôlement emballée par cette visite à son père ! Il n'a pas idée à quel point... Sébastien, c'est l'amour de sa vie.

— OK, je fais ça vite ! crie-t-elle par-dessus son épaule.

Elle sera un peu moins gênée d'annoncer à son père qu'elle ne peut pas rester longtemps car quelqu'un l'attend dans le stationnement. Pour une fois, l'excuse sera vraie. Justine ouvre la lourde porte de métal. De l'autre côté, un homme en chemise blanche et aux cheveux aplatis apparaît devant elle. Son teint est un peu blême et ses traits sont tirés. Si Justine fige sur place, Sébastien, lui, recule d'un pas.

— Ostie, Justine, qu'est-ce que tu fais là ? marmonne-t-il. C'est fini, toi et moi !

Justine savait que sa rencontre avec son ex n'aurait rien de romantique. Sébastien n'est même pas romantique en amour, alors imaginer qu'après une rupture ce serait différent relèverait de la démence. Mais, puisque Justine croit en la folie de l'être humain, elle espérait malgré tout qu'il serait content de la voir. Malheureusement, ce n'est pas le cas. Sébastien est nerveux et agité.

— Je ne venais pas...

— Ce n'est pas toi qu'on venait voir! précise une voix dans le dos de Justine.

Le visage de Sébastien est alors assombri par une silhouette. Mik pose sa main sur la hanche de Justine. Le cuisinier lance un regard meurtrier à la jeune femme – qui se fait toute petite contre son coloc –, puis il dévale l'escalier en pierre. Mik le suit des yeux, comme s'il voulait garder l'image de l'homme dans sa mémoire.

— C'est pour ce con que tu te roules en boule sur ton lit tous les soirs en pleurant?

Comment sait-il ça, lui? Justine attend pourtant plusieurs minutes après s'être mise au lit avant de s'abandonner à son chagrin. Elle s'assure aussi de donner libre cours à sa peine en silence, le visage enfoncé dans l'oreiller pour étouffer tous les bruits de nez morveux. Collée contre Mik, elle avale sa salive et fait papilloter au maximum ses paupières pour retenir ses larmes. Elle ne va quand même pas pleurer sur l'épaule de Mik! Elle tacherait son beau chandail blanc…

— J'avais besoin de lui pour m'accompagner au baptême du bébé de ma sœur dimanche prochain, ment Justine en reniflant.

Depuis quand faut-il être accompagné à un baptême? Depuis que Justine doit faire croire à matante Clémence qu'elle est en couple avec un homme parfait!

Mik déteste mettre les pieds dans une église – grrr! –, car ça lui porte malheur. Mais les yeux larmoyants de Justine suscitent sa pitié.

— Je suis libre dimanche. Je viendrai.

Justine sèche ses larmes. S'il doit se faire passer pour son amoureux, c'est tout à fait logique qu'il soit de la fête. Voilà une carte de plus dans sa manche pour que tout soit crédible aux yeux de matante Clémence.

— Est-ce que je peux te conduire ailleurs? demande Mik, devinant que la visite à son père n'était qu'un prétexte.

— Oui, au Café Pierrot, sur Grande Allée. J'ai rendez-vous avec mes sœurs.

26
Chasse à l'homme

Mécontente d'avoir perdu sa journée, Clémence Guilbault pénètre dans le hall menant à son loft d'une démarche impatiente. Tac ! Tac ! Tac ! Ses talons frappent la tuile luisante comme un miroir.

— Tout va bien, madame Guilbault ?

La dame arrache le foulard qui lui serre le cou. Le décalage horaire a raison de son humeur. Elle est revenue bredouille de sa visite chez ses nièces. Aucune n'était à la maison ! Ni aucun de leurs hommes !

— Je me sens comme si j'avais cent ans ! maugrée Clémence. Y a-t-il un endroit où on peut boire un vrai café dans le coin ?

L'homme en complet à la réception bombe fièrement le torse, puis il tire sur son nœud papillon.

— Bien sûr ! Le Café Pierrot est tout près. On y sert le meilleur café en ville !

27
La délinquante

Isabelle Gagnon gare la Honda de François dans une rue étroite du Vieux-Québec, non loin du Café Pierrot. D'une manœuvre maladroite, elle arrive à glisser la voiture entre une Mazda et une Smart. Ouf ! Elle a eu peur d'égratigner le pare-chocs. Au moins, elle a évité le plus important : la chaîne de trottoir. Abîmer les enjoliveurs neufs de François aurait sûrement été une cause de rupture à considérer. Surtout qu'il s'agit des seize pouces, ceux qu'il met l'été pour donner un *look* plus sport à son « bébé ».

Saisissant son iPad sur le siège passager, Isabelle sort en vitesse. Une barre, qui lui serre l'estomac, bloque sa respiration. L'expression de son homme valait mille dollars lorsque, au retour du repas interminable chez sa belle-mère, elle lui avait mis Laurence dans les bras. « J'ai une urgence ! Il faut que je voie Justine et Stéphanie ! » avait-elle lancé sans lui laisser le temps de réagir. « Je prends ta voiture. Merci ! Tu es super fin ! » avaient été ses derniers mots avant de claquer la porte.

La jeune femme marche d'un pas lourd sur le trottoir bondé de gens qui profitent d'un dimanche après-midi pour flâner et repérer une terrasse pour manger. Il y a des musiciens, quelques amuseurs publics, des touristes... Ça sent encore l'été même si l'on est en septembre ! Son iPad collé contre sa poitrine, Isabelle profite au maximum de ce moment de liberté. Elle a osé... Pour la première fois, elle a laissé François seul avec le bébé. Il était temps ! La maman lui souhaite une couche pleine, pire que celles qu'elle affronte tous les jours ! Il se débrouillera. Tout est possible avec des gants de caoutchouc et une épingle à linge comme pince-nez ! Au pire, il appellera sa mère à la rescousse... Et dire qu'Isabelle a aussi emprunté sa voiture sans lui demander la permission. C'est sans doute l'acte le plus risqué qu'elle ait perpétré dans sa vie.

Malgré un peu de culpabilité au fond de la gorge – parce qu'elle le sait, la voiture d'un gars, c'est sacré –, Isabelle s'arrête devant le Café Pierrot. Elle n'en a pas pour longtemps, se répète-t-elle en boucle dans sa tête... Et puis, la jeune femme décrète qu'elle a le droit de se détendre, elle aussi. François ne se gêne pas, lui, pour aller au gym ou à un souper de retraite ! Non ? Isabelle se retient à grand-peine de ne pas faire demi-tour afin de rentrer à la maison. Les hommes ressentent-ils le même malaise lorsqu'ils décident subitement d'aller chez Canadian Tire en plein après-midi ? Se posent-ils la question de savoir si ça dérange quelqu'un, si c'est le bon moment ? Pourquoi Isabelle n'est-elle pas capable d'en faire autant ? Elle est devant le Café Pierrot de corps, mais son esprit est chez elle avec son homme et son bébé. *Maudite culpabilité !*

La maman ne résiste pas longtemps. Elle plonge une main dans son sac, repousse une couche, son porte-monnaie, un vieux biberon contenant du lait séché... Isabelle trouve enfin son cellulaire, entortillé dans une attache à suce ! Elle s'empresse de donner un coup de fil à madame Gendron, sa voisine.

— Qu'est-ce que je peux faire pour toi, ma belle ? s'enquiert celle-ci.

— J'ai un rendez-vous important. François est à la maison avec la petite et... euh...

— Tu aimerais que je passe emprunter du sucre, c'est ça ?

Isabelle perçoit le sourire de la dame au bout du fil. D'une voix joyeuse, elle répond :

— C'est un peu ça, oui.

— C'est bon ! Je te téléphonerai si je vois quelque chose d'anormal, mais je ne crois pas que tu devrais t'inquiéter.

Isabelle est soulagée, car elle a confiance en cette gentille voisine. Si une catastrophe se prépare chez elle, Martine Gendron saura régler la situation en un claquement de doigts. Rien ne lui fait peur, surtout pas une couche pleine de merde. D'ailleurs, la dame est venue au secours de la jeune maman quelques fois lors de moments de panique avec son nouveau poupon. Le bébé avait aussitôt cessé de pleurer entre les mains magiques de madame Gendron… Bon, maintenant, Isabelle se sent un peu mieux !

De toute façon, il est trop tard pour reculer. Elle a un pied dans le café et Jocelyne l'a sûrement déjà vue. *Allez ! On redresse les épaules et on assume !* Après tout, François devrait survivre quelques heures avec sa fille. Ou plutôt, sa fille devrait survivre quelques heures avec son père. Que peut-il arriver de si pire ? Isabelle n'ose pas y penser !

Le contraste entre la luminosité du soleil encore bien haut à l'extérieur et l'ambiance plus sombre du café force Isabelle à cligner des yeux plusieurs fois avant de pouvoir distinguer les silhouettes avec précision.

— Salut, Jocelyne !

La serveuse, fidèle au poste derrière le comptoir, essuie ses gros doigts sur son tablier.

— Allô, belle Isabelle ! Qu'est-ce que tu fais là ? On n'est pas jeudi !

Peu importe le moment où l'on passe faire un tour au Café Pierrot, on se sent chez soi. L'endroit est relativement désert, comparé à la foule qui déambule sur les trottoirs dehors.

— On a décidé d'être délinquantes, mes sœurs et moi! lance Isabelle, de plus en plus souriante.

Isabelle ne choisit pas la table habituelle qu'elle partage avec Stéphanie et Justine durant l'activité des bijoux. La banquette de couleur rouge occupant un coin de la pièce convient mieux pour un samedi. C'est un genre de divan placé près de la fenêtre avec une table basse devant, comme dans un vrai salon. Ce sera parfait!

— Je t'apporte un chocolat chaud comme d'habitude, ma belle?

Un chocolat chaud, un samedi après-midi? Hmmm! Ce n'est pas assez délinquant, ça! Avec des idées folles en tête, Isabelle se laisse tomber sur les coussins – qui avaient l'air plus moelleux qu'ils ne le sont réellement.

— Non, Jocelyne, dit-elle sur un ton déterminé. Aujourd'hui, je mérite un martini!

— Oh! La petite mère se lâche «lousse»! plaisante la serveuse en émettant un rire franc et chaleureux. Je t'apporte ça *rapido presto*!

Isabelle croise ses chaussures à talons hauts sur la table devant elle. La jeune femme essaie de se rappeler quand elle a porté ses beaux souliers Clark pour la dernière fois. Cela lui revient: ses talons ne supportaient plus son gros ventre de fin de grossesse. Les souliers s'étaient retrouvés cachés au fond de la garde-robe de l'entrée, parmi les trucs de bébé. Elle va les porter plus souvent, à partir de maintenant! Ouais, mais pour faire quoi? Pour courir derrière Laurence ou pousser la poussette? Ses nouvelles meilleures amies sont ses pantoufles. Rien pour se sentir féminine...

Tout en entortillant une mèche de cheveux autour de son index, Isabelle se force à penser à ses chaussures à talons qui lui ont toujours fait mal aux pieds. Elle n'arrive pas à se sortir de la tête le texto étrange que François a reçu pendant le dîner chez Colette. Il avait laissé son cellulaire à plat sur la table près de son assiette. Alors qu'il aidait sa mère à servir les suprêmes de volaille préparés avec du poulet nourri aux grains biologiques, l'écran s'était allumé. Un message d'une certaine Marie-Josée... «Merci d'être venue au souper de Jean-Guy. La soirée n'aurait pas été pareille sans toi, même si tu empestais l'ail! La prochaine fois, c'est moi qui te battrai au billard! À lundi!»

Quoi?! Il y avait une femme au billard? avait-elle demandé à François. «Ben oui, avait-il répondu. Marie-Josée, la prof d'espagnol. Une partie du groupe est venu au billard après le souper ennuyant de Jean-Guy.» La réponse de son homme se défendait. Il faut dire que ce dernier avait sans doute voulu éviter un scandale autour de la table de sa mère. Isabelle avait appliqué ses vieux trucs de méditation et de transfert d'énergie afin de ne pas s'affoler. Ce n'était pas le moment de grimper dans les rideaux! La jeune femme n'était pas fâchée, mais complètement angoissée.

Isabelle n'avait pas eu le temps de bien voir, mais d'un simple toucher du bout du doigt sur la vitre, elle avait entraperçu avec horreur la série de textos échangés entre son *chum* et cette Marie-Josée. Ils communiquaient ensemble plusieurs fois par jour! Elle se force à ne pas trop y penser, à rester dans la zone grise de la naïveté, car elle se connaît trop bien. La jalousie lui pend au bout du nez. La confiance d'Isabelle est fragile, trop facile à ébranler. Ce ne serait pas la première fois qu'elle se monte toute une histoire pour rien... Marie-Josée. C'est laid comme prénom. *Je suis certaine qu'elle n'est même pas belle!*

La jeune femme, qui se sent autant en péril qu'une personne s'accrochant à une falaise en train de s'effriter, attend ses sœurs avec impatience. Peut-être seront-elles de bon conseil. Ou peut-être pas. Stéphanie et Justine n'ont jamais aimé François. Elles sont polies avec lui, lui donnent un petit cadeau à Noël, le taquinent sur son dédain lorsque vient le temps de changer une couche, mais sans plus. Isabelle sait qu'elles font un effort pour se montrer gentilles. Ses sœurs ont toujours trouvé François un peu égoïste, du genre à penser à son petit bonheur avant celui des autres.

Isabelle a bien hâte de voir leurs listes. Leurs hommes sont-ils si *hot* que ça ? Sa petite sœur chérie et son coloc mystérieux... Isabelle a déjà échangé un message ou deux sur Facebook avec Mik au sujet de sa benjamine, mais personne n'a encore eu la chance de le rencontrer. On dirait même que Justine fait exprès pour qu'il ne soit pas à l'appartement quand Isabelle vient faire un tour avec Laurence. Justine le cache comme un trésor précieux. C'est louche. Et son aînée avec son homme de construction ennuyant comme dix... Dans les fêtes de famille, Marc-André s'éclipse en douce au sous-sol pour regarder le hockey plutôt que de jouer à *La guerre des clans* avec tout le monde ! Alors, son François à elle, il est... il est... pas si mal !

28
Martinis et olives vertes

— Isa !

Isabelle tourne la tête en direction de la voix qui vient de l'interpeller. La jupe colorée de Justine danse autour de ses chevilles sous l'élan de ses pas. Ses cheveux flottent librement sur ses épaules, elle a appliqué du mascara sur ses longs cils. Elle est jolie, la petite ! Isabelle bondit pour l'embrasser sur les joues, soulagée de la voir comme si leur dernière rencontre remontait à des années !

— Allô ! Contente de te voir, souffle Justine en serrant le cou de sa sœur.

Surprise par son étreinte, Isabelle hume son parfum délicat. Ça lui rappelle toutes ces fois où Justine venait la rejoindre dans son lit le soir quand elle faisait des cauchemars. Le câlin s'éternise ; il est aussi réconfortant pour l'une que pour l'autre.

— C'est mon histoire de marraine qui te met dans cet état ? demande Isabelle, inquiète. Écoute, ne prends pas ça comme ça ! Si tu veux vraiment être la marraine de Laurence, je peux encore essayer de parler à ma belle-mère, de la convaincre de…

— Mais non ! renifle Justine pendant qu'Isabelle lui frotte le dos. Ne t'en fais pas pour ça ! Je suis déçue, mais je comprends. Ta belle-mère est idiote… Par contre, réserve-moi le prochain bébé, termine-t-elle avec une moue triste.

— Promis ! dit Isabelle, soulagée. Alors, qu'est-ce qui t'arrive ?

— Je suis passée voir papa à la résidence...

— Oh ! Il ne t'a pas reconnue, ma chérie, c'est ça ? s'informe Isabelle sans la lâcher.

Justine esquisse un mouvement de recul. Ses yeux sont luisants de larmes. Elle fait signe que non.

— C'est autre chose...

— Ne me dis pas que tu as vu Sébastien ? Justine... Il a menacé d'envoyer la police après toi si tu n'arrêtais pas de lui téléphoner et de lui envoyer des messages. Et toi, tu as essayé de le voir... À quoi as-tu pensé ?!

Avec son air angélique, Justine hausse les épaules.

— C'était plus fort que moi !

Elle n'arrive pas à oublier Sébastien. Mais lui téléphoner quinze fois par jour et inonder sa boîte à courriels de poèmes pathétiques sur le fait qu'elle soit prête à mourir par amour pour lui, c'était peut-être trop...

— Ça va... déclare Justine à voix basse. J'ai compris, cette fois.

Exaspérée, Isabelle l'entraîne sur le divan. Par chance, via Facebook, elle avait mis Mik en garde contre l'incapacité de sa sœur à gérer les ruptures. Celles-ci sont toujours compliquées avec Justine, encore plus lorsqu'elle a de la peine. Mik avait promis de la surveiller.

— Donc, tu n'es pas allée voir papa ? Non, évidemment... soupire Isabelle, qui connaît trop bien sa sœur.

Justine fuit le regard sévère d'Isabelle. Elle repousse d'un mouvement honteux une mèche lui cachant ses yeux. Des trois, elle est celle qui s'entendait le moins avec Jacques, et ce, bien avant le début de sa maladie. L'adolescente rebelle qu'elle avait été prenait plaisir à lui mener la vie dure, peut-être pour le punir d'avoir laissé leur mère partir à l'autre bout du monde – Alaska ! – avec un autre homme. Justine était jeune et en pleine crise d'émancipation. Parfois, elle croit que la maladie de son père est de sa faute... Il a voulu oublier toutes ses conneries !

Justine regarde le martini d'Isabelle que la dévouée Jocelyne vient de déposer sur la table. L'olive retenue par un bâton la fait saliver.

— Tu te permets de l'alcool en plein après-midi, Isabelle ? s'étonne-t-elle. Depuis quand ?

Isabelle avale une gorgée avant de répondre.

— Depuis que je deviens dingue avec le courriel de matante Clémence ! Je capote ! On n'aura jamais le temps de tout faire avant vendredi prochain !

Prise de sueur froide, Justine pointe le martini.

— J'en veux un !

Au même moment, Justine et Isabelle tournent la tête vers la femme de grande taille qui passe la porte du café.

29
Sébastien, textos et autres déprimes

La nouvelle venue place une main en éventail au-dessus de ses yeux pour mieux voir à l'intérieur.

— Stéphanie ! crie Isabelle en agitant les bras.

La jeune femme se rue vers ses sœurs en ronchonnant, un filet de sueur sur les tempes.

— Je déteste le Vieux-Québec ! lâche-t-elle à bout de souffle. Je suis garée cinq rues plus loin et j'ai dû escalader une côte pire que le mont Everest ! Bâtard, je sue même de la craque de seins !

— Viens t'asseoir, ma Stéphanie, dit Isabelle en tapotant une place sur le divan. Jocelyne nous prépare des martinis ! poursuit-elle en faisant signe à la serveuse d'en apporter un troisième.

L'aînée du groupe s'installe près de Justine.

— De l'alcool avant quinze heures ? s'écrie-t-elle. Maudite bonne idée ! On va avoir besoin de plusieurs verres, si on veut décortiquer ma liste ! ajoute-t-elle en brandissant un papier froissé. Je veux des caramels aussi !

Stéphanie est saisie par l'expression terne affichée par ses sœurs.

— Seigneur, votre liste est-elle si pire que ça ?!

Justine cale la moitié de son martini d'un trait.

— J'ai revu Sébastien, déballe-t-elle.

— Oh !

— Et moi, j'ai trouvé des textos d'une femme sur le téléphone de François… souffle Isabelle, la gorge nouée.

Stéphanie songe qu'au moins Marc-André ne flirte pas avec les filles. Il se contente de les regarder sur Internet ! C'est déjà ça de gagné… Elle échange un regard lourd de sens avec Justine. Rien n'échappe à l'œil de lynx d'Isabelle, toujours alerte.

— Quoi ? Vous avez la face de quelqu'un qui sait quelque chose, mais qui ne veut rien dire !

Leurs doutes concernant la fidélité de François n'ont jamais été aussi grands que maintenant. Mais pas question de balancer à Isabelle ce qu'elles *supposent* avant trois ou quatre martinis. Elles pourront toujours mettre ça sur le dos de l'alcool !

— Mais non, petite tête ! réplique Stéphanie. Moi non plus, je n'en mène pas large. J'ai vu papa hier et…

— Évidemment, il croit encore que le personnel vole ses cannettes de Pepsi, l'interrompt Justine, le nez dans son verre.

— Non… C'est pire que ça.

— Pire ? ! s'énerve Isabelle. C'est quoi, cette fois ?

De ses longs doigts, dont les ongles auraient grandement besoin d'une manucure, Stéphanie joue avec le petit anneau en or à son oreille. Elle porte les boucles d'oreilles que Marc-André lui a offertes à Noël… Ces dernières sont un peu différentes de celles de l'année d'avant, mais presque identiques à celles d'il y a deux ans.

— J'ai cru voir Ted sortir de sa chambre…

Isabelle pouffe de rire, crachant du même coup sa gorgée de martini qui éclabousse son chemisier. Alors qu'elle essaie de ne pas s'étouffer, elle agite la main comme pour signifier : « Oublie ça. C'est n'importe quoi ! »

— Ouais, c'est ça ! lance Justine avec arrogance. Comme si c'était son genre de venir supplier papa de lui pardonner sur son lit de mort !

Elle mordille aussitôt sa lèvre et s'excuse du regard. Justine oublie trop souvent que ses sœurs sont plus sensibles qu'elle à la cause de ce sans-cœur de Ted.

— J'ai parlé sans réfléchir… chuchote-t-elle.

Stéphanie et Isabelle la dévisagent. Cette peste de petite sœur a l'art de dire tout haut ce qu'elle devrait garder pour elle-même. Tout le monde sait que Ted est un sans-cœur. C'est inévitable, dans une famille : il faut quelqu'un pour foutre le bordel. Justine a toujours été celle qui s'en permettait plus que les autres, et à qui tout était permis.

Le pire, c'est qu'il est impossible de lui en vouloir plus de deux minutes.

— Bon, reprend Stéphanie plus légèrement, vous avez raison. Ce n'était sûrement pas lui… Et si on regardait nos listes, maintenant ?

— J'ai besoin d'un autre martini avant, déclare Justine. Jocelyyyne !

La serveuse, qui trouve les trois sœurs trop adorables, néglige même un autre client pour les servir en priorité.

— Vous êtes prêtes ? demande ensuite Isabelle à ses sœurs.

— Nah ! On trinque avant ! déclare Justine en levant le verre que Jocelyne vient de lui apporter.

— Vous trinquez à quoi, mes toutes belles ? s'enquiert la serveuse.

— Euh… hésite Isabelle. À nos hommes ?

Les filles trinquent. Le bruit que font les verres en s'entrechoquant paraît festif. Quelques gouttes d'alcool éclaboussent la table.

— C'est tout à fait de circonstance ! clame Stéphanie. À nos hommes !

— À nos hoooommes ! répètent les trois sœurs dans un cri qui fait tourner quelques têtes.

Isabelle passe rapidement sa main sur la table pour essuyer les dégâts, puis elle lèche le bout de ses doigts. On ne gaspille aucune goutte de martini ! Surtout un samedi après-midi quand on a le cœur aussi gros que le *Titanic*…

— On regarde nos listes et on discute après ? propose-t-elle. Je vous avertis : la mienne fait dur !

— La mienne est longue, prévient Justine, alors ne sursautez pas ! Je n'ai laissé aucune chance à mon coloc…

— Tu as écrit ta liste sur une facture d'Hydro ? lance Isabelle, souriante, en ouvrant son iPad.

— Pour ne rien oublier, j'ai pris le premier papier à portée de main !

Stéphanie tient une feuille de papier contre sa poitrine.

— Bon, on montre nos écrits aux autres ? s'impatiente-t-elle. À *go*. Un, deux, trois… *go* ! s'écrie-t-elle.

30
Les hommes passent au cash

Stéphanie, Justine et Isabelle plaquent leurs listes à plat sur la table. Le papier de Stéphanie colle un peu sur la surface à cause du précédent débordement de martini. Dans un même mouvement vers l'avant, les sœurs Gagnon s'inclinent pour entreprendre leur lecture.

François

- Ostie de belle-mère (au secours, mes rêves m'envoient de drôles de messages et je m'inquiète pour la sécurité de grand-maman-folle si je passe à l'action !)
- Le sexe, toujours le sexe (je ne suis pas une machine, moi, sacramant !)
- Lui faire changer une couche sans vomir (bonne chance !)
- Cheveux trop longs (matante Clémence va le traiter de pouilleux...)
- Linge sale par terre (juste à côté du panier, je vous le jure !)
- Cure d'ail (si vous me retrouvez sans vie, asphyxiée, vous saurez pourquoi !)
- Les serviettes mouillées en boule sur le comptoir (ça pue et ça moisit !)
- Les flaques d'eau sur la céramique !
- Brosse à dents toujours à la traîne sur le comptoir (quoi, ça m'énerve !)

- Gauche pour prendre la petite (Laurence a cogné sa belle petite tête parfaite une fois sur un barreau de chaise parce qu'il la tenait mal !)
- Se croit seul au monde quand le bébé dort (il ne connaît pas l'expression « être léger comme une plume ».)
- Siège de toilettes (je pense à l'attacher avec de la broche !)
- Son chandail jaune avec l'inscription *I love NY* (eurk !)
- Regarde les pitounes faire du jogging (elle avait une camisole rose en plus !)
- Il texte avec une autre femme (Marie-Josée !)

M-A

- Ronfle
- Marc-André passe beaucoup de temps sur Internet...
- Des outils partout
- Le chandail des Nordiques
- Boit son café pendant que JE cours pour préparer tout le monde
- Le rasoir électrique
- Les rénos
- Perd ses affaires
- Zappage
- Siège de toilettes
- Ne sait pas remplir un lave-vaisselle
- Linge sale par terre

Mik

— Foutre la gang de chums à la porte
— Maudit poker
— Couper sa barbichette
— Enlever le piercing à son sourcil
— La phobie des chats noirs
— Casquette devrait être plus belle (mieux, inexistante!)
— Monopole de la télévision
— Fait du bruit en aspirant son café!
— Camisole des Simpson
— Déplace des meubles dans l'appartement
— Lui apprendre à baisser le son de la musique ou à porter des écouteurs
— Perroquet!
— Des appels étranges...
— Serviettes mouillées qui puent
— Il est entré dans ma chambre pendant que je n'étais pas là (et que mon soutien-gorge séchait sur la poignée de la porte!)
— Parle la bouche pleine
— Chaussures qui traînent
— Siège de toilettes
— Boit à même le contenant de jus

Un sifflement fait plisser les lèvres colorées d'un léger rose de Justine. Pour sa part, Isabelle mâchouille le bout de son bâton dégarni d'olives.

— Ouin ! lance Stéphanie. Tu avais raison, Isabelle : on aurait dû s'y mettre il y a des années ! Comment arrivera-t-on à les arranger en si peu de temps ? !

— Mais on n'a pas des années ; il nous reste seulement cinq jours ! s'exclame Isabelle, surprise de constater les points communs des trois hommes.

— Cinq jours ! répète Stéphanie après avoir aspiré une gorgée de martini. J'espère que tu crois aux miracles.

— Moi, je trouve le phénomène masculin fascinant ! s'émerveille Justine, qui passe son doigt sur chacun des énoncés pour les relire.

— Qu'est-ce qui est fascinant ? demande la serveuse qui passait par là.

Jocelyne incline au-dessus de la table ses épaules, qui sont toujours un peu courbées.

— On compile les résultats d'une étude des plus sérieuses et scientifiques, lui explique Stéphanie. En quarante-huit heures, on a noté tous les petits travers de nos hommes.

— Le constat est qu'ils sont atteints des mêmes défauts de fabrication ! blague Justine.

La serveuse se redresse d'un mouvement vif. Puis elle attrape son plateau en balayant l'air d'un geste de la main.

— Oh mon Dieu ! Vous vous êtes donné bien du mal pour rien. J'aurais pu vous dire tout ça… Les gouttes de pipi sur le siège des toilettes, le linge en boule par terre et viré à l'envers, la manette de la télévision qui est un vrai trophée de chasse ! C'est pour ça que je suis vieille fille !

Jocelyne s'éloigne au son des rires des sœurs Gagnon. Pour une vieille fille, elle semble en connaître beaucoup sur la gent masculine !

— Apporte-nous d'autres martinis, s'il te plaît, Jocelyne ! crie Stéphanie. On en a pour encore…

La gorge sèche, Stéphanie s'étouffe. Après avoir repris son souffle, elle donne un coup de coude à Justine.

— Ça parle au diable ! siffle-t-elle. Regardez ça, les filles !

31
Le grand méchant loup

Troublée, Stéphanie pointe la dame qui vient de franchir la porte du café. *Pas possible!* Celle-ci remonte ses lunettes fumées sur sa tête en clignant les paupières à cause du changement d'éclairage. Un visage mince, des lèvres impressionnantes, un cou sans plis malgré la soixantaine avancée… Un sac à main Carven est suspendu à son avant-bras.

— Oh! C'est elle, vous croyez? s'inquiète Justine, déjà prête à bondir derrière le divan pour se cacher.

Isabelle la retient d'une main sur sa cuisse.

— Il me semble qu'elle n'était pas si grande!

Dans un même mouvement, les trois sœurs inclinent la tête vers la droite, puis vers la gauche comme des petits chatons qui suivent le reflet d'une lumière sur le sol. Elles observent les déplacements saccadés de la nouvelle venue. D'un geste impatient, celle-ci se penche, retire son soulier à talon haut et enlève une gomme à mâcher collée sous la semelle. C'est vrai que la dame est de grande taille: elle fait au moins un mètre quatre-vingt. *Avec ses souliers à talons!*

— Pas de doute, c'est elle! constate Isabelle, abasourdie. Elle ne m'avait pas dit qu'elle arriverait si tôt!

— Oh non ! Qu'est-ce qu'on fait ? s'énerve Justine en cherchant des yeux une sortie de secours.

Il y a seulement une femme de soixante-six ans sur terre qui dégage une élégance impeccable malgré des mèches rouges à travers ses cheveux noirs et son vernis à ongles turquoise : c'est matante Clémence ! Pas déjà ! Elle est là, devant ses nièces, dans toute sa splendeur. Dans un élan de panique, Isabelle se lève en agrippant Justine et Stéphanie.

— On se cache ! chuchote-t-elle. On n'est pas prêtes à la recevoir maintenant, c'est trop tôt ! On n'a rien arrangé encore !

Comme si elles venaient de se faire prendre en flagrant délit, les sœurs Gagnon se retrouvent plaquées contre le mur avec l'idée saugrenue qu'il leur est possible de passer inaperçues derrière les rideaux en voile qui décorent la vitrine. *Ridicule !* C'était pareil quand elles jouaient à la cachette, sauf que dans le temps matante Clémence faisait semblant de ne pas voir leurs jambes qui dépassaient !

— Aussitôt qu'elle s'avance au comptoir pour commander, on fonce vers la sortie ! propose Justine.

— On va avoir l'air de se sauver sans payer ! proteste Isabelle, le nez dans le rideau poussiéreux et les fesses collées sur la vitre.

— Taisez-vous ! ordonne l'aînée. Vous voulez vraiment qu'elle nous repère, ou quoi ?

— Justine, tu m'écrases les orteils ! se plaint Isabelle.

— Chuttttt !

Les trois sœurs retiennent leur souffle en serrant les poings et les dents. Clémence analyse le menu affiché sur le mur. Elle penche la tête sur son épaule, hésite… «Ce n'est pas compliqué, matante, tu ne bois que du café au lait!» grogne Isabelle du bout des lèvres. Un client exubérant entre dans le café avec un énorme chapeau de paille et un étui à guitare. La porte claque derrière lui, le rideau bouge…

— Il fait ben noir icitte!

«Ta gueule!» marmonnent les trois sœurs qui essaient de se confondre avec la tapisserie. Zut! Jocelyne regarde dans leur direction, les sourcils froncés.

— Qu'est-ce que vous faites, là, mes toutes belles? Vous avez vu un fantôme?

Justine, Isabelle et Stéphanie affichent le même sourire crispé. Non, elles n'ont pas vu un fantôme, mais un gros méchant loup. Ou une vieille sorcière. Leur hésitation est de trop, car Clémence se retourne d'un coup. Son pantalon blanc évasé virevolte sur ses pieds délicats montés sur des échasses. Impossible de fuir!

— Matante Clémeeence! s'écrie Justine en agitant les bras, comme si elle venait tout juste de l'apercevoir. Hé! Ho! Par ici! On est là!

Stéphanie et Isabelle sortent discrètement de leur cachette, gênées par la réaction démesurée de leur petite sœur. Justine en fait un peu trop, là. *On n'est pas dans une garderie!* Le visage de Clémence s'illumine. Elle ouvre les bras, prête à accueillir ses nièces.

— Mais qui est-ce que je vois là?! lance-t-elle sur un ton teinté de l'accent français. Mes cocottes! Ça, c'est tout un hasard!

Stéphanie pousse Isabelle devant elle. Les trois sœurs s'avancent, en se marchant sur les talons. Justine est la première à se retrouver prisonnière de la poigne de sa tante, collée contre sa poitrine rebondie.

— Ah ! matante, ils t'ont eue avec leur maudit accent ! Allez, dis-nous un beau tabarnak bien québécois pour te remettre dedans !

Clémence doit se pencher pour lui donner un bec sonore sur la joue.

— Tabarnak que tu es belle, ma cocotte !

Au moins, cette matante que les filles appréhendaient tant de retrouver ne donne jamais de becs mouillés ! Elle distribue seulement de grosses accolades qui n'en finissent plus... Isabelle et Stéphanie n'y échappent pas, elles non plus ! Malgré le branle-bas de combat qu'occasionne la visite surprise de Clémence, pendant une seconde, les trois sœurs sont attendries par ce parfum familier, par la chaleur inhabituelle qui se dégage de ce corps ne paraissant pas son âge. Cette femme a des idées complètement capotées, mais elle a quand même été une deuxième mère pour elles !

D'un geste des plus sophistiqués, comme les grandes dames en font dans les salons de thé à Paris, Clémence lève la main en direction de Jocelyne, la serveuse.

— Un café moka, s'il vous plaît.

Un café moka ? Depuis quand ? Matante Clémence n'a toujours juré que par le café au lait !

— Quoi ? C'est possible de changer dans la vie ! se défend-elle devant les trois paires d'yeux qui la regardent curieusement.

Les filles se foutent de la sorte de café que Clémence boit. Elles sont fascinées de la voir en chair et en os. Après dix ans, elle est toujours aussi ravissante ! Et elle est impressionnante, avec son maintien un peu hautain. Par réflexe, les sœurs redressent les épaules et collent leurs genoux l'un contre l'autre. Matante Clémence a moins l'air d'une chipie que dans leurs souvenirs.

Justine, Isabelle et Stéphanie avaient oublié que, malgré ses histoires ridicules d'hommes parfaits et d'héritage, elles éprouvent un attachement particulier pour cette femme. Clémence a été un être important dans leur vie : elle faisait le taxi, venait voir leurs spectacles à l'école, les attendait de pied ferme lorsqu'elles rentraient en retard le soir… Les filles passaient par l'entrée de la cave afin d'échapper à son regard sévère et de l'entendre radoter son classique préféré : « Demain, pas de dessert de la journée ! » Elle les faisait suer, mais une chance qu'elle était là, car Jacques ne savait pas quoi faire de trois adolescentes qui écoutaient Nirvana ou les Backstreet Boys ! C'est Clémence qui a essuyé les premières larmes d'amour, qui leur a montré comment mettre un tampon, qui les conduisait à la gym et à la natation.

Dommage qu'elle n'ait pas été riche, dans le temps, car les trois filles en auraient sûrement profité… Sa fortune lui est presque tombée du ciel il y a dix ans, lorsqu'elle a vendu sa compagnie de chaussures. Devenir riche avec des souliers : le rêve de toutes les femmes !

Justine s'empresse d'approcher un fauteuil près du divan où ses sœurs et elle se sont installées.

— Tu es déjà en ville, matante ! On ne t'attendait pas avant plusieurs jours…

— Vous êtes déçues ? nargue la tante avec un sourire malin.

— Euh... non. Ce n'est pas ça...

Clémence s'assoit sur le fauteuil. Dans son élan, son sac à main fait un tour sur lui-même autour de son poignet. Cette femme bien mise a devant elle trois belles femmes qui la contemplent. Ses petites cocottes. Clémence s'est occupée d'elles comme de ses propres enfants... Difficile de cacher que Justine est sa préférée, avec sa fougue et ses répliques à cent piastres. *À quoi ça sert, matante, un prêtre?* Clémence en a passé des heures à lui expliquer la vie, à celle-là!

— J'ai très hâte de voir ta petite puce en vrai, Isabelle.

Isabelle sourit. Comment ne pas être touchée par cette tante qui a traversé l'océan pour un baptême? Même si ce n'est qu'une excuse déguisée pour examiner leurs hommes de plus près! Peu importe, sa propre mère restera dans son Alaska glacial plutôt que d'assister à la célébration. Elle ne veut pas venir sans son nouveau mari, qui, lui, refuse de se retrouver dans la même pièce que Jacques. Des enfantillages de grandes personnes...

Détachant les deux boutons de sa veste rouge en denim, la dame dévoile un collier de perles à son cou. Un mélange de classe et d'extravagance, c'est ce qui caractérise matante Clémence. Elle ne croise pas ses longues jambes, elle les colle plutôt l'une contre l'autre. Puis elle dépose son sac à main sur ses genoux bien droits.

— Ne faites pas cette tête-là, mes nièces. J'ai loué un loft sur Sainte-Geneviève. Rassurez-vous, je ne débarquerai pas avec mes valises dans vos salons.

— Tu sais bien, matante, que tu es toujours la bienvenue chez nous, souffle Stéphanie pour se montrer polie, tout en évitant le regard de ses sœurs.

— Hem ! toussote Isabelle en pinçant le coude de son aînée.

— Ouch !

Isabelle lui fait les gros yeux, ceux qu'elle destine à sa fille quand celle-ci lance sa nourriture partout. *Tais-toi, Stéphanie!* Elle ne voudrait surtout pas que cette dernière donne l'idée à Clémence de venir chez elle pour l'aider à préparer le baptême ! Il faudrait lui prêter son lit, lui laisser un coin sur la tablette de la salle de bain pour ses parfums de madame. Isabelle se sentirait obligée de sortir ses serviettes beiges encore douces et neuves qu'elle garde pour la visite, et elle l'aurait dans les pattes pour s'occuper du bébé. Non merci ! Elle en a déjà plein le dos avec Colette, la grand-maman folle !

La matante souffle sur le café moka que Jocelyne vient de lui apporter. Les trois sœurs sont encore sous le choc à cause de l'absurdité de la situation. À part une carte à Noël et aux anniversaires, les échanges avec Clémence se font rares depuis quelques années. En fait, c'est ainsi depuis que Jacques est à la résidence et que sa maladie gagne du terrain.

— Alors, qui commence ? demande Clémence en regardant chacune des filles à tour de rôle. Je veux TOUT savoir !

— Ben… euh… bafouille Isabelle.

Elle avait oublié à quel point le regard de matante Clémence était intimidant et particulier. Celle-ci possède un œil brun et un œil bleu, ce qui est déstabilisant pour quiconque s'entretient avec elle. Celui de droite, le brun, paraît autoritaire, tandis que celui de gauche, d'un bleu éclatant, est plus doux et rieur. Justine a toujours envié sa tante ! Avoir les yeux de couleurs différentes, c'est *sexy* et original !

— Ça va nous prendre plusieurs martinis, matante, si tu veux qu'on te raconte nos vies, intervient Justine pour sauver Isabelle qui ne savait plus quoi dire.

C'est à ce moment précis que le temps s'arrête. Le gars au chapeau de paille gratte un air country sur sa guitare, mais les sœurs Gagnon ne l'entendent pas. Clémence avance le haut de son corps vers la table, puis elle s'empare de la facture d'Hydro qui traîne. Bordel ! Avec tout ça, les filles ont oublié de cacher leurs listes. Wow ! Bravo ! Comment être moins subtiles ? *Regarde, matante, on essaie d'arranger nos hommes pour ton héritage.*

Justine s'élance pour arracher le papier à Clémence. Isabelle tente une manœuvre pour l'aider, mais elle rattrape plutôt – de justesse ! – le martini de Stéphanie que Justine a heurté dans son énervement. Stéphanie s'empresse de saisir sa propre liste et l'iPad de sa sœur. Ouf !

Clémence a gardé de très bons réflexes de ses nombreuses années de judo. Elle a surtout développé un flair incroyable pour déceler les manigances. Plus rapide que Justine, elle éloigne le papier de son visage pour arriver à lire sans ses lunettes.

— Foutre la *gang* de *chums* à la porte, maudit poker, couper sa barbichette…

Matante Clémence lève les yeux de la feuille.

— Moi non plus, je n'aime pas les barbichettes ! C'est malpropre. Un vrai ramasse-bouffe !

Elle dépose le papier sur la table, puis fait signe à Stéphanie de lui donner les deux autres listes. Comme une petite fille qui aurait volé des bonbons, Stéphanie tend l'iPad et son papier froissé, la mine boudeuse. Pendant que la tante examine tout ça, les trois sœurs agitent leurs doigts sur leurs cuisses en signe d'impatience. Justine aurait besoin d'un autre martini, MAINTENANT ! Isabelle calerait plutôt un grand verre d'eau glacée pour se rafraîchir ; elle sent la sueur glisser derrière ses genoux.

— Je vois que vous aviez pris mes paroles au sérieux, commente Clémence avec un hochement de tête satisfait. Bravo ! Par contre, je constate qu'il y a encore beaucoup de travail à faire… ajoute-t-elle, songeuse. Il était temps que j'arrive ! Je vais les arranger, moi, vos hommes !

32
Théodore Desrosiers

Un homme à l'allure rebelle avec ses cheveux en désordre et ses lunettes fumées file Clémence Guilbault de loin depuis hier, alors qu'il l'a aperçue à la résidence de Jacques Gagnon. Toutefois, il a choisi de ne pas la suivre à l'intérieur du Café Pierrot. Il s'appuie contre le mur en brique – vieux de quatre cents ans – rude et un peu chaud à cause des rayons du soleil. De sa position, celui qui se sent comme un intrus dans le petit monde de Québec aperçoit des silhouettes familières par la grande vitrine.

Un sourire sournois retrousse ses lèvres. Quel hasard : le clan des sœurs Gagnon est là. Sous son nez, les trois filles sont alignées sur une banquette. Force est d'admettre qu'elles n'ont pas tellement changé avec les années ; elles sont toujours aussi parfaites. Dieu qu'il les a détestées à une certaine époque…

Ted n'est pas un Gagnon. Non, lui, c'est un Desrosiers. Théodore Desrosiers est né d'une première union de Nicole Guilbaut, la mère de Justine et Isabelle. Belle famille recomposée et dysfonctionnelle qu'ils formaient tous, dans le temps…

Quand Nicole avait sacré le camp en Alaska avec un vieux riche, Ted était resté coincé avec trois sœurs et Clémence comme mère. Jacques avait bien essayé de jouer au père aimant avec lui, mais entre le football et les amis peu recommandables, Ted s'était perdu. Est-il trop tard pour reprendre la place qui lui revient ?

Le temps d'un battement de cils, Ted considère la possibilité d'entrer dans le café et de crier « Surprise ! » Il a si hâte de voir la réaction des filles quand elles apprendront son retour ! L'homme, aussi courageux soit-il, serre les dents et fait demi-tour.

33
Quand matante Clémence s'en mêle

Immobiles et collées à leur siège, les trois sœurs sont prises au piège, ensorcelées par le regard inébranlable de Clémence qui ne leur laisse pas le choix : cette dernière va prendre les choses en main ! Les filles ont essayé de la faire changer d'idée, à coups de « Mais non, matante, profite de ton séjour, on s'en occupe. » Elles étaient prêtes à se cotiser pour lui payer une tournée guidée dans les musées, une série de soins dans un spa, une croisière sur le *Louis-Jolliet.* N'importe quoi pour détourner son attention de leurs hommes ! Ce n'est quand même pas Clémence qui montrera à François comment changer une couche, ou qui expliquera à Marc-André qu'il y a autre chose sur Internet que des sites cochons !

Rien à faire, car matante Clémence est résolue à s'en mêler.

Avec en bruit de fond la voix endormante du gars qui se croit aussi bon que Johnny Cash, Clémence examine les listes avec une attention exagérée. Les trois filles voudraient disparaître entre les coussins du divan. Quoi de plus humiliant qu'une tante qui découvre que leurs hommes ne pensent qu'au sexe ou ne rangent pas leurs brosses à dents le matin ! D'ailleurs, Clémence a jugé qu'il était préférable de sortir ses lunettes. Ces dernières, retenues à son cou par une mince chaîne en or, trônent en équilibre sur son nez droit et pointu. Elle lit chaque élément soulevé par les filles avec une expression neutre sur le visage. Pas de sourire ni de haussement de sourcils.

Justine profite du temps, qui semble être suspendu et dépendre des volontés de matante Clémence, pour envoyer discrètement un texto à Isabelle.

Peu importe ce qu'elle propose, il faut gagner du temps !

Isabelle saisit son cellulaire afin de lire le message. Manque de chance, l'appareil lui glisse des mains et tombe sur le sol. Matante lève les yeux. Isabelle sourit naïvement. Justine marmonne « Bravo ! » à sa sœur. Heureusement, Clémence ne se formalise pas de l'incident. Sans tarder, elle reporte son attention sur les listes. Isabelle répond rapidement au texto de sa sœur :

Alors, il faut inventer quelque chose pour qu'elle nous laisse quelques jours de sursis avant de débarquer. Vas-y ! Tu es bonne là-dedans ! :P

Justine donne un coup de coude à Isabelle. De son côté, Stéphanie essaie de lire sur l'écran du cellulaire d'Isabelle pour suivre la conversation muette. Puis soudain, après plusieurs minutes d'un silence inquiétant – pendant lequel Clémence n'a pas remarqué l'échange entre les filles –, la tante ôte ses lunettes. Celles-ci rebondissent contre sa poitrine.

— Donc, ici, déclare-t-elle en désignant de la main leur groupe de quatre, on s'entend pour dire que les hommes sont tous faits sur le même modèle, n'est-ce pas ? Siège des toilettes, poils dans l'évier, bas sales…

— Sauf les gais, rectifie Justine, fière de son observation.

— Sauf les gais, oui…, pense à voix haute Clémence, qui a une branche de ses lunettes dorées dans la bouche. Mais ça reste à vérifier ! J'en connais qui ont du poil... Bon, allons droit au but ! Si on oublie les trucs de base comme les toilettes et le vieux maudit linge dont ils ne veulent pas se débarrasser, vos listes sont passionnantes ! ajoute-t-elle en replaçant ses lunettes sur son nez.

Les sœurs Gagnon suivent du regard la main de Clémence dont le majeur porte une énorme bague rouge. Tout un caillou ! La tante dépose deux listes sur la table ; elle ne garde en main que l'iPad d'Isabelle. Sourire en coin, elle pointe cette dernière, qu'elle regarde par-dessus ses lunettes ovales.

— Des problèmes avec ta belle-mère, ma cocotte ? demande-t-elle avec compassion.

Jocelyne surgit près de la bande, avec trois verres remplis à ras bord.

— Vous perdez votre temps, dit-elle en s'adressant à Clémence. Un homme reste un homme ; vous devriez savoir ça, vous. Ça ne se change pas !

Isabelle émet un pâle sourire pendant que Jocelyne et Clémence débattent sur le thème : « Ça ne se change pas, mais ça s'améliore ! » Entendre sa tante parler de Colette l'irrite plus qu'elle ne l'aurait cru. Sa réaction est immédiate : Isabelle serre les doigts sur son verre, crispe les fesses et les orteils. Son estomac est au bord de l'ulcère !

— Je la déteste ! lâche-t-elle sèchement.

Clémence et Jocelyne cessent de discuter. Stéphanie sursaute, puis elle se dépêche d'essuyer avec une serviette de papier les gouttes de martini tombées dans son décolleté.

— Elle est un peu sautée, mais elle n'est pas si pire que ça...

— Ben voyons, Steph! intervient Justine. Elle est complètement folle, la bonne femme, et tu le sais! Elle fête encore l'anniversaire de son mari décédé il y a dix ans!

Il y a au moins ça de bon dans le fait d'être célibataire: pas de belle-famille à gérer, songe Justine. Cependant, les parents de Sébastien étaient adorables... Ah! Sébastien!

Avec force, Isabelle dépose son verre sur la table. Stéphanie est aspergée. Cette fois, c'est son genou qu'elle doit éponger.

— Elle a changé mes verres d'armoires! s'écrie Isabelle.

— Elle a fait ça? s'exclame matante Clémence. La maudite!

— Mets-en! s'enflamme Isabelle. Elle lave même mes bobettes!

Clémence et Jocelyne plissent les lèvres dans un rictus d'horreur et crient:

— Ark!

— Elle endort ma fille dans ses bras! s'exclame Isabelle. Elle me fait sentir comme la plus poche des mères, poursuit-elle sur un ton plus bas. Quand elle est là, je me ratatine sur moi-même. Je me sens comme une minuscule roche au fond d'un soulier!

Jocelyne s'éclipse en douceur, non sans avoir tapoté l'épaule de Clémence.

— Envoie-la chier! conseille Justine sans ménagement. Tu es avec François, pas avec elle!

Par-dessus ses lunettes, la tante suit la conversation des filles. Cette Colette, elle ne l'a jamais vue, mais elle connaît ce type de mégère. Une belle-mère qui change des verres de place, ça dit tout...

Le silence s'installe. Isabelle passe un doigt sur ses ongles inégaux. Elle s'étonne de les voir aussi propres ! Ils sont toujours tachés de teinture à cheveux quand elle travaille.

— Quoi ? s'impatiente Justine. Ton *chum* vénère sa mère, c'est ça ?

— Ben oui, parce que c'est sa mère ! mentionne Clémence.

Enfoncée dans son fauteuil, cette dernière réfléchit tout en faisant tourner le liquide dans sa tasse en forme de bol. Comment rester diplomate quand il est question de se débarrasser d'une belle-mère ? Dieu qu'elle aurait quelques idées sadiques si elle se trouvait dans la même situation qu'Isabelle ! Hum ! Il faudra voir à ça ! Ce n'est certainement pas Isabelle, la plus douce des trois sœurs, qui aura le cran de lui faire prendre son trou, à la vieille chipie !

— Bon, bon ! dit Clémence en se trémoussant sur son siège. Et si on revenait à ton François, marmonne-t-elle, les yeux sur la liste d'Isabelle. Ne change pas de couches, ne pense qu'au sexe, texte les autres femmes…

Clémence soupire en secouant la tête :

— C'est clair : tu es prise avec un macho !

— *Yes !* s'écrie Justine en levant ses bras dans un geste victorieux. Je l'ai toujours dit : tu es pognée avec un macho fini ! Pfff ! En plus, il se fait servir comme un roi.

Isabelle hausse un sourcil.

— Ton avis ne compte pas. Tu n'aimes pas mon *chum* depuis le jour où il s'est tourné vers moi, plutôt que de te regarder, TOI !

Justine roule les yeux.

— Pas encore cette vieille histoire... Tu la sors chaque fois que je parle contre ton beau François. Reviens-en! Mais fiou! Je l'ai échappé belle! Il faut être fort pour endurer Colette comme belle-maman!

— Certes, les machos sont coriaces; ils ne sont pas faciles à arranger, commente Clémence pour elle-même sans se soucier de la dispute entre Isabelle et Justine. Toutefois, il n'y a rien d'impossible. On a du pain sur la planche! Il faudra sûrement lui apprendre quelques tâches ménagères au passage à ce François, j'imagine?

Le regard vide, Isabelle fixe sa tante. Celle-ci débarque de nulle part, lit une liste écrite à bout de nerfs ces derniers jours et elle se permet de traiter son *chum* de macho?

— Ben, c'est que...

Bon, c'est vrai que François ne participe pas tellement aux tâches ménagères. La jeune femme a le goût de rire juste à y penser. Son homme est presque drôle avec un balai dans les mains! Il est du genre à passer au salon pour regarder les informations plutôt que de faire la vaisselle. En vérité, il éclabousse partout et il brise les verres... Isabelle n'aime pas qu'on touche à son lave-vaisselle. On doit ranger les assiettes tournées vers la droite, les plats en plastique dans le panier du haut, les fourchettes avec les fourchettes... La seule fois où François s'est risqué à toucher à SON joujou, il avait mis dans l'appareil ses beaux chaudrons en fonte – sans les rincer! – qu'elle lave toujours à la main et ses coupes à vin neuves – maintenant cernées. Et il n'avait pas mis de *finished*...

— C'est que tu ne l'as jamais laissé faire! la coupe Stéphanie. Maintenant que tu as le bébé, tu t'attends à ce qu'il t'aide comme par magie ? Il faut que tu comprennes qu'un homme qui ne fait aucune tâche ménagère avant la venue des enfants ne se transformera pas par miracle après !

Stéphanie n'aurait jamais enduré une chose pareille dans sa maison. Il y a longtemps que Marc-André passe le balai ! Même s'il fait les coins ronds…

Sa sœur a raison : depuis que la petite est née, Isabelle se foutrait que François mette du *finished* ou non ! Tant qu'il rangerait les choses au bon endroit… Ce n'est pas compliqué d'appuyer sur un bouton ! Préparer des spaghettis non plus… Elle s'était créé de trop grandes attentes. Les hommes n'ont pas de boule de cristal, ni d'instinct pour réaliser qu'il est temps d'aider. Il faut leur faire un dessin !

— J'ai un plan en tête pour ton homme, Isabelle, annonce Clémence en déposant l'iPad avec un sourire moqueur. Je m'occupe de lui !

Curieuse, Justine croise les doigts sur ses genoux.

— Dis donc, matante Clémence, tu les as prises où, ton expérience et tes grandes théories sur les hommes ? Il n'y a pas plus vieille fille que toi !

C'est vrai, ça ! Comment une femme qui n'a jamais eu d'hommes dans sa vie peut-elle prétendre connaître suffisamment les mâles pour corriger leurs petits défauts ? En bonne spectatrice, Stéphanie plisse les yeux. Est-ce une légère rougeur qu'elle vient de voir apparaître sur les joues de Clémence ? Les soupçons de Stéphanie s'avéreraient-ils fondés ? Si c'est le cas, sa tante ne serait pas aussi vieille fille qu'elle le prétend !

— Tut ! Tut ! Tut ! On ne parle pas de moi, là ! proteste la dame sur un ton de prof en train de donner une dictée.

Clémence saisit la facture d'Hydro de Justine afin d'en faire une lecture rapide. Encore cette expression neutre et les lunettes sur le nez…

— Ce Mik, tu es avec lui depuis longtemps ? demande-t-elle en braquant ses yeux étranges sur Justine.

Voilà, la jeune femme est foutue !

— Euh… non, pas tellement… bredouille Justine. Mais j'ai bien l'intention d'en faire mon homme parfait ! précise-t-elle, animée d'une grande ambition.

Il faut tenter le tout pour le tout. Clémence fixe sa nièce plusieurs secondes avant de revenir à la liste.

— Cellulaire, poker, petits copains, voitures…

Justine hausse les épaules, l'air de dire : « Et alors ? »

— Il porte une casquette ? demande Clémence.

— Toujours ! répond Justine avec une grimace exaspérée.

Et il en possède une collection complète sur toutes les équipes sportives qui existent sur la planète. Baseball, football, hockey… De vieux objets de plus de quinze ans, usés et décolorés, mais dont il ne veut pas se débarrasser parce qu'ils ont tous une signification particulière.

— J'espère qu'il ne se promène pas avec le fond de culotte à la hauteur des genoux ? lance sa tante.

— Non, quand même !

— Alors, il y a de l'espoir… Qu'est-ce que tu entends par « la phobie des chats noirs » ? s'enquiert-elle en fronçant les sourcils.

Justine retombe dans les coussins de la banquette.

— C'est un clin d'œil à ses superstitions ! Mik croit à tout ! Il en est épuisant.

— Moi aussi, je déteste rencontrer un chat noir, réplique Clémence.

— C'est vrai que c'est laid, un chat noir avec des yeux jaunes, renchérit Stéphanie. Mais je ne pense pas qu'il soit plus dangereux de croiser un chat noir que d'autres félins ! rigole-t-elle.

— Non, vous ne comprenez pas, lance Justine en se redressant. Il ne s'agit pas seulement de croyances populaires. Mik est capable de me faire laver une paire de bobettes à vingt-deux heures parce que ce sous-vêtement lui porte chance et qu'il a une partie de poker le lendemain !

— Hon ! C'est presque mignon ! pouffe Stéphanie.

— De TE faire laver ? s'indigne matante Clémence. Tu laves ses bobettes ?! Ah mais, ma chérie, c'est qui la belle poire dans l'histoire, tu penses ?

La jeune femme décroise les jambes, puis elle vide son verre d'un trait. Elle n'est quand même pas pour avouer qu'il y a quelque chose d'excitant à laver les *boxers sexy* de son coloc !

— Laver ses bobettes, ce n'est rien, indique Justine. Mais endurer son perroquet, par contre, c'est l'enfer ! soupire-t-elle.

— C'est beau, les perroquets ; ça fait exotique, comme dans le Sud, déclare Clémence à l'intention de sa préférée. OK ! poursuit-elle devant le regard sévère de Justine. On s'occupera du perroquet...

— Maintenant qu'on sait qu'Isabelle est avec un macho et que Mik est un superstitieux fini, on a bien hâte de connaître le sort de Marc-André ! lance Justine pour changer de sujet.

Intéressée, Clémence s'empare du papier froissé que Justine lui tend. C'est la liste de Stéphanie.

— Hum ! toussote-t-elle en replaçant ses lunettes sur son nez. Voyons ça... Ronflements, temps sur Internet, rénos... Et au lit, c'est comment ? demande-t-elle sans crier gare.

— Euh...

Stéphanie boit une gorgée de martini, fait mine de s'étouffer avec l'alcool pour gagner du temps. Elle engouffre ensuite quatre ou cinq caramels... Matante Clémence la fixe avec ses yeux qui font un peu peur. C'est gênant de parler de ces choses-là devant elle !

— Il est poche au lit ! répond Justine pour sa sœur qui ne se décide pas à parler.

— Justine ! la réprimande Isabelle.

— Quoi, c'est vrai ! Toi aussi, tu trouves qu'il est plate avec ses chandelles et ses deux positions préférées !

— Seulement deux positions ? s'égosille matante Clémence.

— Disons qu'en ce moment, au lit, c'est plutôt... l'hiver, avoue Stéphanie à voix basse comme si tous les clients du café suivaient la conversation.

Marc-André fait très bien l'amour à une femme souhaitant être comblée en tendresse: chandelles, huile de massage, caresses, bisous soufflés un peu partout sur le corps... Voilà une autre raison pour laquelle leurs ébats amoureux sont au point mort depuis des années. Ça n'a pas toujours été ainsi. Oh que non! Marc-André était fringant au début, mais son comportement a changé graduellement avec les grossesses, comme si Stéphanie était devenue une pierre précieuse. Elle ne demande pas le fouet et les chaînes, loin de là, seulement un peu de masculinité assumée. Elle aimerait se faire surprendre, que son homme la prenne sans ménagement, que le lit tremble un peu! Les coquetteries, elle en a marre depuis longtemps.

— Je vois... dit Clémence. Je m'occuperai de ça...

Stéphanie arrondit les yeux. *Elle s'occupera de ça?*

— Nous avons déjà connu des soirées plus torrides, se défend Stéphanie, inquiète par les idées qui pourraient venir à l'esprit de tante Clémence.

En fait, ce n'est pas vraiment sa tante, puisque Stéphanie n'a pas la même mère que Justine et Isabelle. Mais Clémence n'a jamais fait de différence. Cette dernière lui tapote le genou.

— Ne t'en fais pas. J'ai plus d'un tour dans mon sac pour aider à raviver la flamme dans un couple! On ira magasiner!

Zut! Elle savait bien que sa tante aurait des idées folles. Stéphanie panique. Elle brandit son index en signe de négation.

— Hé! Je ne veux pas de tous ces jouets sexuels à la mode dans mon lit.

Matante Clémence éclate de rire, ce qui attire l'attention des clients sur elle au moment même où le faux Johnny Cash cesse de chanter... dans l'indifférence générale.

— Non, non ! s'empresse-t-elle de protester. Nous n'achèterons que les incontournables classiques ! Fais-moi confiance, termine-t-elle avec un clin d'œil.

Plus Stéphanie la regarde, plus elle est certaine que Clémence a un petit quelque chose de pas net ! Il faut se méfier des vieilles filles ; souvent, cette façade cache une femme fatale ! C'est évident que ces yeux-là sont cochons ! Visiblement, la matante a du vécu !

Le bruit d'une chaise glissant contre le parquet interrompt leur réunion au sommet. Les trois sœurs et Clémence se retournent pour voir ce qui se passe. Une femme est debout devant un homme accoudé à une table. Les deux personnes semblent sur le point de se sauter à la gorge !

— Espèce de salaud ! J'ai toujours su que tu étais un crosseur ! Va chier !

En furie, la femme lance quelques papiers – des photos ? – au visage de l'homme qui affiche un sourire vainqueur. Ne serait-ce pas la femme qui était avec François hier au restaurant chinois ? Stéphanie en est presque certaine ! Dans le café, on n'entend plus que le bruit de talons claquant contre le sol. Tout le monde observe le laissé-pour-compte, seul à sa table.

— Regardez ailleurs ! grogne-t-il, la face dans son cognac. Ce n'est qu'une salope.

Les murmures reprennent peu à peu. L'air incrédule, les quatre femmes se regardent. Clémence secoue la tête :

— Cette foutue maladie du vingt et unième siècle : croire que tout est plus beau chez le voisin !

— Ouf ! lance Isabelle. Je ne veux jamais vivre une telle scène avec mon François !

— C'est justement pour ça qu'on va les arranger, vos hommes adorés ! lance Clémence en souriant pour la rassurer. Pour ça, je n'aurai besoin que d'une semaine !

34
Le plan de Clémence

Voilà, Clémence a lâché le morceau: il ne lui faudra qu'une semaine pour transformer François, Mik et Marc-André en hommes convenables pour ses nièces. Les trois sœurs sont interloquées. Elles savent déjà que ce sera un véritable carnage! Quand matante Clémence passe quelque part, ça décape. Comment réagiront les hommes devant le phénomène? Mystère! Clémence arrivera-t-elle à exercer la même emprise sur eux que celle qu'elle a sur ses nièces? Ce n'est pas sûr qu'ils lui obéiront au doigt et à l'œil. Si Isabelle est incapable de convaincre son propre amoureux de se laisser couper les cheveux, elle se demande comment une étrangère y parviendra!

— Vous rêvez en couleurs! s'exclame Jocelyne qui n'est jamais loin. Changer un homme, ça prend toute une vie, et même davantage. Pas une semaine!

— C'est vrai, ça, matante... approuve Isabelle qui doute que François passe le test.

Clémence croise ses longues jambes, puis elle hausse le menton. *Parfois, elle a l'air d'une vieille chipie*, songe Stéphanie.

— C'est ça ou vous devrez renoncer à votre héritage! lâche la dame dont le plan semble déjà tout tracé dans la tête. Si je n'atteins pas mon but en une semaine, ce sera peine perdue. Dans ce cas, vous ferez comme moi: vous resterez vieilles filles, ajoute-t-elle avec un regard diabolique.

Merde, elle est plus folle que les filles ne le croyaient !

— Ah ! C'est donc ça, l'affaire, matante ? déclare Justine. Tu n'as pas réussi à arranger ton homme, alors tu l'as planté là ? lance-t-elle en s'avançant sur le bout de sa chaise pour défier Clémence.

Cette tante secrète traîne peut-être un gros roman Harlequin dans ses bagages ? Cette femme en apparence forte, autoritaire et indépendante cache-t-elle une histoire d'amour passionnée ayant mal tourné ? Justine et Isabelle se sentent comme des petites filles devant le mystère que représente tante Clémence. Mais Stéphanie, elle, tire ses propres conclusions.

— En fait, il y a un détail ou deux qui ne s'arrangent pas… avoue Clémence tristement. Vous lirez ça dans mes archives quand je serai morte !

— Allez, matante, on veut savoir ! insiste Justine.

— Je vous le raconterai peut-être si vos hommes s'en sortent indemnes !

— Les listes sont longues, commente Justine. On commence par quoi ?

— Hmmm… marmonne Clémence. On a un macho, un superstitieux et un amant poche à arranger…

— Je n'ai pas dit qu'il était poche ! s'indigne Stéphanie. En tout cas, pas tant que ça…

— Je commencerai avec toi, Isabelle, annonce tante Clémence en rangeant ses lunettes. Je serai chez toi demain matin, neuf heures !

— DEMAIN ? répète Isabelle, les yeux ronds.

Vite, un mensonge!

— C'est que… euh… demain… nos hommes vont jouer au golf, réplique Isabelle. C'est bien ça, hein, les filles? lance-t-elle, fière de son intervention.

Stéphanie et Justine regardent leur sœur, perplexes. Isabelle aurait pu trouver mieux… Marc-André déteste le golf et Mik ne connaît pas les deux autres hommes! Mais après tout, il ne s'agit que d'une simple excuse.

— C'est ça, confirme Justine en hochant la tête. Ils vont jouer au golf.

— Dans ce cas, j'arriverai à l'improviste un autre jour de la semaine, indique Clémence qui sourit de toutes ses dents blanches.

Justine se demande si elle est la seule à remarquer que les canines de la tante sont pointues!

— Oh, là là! Nos hommes vont passer au *cash*! s'écrie Justine en donnant une claque à Isabelle.

Celle-ci frotte sa cuisse, car les clés de la voiture de François viennent de s'étamper sur sa peau. Ouch! Soudain, Isabelle s'inquiète. Est-ce qu'elle avait verrouillé les portières? *Merde*… Elle se lève d'un bond. Le verre à moitié plein de Stéphanie se renverse. Celle-ci a maintenant les pieds mouillés. Zut! Ses belles sandales…

— Oh, non! clame Isabelle, énervée. Je dois y aller!

— Qu'est-ce qui te prend? demande Justine, qui aide Stéphanie à sauver ses sandales en cuir.

— Je me sauve! s'écrie Isabelle. Ciao, les *girls*! Bye, matante! ajoute-t-elle en donnant un baiser pressé sur la joue de Clémence.

— N'oublie pas que je passe chez vous cette semaine ! Ton homme est mieux d'être en forme…

Albert, le vieil ami de Clémence, n'attend qu'un appel de celle-ci pour agir…

35

Quand les hommes sont au golf

Le dimanche matin, Isabelle tape du pied en regardant François boire son café à la lenteur grand L. Il déguste chaque gorgée comme si un expresso à dix dollars se trouvait dans sa tasse ! Hé ! C'est du Folgers acheté en solde à la pharmacie ! Isabelle n'a pas parlé du plan de la journée à François ; il est déjà suffisamment de mauvaise humeur… Mieux vaut le prendre par surprise ! Elle préfère le mettre devant le fait accompli : un départ pour trois personnes au golf Stastny l'attend. Pas de discussion ! Par chance, il fait un temps superbe et son *chum* s'est découvert une passion pour le golf depuis qu'il a fait un *birdie* au dernier tournoi des enseignants. Isabelle a réservé un dix-huit trous – sans *kart* ! Les hommes en auront pour une partie de la journée, plus la bière après. Cela laissera le temps à Isabelle d'effectuer un bon débroussaillage sur le terrain avec ses sœurs. Il faut faire vite avant que matante Clémence n'arrive dans le paysage !

Isabelle essaie d'être gentille, mais François ne répond que des marmonnements incompréhensibles à ses tentatives de conversation. Il lui en veut encore pour son escapade de la veille, lorsqu'elle l'a planté là pour aller rejoindre ses sœurs au café. La couche du bébé avait débordé pendant la promenade en poussette. Couverte de merde, Laurence était dans la baignoire – sans eau – tout habillée quand Isabelle était arrivée à la maison. *Il avait sans doute mal attaché la couche !* François se tenait devant la porte de la salle de bain, le teint vert et les larmes aux yeux devant toute cette puanteur. La petite avait les fesses rouges et à vif ! Isabelle avait songé qu'au moins la mauvaise odeur chassait celle de l'ail…

Toutefois, ce n'était pas le pire. La jeune femme n'avait pas verrouillé les portières de la voiture. L'horreur quand elle s'en était aperçue ! Elle avait presque fait une crise de panique sur le trottoir. Un gentil monsieur, voulant l'aider, avait proposé d'appeler le 911… La Honda était encore garée bien sagement à sa place ; cependant, quelqu'un s'était servi au passage. Mais qui, à part François, écoute encore des disques de nos jours ?! Bref, il ne lui pardonnera jamais d'avoir perdu toute sa collection d'Iron Maiden. Cette nuit, il en a parlé dans son sommeil ! Bon… Isabelle téléchargera les chansons sur iTunes et lui offrira un iPod. Ce sera son cadeau de Noël.

Pour l'instant, la jeune femme ne tient plus en place. Elle a même sorti le sac de golf Wilson du cabanon ! Il ne faudrait surtout pas que François sache qu'elle l'a échappé sur l'asphalte, que les bois se sont entrechoqués les uns contre les autres… Il lave très soigneusement ses bâtons avec un petit linge chaque fois qu'il s'en sert.

— Au golf avec Marc-André ?! s'exclame-t-il lorsque Isabelle lui annonce la bonne nouvelle. Mais il n'aime même pas ça, le golf ! lance-t-il pendant qu'elle le pousse vers la porte.

— Ben oui, il aime ça ! Allez, bonne journée !

Isabelle est en train de vider le tiroir de bas et de bobettes de François à l'envers sur le lit quand Justine et Stéphanie arrivent enfin. Les bas troués ou célibataires d'un côté, les *boxers* gris avec un élastique blanc de l'autre. François ne porte jamais les beaux caleçons noirs Calvin Klein qu'Isabelle lui roule chaque année dans son bas de Noël. Trop serrés. *C'est justement ça le but.*

— Une chance que François est passé chercher Marc-André, explique Stéphanie en remontant son foulard sur son nez pour fuir l'odeur d'ail. Il a failli s'étouffer avec son café quand je lui ai parlé du golf !

— Le golf, c'est un sport parfait pour les petits vieux, proclame Justine. Lui qui parle toujours de préretraite, il va adorer ça !

— C'est exactement ce que je lui ai dit ! D'ailleurs, il m'a prise pour une cinglée quand je me suis mise à quatre pattes pour cirer ses souliers…

— Où as-tu mis tes enfants ? demande Isabelle.

— Chez la voisine ! rétorque Stéphanie en soulevant un caleçon gris qui irait bien à son père. François porte vraiment ça ? Au secours, il faut faire quelque chose ! On pourrait ouvrir une page Facebook pour ramasser des dons…

Isabelle lui arrache le caleçon des mains.

— Nounoune !

— Attention, tu vas le déchirer !

— Mik aussi m'a trouvée un peu capotée quand je lui ai mis un billet de cent dollars dans les mains pour louer l'équipement ! déclare Justine, qui installe partout dans la pièce des petits sapins odorants, comme ceux qu'on met dans les voitures. Une chance qu'il aime le golf ; sinon, il aurait fallu que je réponde à des tonnes de questions. Mais je ne pense pas que je m'en sauverai ! Pas fou, le gars : il a senti qu'il y avait quelque chose de louche là-dessous. Comme si j'avais de l'argent à jeter par les fenêtres pour du maudit golf plate !

— Au moins, on est certaines de ne pas les avoir dans les pattes pour la journée, et c'était ça l'objectif ! lance Isabelle en faisant une montagne avec les bas usés de François. On a de l'ouvrage à faire aujourd'hui, les *girls*.

— Oui, une grosse journée nous attend, constate Stéphanie en grimaçant encore à cause de l'odeur d'ail. Aucun danger que tu te retrouves avec un vampire chez vous, toi, Isabelle. Ça pue l'ail jusque dans la rue. On doit voir les vapeurs autour de ta maison aux rayons X !

— Arrête de chialer et respire par la bouche !

N'est-ce pas ce qu'Isabelle fait pour survivre ? En cachette, elle utilise même un pince-nez...

— Où est la petite puce ? veut savoir Justine qui n'a pas tellement envie de jouer dans les bobettes de son beau-frère.

— À la sieste ! répond Isabelle. Et ne va pas la réveiller, pour une fois ! Bon... regardez-moi ça, ces bas-là ! s'exclame-t-elle en brandissant deux chaussettes sous les yeux de ses sœurs.

La première étape pour arranger son homme : brûler ses vieux bas tellllement confortables. *Oui, brûler !* Il y a trop longtemps qu'elle en rêve.

— Tu vas les jeter ? s'enquiert Stéphanie.

— Mieux que ça ! clame Isabelle en saisissant le tas de bas et de caleçons dont elle veut se débarrasser.

Elle s'empare aussi du chandail jaune pipi avec *I love NY* écrit en rouge. C'est le tee-shirt de fin de semaine de François, celui qui a beaucoup de vécu ; il date d'un voyage d'étudiants aux États-Unis.

Son règne se termine à l'instant ! Isabelle fonce vers la porte, avec ses sœurs sur les talons qui ramassent ce qui tombe derrière elle. Elle lance le tout sur l'asphalte dans la cour, puis fait un aller-retour en vitesse dans la maison pour prendre des allumettes. À son retour, elle brandit celles-ci dans les airs.

— Je veux m'assurer de ne plus jamais les voir. C'est ma revanche sur les bas ! On va se faire un petit feu de camp.

— Bonne idée ! J'aurais dû apporter le chandail des Nordiques de Marc-André !

— Et moi la camisole des Simpson de Mik !

Finalement, le feu de camp se termine abruptement lorsqu'une voiture de police tourne dans la cour. Peut-être aussi parce qu'Isabelle dansait autour en criant… Bref, la jeune femme reçoit une contravention pour avoir enfreint le règlement municipal interdisant de faire un feu sur une propriété. Trois cents dollars pour avoir fait brûler quelques paires de bas ! Même si les filles ont plaidé leur cause, le policier s'est montré sans pitié. Il porte probablement de vieilles chaussettes lui-même !

— Au moins, tu es débarrassée des bas pour toujours ! s'exclame Justine qui essaie de prendre la situation en riant. Il ne te reste qu'à ramasser les résidus avant que ton homme revienne.

— L'exercice était de les faire disparaître ; on peut dire que c'est réussi, grimace Isabelle en sortant un paquet de feuilles blanches. C'est bien beau de jouer aux Indiens, mais on a autre chose à faire !

Armée d'un crayon-feutre rouge qui lui tache les doigts, Isabelle inscrit un mot en grosses lettres carrées sur chacune des feuilles. « SIÈGE DES TOILETTES », « SERVIETTE MOUILLÉE », « PANIER À LINGE SALE », « BROSSE À DENTS ».

Justine fouille déjà dans les armoires de la cuisine.

— Où est ton papier collant, grandes dents ?

— Dans l'armoire de gauche ! À moins que Colette ne l'ait changé de place...

Sa belle-mère ne se sent pas bien si elle ne change pas au moins une chose de place dans sa cuisine à chacune de ses visites ! Isabelle essuie sa main sur son pantalon... Zut ! Il y a maintenant une tache rouge sur son jeans. Son préféré depuis qu'elle est en congé de maternité. Ou plutôt, le seul qui lui fait ! Tous les autres sont trop ajustés...

Les sœurs Gagnon se promènent de la chambre à la salle de bain afin de coller les bouts de papier sur les murs. C'est comme si elles avaient à nouveau cinq ans ; elles sont si fières de leur idée ! Plus d'excuses pour laisser son linge par terre. François n'aura qu'à suivre les instructions pour trouver le panier ! Même chose pour sa brosse à dents et le siège des toilettes. Isabelle ajoute même des flèches pour pointer chacun des objets.

— C'est quoi, ça ? s'informe Justine en désignant le gribouillis que sa sœur vient de dessiner sur la feuille des toilettes.

— C'est évident, non ? lance Isabelle en reculant pour admirer son travail. C'est un pénis qui vise dans le bol... Je suis tannée d'essuyer des gouttes de pipi partout.

— Pas certaine que ton chéri va te trouver drôle ! s'esclaffe Stéphanie.

— Sûrement pas. Mais il faut ce qu'il faut !

Les trois filles échangent un *high five* satisfait avant de se rendre dans la cuisine pour terminer leur plan d'action : faire disparaître les gousses d'ail ! Isabelle prend le panier sur le comptoir de la cuisine et le jette à la poubelle. La jeune femme ne prend aucun risque : elle va déposer le sac dans le gros bac vert à l'extérieur ! Fini, la maudite cure d'ail !

— Qu'est-ce que tu vas faire avec ses cheveux ? interroge Justine au sujet de la longue tignasse de François.

Isabelle appuie ses avant-bras sur le comptoir, repoussant du coup les factures qui y traînaient. Hydro, Vidéotron, Visa. La contravention se retrouve sur le dessus de la pile.

— J'ai tout essayé ! J'ai pensé le soûler à mort, lui couper les cheveux et lui faire croire le lendemain matin que c'était son idée.

Justine, Isabelle et Stéphanie échangent un regard espiègle. Ce plan comique ne serait pas si difficile réaliser. Une soirée de gars, une bouteille de whisky, un match de football...

— Oublions ça, capitule Isabelle. François m'en voudrait pour le reste de sa vie ! Ses cheveux sont si précieux pour lui, ajoute-t-elle en saisissant son iPad. Qui sait ? Avec les années, matante Clémence a peut-être changé d'opinion au sujet des gars aux cheveux longs !

Justine contourne le comptoir pour voir l'écran.

— Oh, là là ! s'exclame-t-elle. Pauvre chouette, tu rêves en couleurs !

Stéphanie s'avance aussi. L'heure est venue de vérifier la liste d'Isabelle et de cocher ce qui a été arrangé.

François

- Ostie de belle-mère (au secours, mes rêves m'envoient de drôles de messages et je m'inquiète pour la sécurité de grand-maman-folle si je passe à l'action !)
- Le sexe, toujours le sexe (je ne suis pas une machine, moi, sacramant !)
- Lui faire changer une couche sans vomir (bonne chance !)
- Cheveux trop longs (matante Clémence va le traiter de pouilleux...)
- ~~Linge sale par terre (juste à côté du panier, je vous le jure !)~~
- ~~Cure d'ail (si vous me retrouvez sans vie, asphyxiée, vous saurez pourquoi !)~~
- ~~Les serviettes mouillées en boule sur le comptoir (ça pue et ça moisit !)~~
- ~~Les flaques d'eau sur la céramique !~~
- ~~Brosse à dents toujours à la traîne sur le comptoir (quoi, ça m'énerve !)~~
- Gauche pour prendre la petite (Laurence a cogné sa belle petite tête parfaite une fois sur un barreau de chaise parce qu'il la tenait mal !)
- Se croit seul au monde quand le bébé dort (il ne connaît pas l'expression « être léger comme une plume ».)
- ~~Siège des toilettes (je pense à l'attacher avec de la broche !)~~
- ~~Son chandail jaune avec l'inscription *I love NY* (eurk !)~~
- Regarde les pitounes faire du jogging (elle avait une camisole rose en plus !)
- Il texte avec une autre femme (Marie-Josée !)

— Tu pourrais peut-être ajouter une feuille avec « Chut ! Bébé dort ! » ? propose Justine pour éliminer un autre point.

— Bonne idée ! approuve Isabelle.

Mettre sur la fenêtre de la porte d'entrée le message que bébé dort lui semble une bonne stratégie. Si ça ne fonctionne pas, c'est que François est aveugle ou complètement inconscient !

- ~~Se croit seul au monde quand le bébé dort (il ne connaît pas l'expression « être léger comme une plume ».)~~

— Je m'occupe aussi de mener une petite enquête sur cette Marie-Josée…

— Parfait ! approuve Stéphanie. Alors, on a fait notre possible ici, les filles ?

— Oui, et c'est un bon début, déclare Justine. On continue notre mission ?

36
La mission des sœurs Gagnon

La délégation des sœurs Gagnon gravit l'escalier de la maison de Lac-Beauport, chez Stéphanie et Marc-André. À la file indienne, de l'aînée à la benjamine, les pas des filles font craquer les marches de bois. Le temps file et elles ont encore tant à faire avant le retour des hommes du golf ! Isabelle se déplace avec le siège d'auto de bébé Laurence sous le bras. Elle dépose son lourd paquet dans le salon pendant que Stéphanie et Justine retirent leurs vestes.

— On commence par quoi ? demande Justine qui fouille dans le plat de caramels placé en évidence sur le comptoir.

Sa sœur est accro ! Stéphanie dévale déjà l'escalier menant au sous-sol, ses longs cheveux noirs sautillant sur ses épaules.

— Par l'ordinateur !

Comment arranger le fait que son mari regarde de la pornographie sur le Net ? Facile ! La solution lui est venue comme par magie pendant ses longues heures d'insomnie : il faut installer l'ordinateur dans un lieu commun ! N'est-ce pas ce qui est recommandé avec les enfants pour garder un œil sur leur navigation ? Stéphanie a de la chance, car l'ordinateur de Marc-André est une tour énorme et démodée d'un beige qui frôle le gris. Et le gros écran carré pèse une tonne. S'il s'achète un portable un jour, ce sera plus compliqué !

Justine recule en voyant le monstre servant de meuble à l'ordinateur.

— Est-ce qu'il passe dans l'escalier, au moins?

Justine est nulle pour évaluer les distances et les dimensions – aucune vision 3D! Mais nul besoin d'être ingénieur pour voir que l'escalier est très étroit comparativement à la largeur du meuble. Stéphanie, à quatre pattes sous le meuble et le derrière dans les airs, débranche tous les fils qu'elle voit.

— Pas sûre! répond-elle d'une voix étouffée. Je crois que Marc-André l'avait assemblé lui-même dans le sous-sol!

Voulant se rendre utile, Isabelle s'agenouille près de Stéphanie.

— En tout cas, j'espère que tu sais comment rebrancher tout ça, commente-t-elle, l'air sceptique.

— À trois, on devrait y arriver!

Hum! Justine et Isabelle grimacent dans le dos de leur sœur. Les iPod, iPhone, iPad et compagnie n'ont aucun secret pour elles. Mais avec une tour, sauront-elles se débrouiller? Stéphanie sort de son trou, ramenant en même temps quelques boules de poussière avec elle. Elle secoue ses doigts.

— Ce sera l'occasion de faire du ménage en même temps.

Lorsqu'elle se relève, sa tête frappe le coin pointu du bureau.

— Ouch!

— Merde, tu saignes! crie Isabelle qui cache ses yeux avec sa main.

Elle ne supporte pas la vue du sang ; ça l'écœure ! C'est plus fort qu'elle : lorsque quelqu'un se blesse, Isabelle imagine le pire. Son cœur palpite, ses doigts deviennent humides… La jeune femme, qui respire par la bouche pour ne pas s'effondrer sur le tapis, s'évente avec un coussin qu'elle a ramassé sur le vieux divan en cuir. C'est ridicule, elle le sait, mais elle n'arrive pas à se contrôler ! Le sang la répugne ! Est-ce que François vit le même stress quand vient le temps de changer la couche de la petite ? Isabelle n'avait jamais envisagé cette hypothèse…

— Hé ! Ce n'est pas le moment de t'estropier, vieille peau ! lance Justine à Stéphanie avec le lourd écran dans les bras.

— Est-ce qu'elle saigne beaucoup ? souffle Isabelle, les yeux fermés pour ne rien voir.

Au moins, Justine est infirmière. Cette dernière pourra gérer la situation si c'est grave ! Isabelle pense déjà au trou dans le crâne de Stéphanie, à l'ambulance, à l'hôpital… La blessée trouve une boîte de mouchoirs coincée entre l'imprimante et le téléphone. Les mouchoirs sont vieux et poussiéreux ; ils se déchirent sous ses doigts tachés de sang. Au moins, Stéphanie songe que Marc-André ne les utilise pas souvent pendant qu'il regarde le prix des outils sur Internet !

Doucement, elle éponge son front douloureux.

— Mais non, ça va…

Isabelle se risque à ouvrir un œil. Justine a déposé l'écran et examine la blessure. Sa petite sœur est tellement belle ; elle fait sûrement tourner bien des têtes lorsqu'elle entre dans une chambre, toute souriante : « Est-ce que je peux faire quelque chose pour vous ? » Dommage qu'elle n'ait pas fait sa médecine. Justine avait été acceptée à l'université – elle avait l'intelligence et les notes scolaires requises pour devenir une grande spécialiste. Elle a préféré agir auprès des patients à un autre niveau. Justine a opté pour aider plutôt que soigner.

— Une bonne coupure! constate Justine. Je traîne toujours des pansements de rapprochement dans ma sacoche. Je vais aller en chercher quelques-uns. Pour l'esthétique, on repassera, mais ça fait des miracles!

Stéphanie se lève, une main appuyée sur son front et le mouchoir souillé de sang dans l'autre. Elle suit Justine dans l'escalier. Celle-ci transporte l'écran en ronchonnant qu'il n'y a plus personne qui garde ça, un tel ordinateur. C'est trop lourd et encombrant.

— Je suis d'accord, grogne Isabelle qui se tient loin. Un ordinateur portable, c'est si simple!

Les filles font la navette entre le sous-sol et le salon pour tout transporter: le clavier, la souris, le tapis à souris, l'imprimante, le modem, la tour, les milliers de fils... Elles sont essoufflées et en sueur. Tous les objets sont éparpillés sur le plancher, le divan, les tables. Un vrai bordel! Avec l'air vulnérable que lui donnent ses pansements sur le front, Stéphanie a déplacé quelques plantes vertes pour faire de l'espace. Elle n'est plus tout à fait certaine que ce soit une bonne idée de déménager l'ordinateur. Le meuble en mélamine jurera avec la décoration qui a coûté une fortune en temps et en argent avec un *designer* d'intérieur.

Mais c'est maintenant que le vrai travail commence. Les trois sœurs sont postées devant la bête; elles se demandent comment elles arriveront à faire passer le meuble dans l'escalier. Ce dernier paraît encore plus volumineux depuis qu'il est dégarni de tous ses accessoires. Pendant que Stéphanie époussette, Isabelle réfléchit à voix haute.

— Et si on le tournait un peu sur le côté ?

Justine et Stéphanie étudient la question. Hum !... Les pattes risquent de coincer, même si elles retirent la partie du haut qui sert de tablette pour l'imprimante.

— On pourrait peut-être le virer à l'envers ? suggère l'aînée.

Stéphanie se souvient à quel point Marc-André avait ragé après ce foutu meuble. Il avait juré de l'endurer jusqu'à sa mort pour ne pas avoir à le démonter et à le changer d'endroit. Il avait ajouté que si Stéphanie et lui vendaient la maison un jour, le meuble ferait partie du lot ! Le plan était en chinois et il y avait plus de vis pour l'assembler que de clous pour fabriquer une maison !

— Bon, on passe à l'action ? s'impatiente Isabelle qui trouve que le temps file à toute allure.

— OK ! lance Justine. Prenez votre côté ; moi, je vais au bout.

Isabelle et Stéphanie soulèvent chacune un coin, ce qui produit un craquement inquiétant. Les filles cessent de bouger comme si elles s'attendaient à ce que le meuble s'effondre. *Ce serait le comble !* Délicatement, Justine agrippe son côté. Crac !

— Je ne veux pas vous décourager, les *girls,* dit Isabelle, le visage rouge, mais on n'est pas rendues en haut avec ça !

La charge est lourde et ses doigts glissent sur la surface de mélamine. L'escalier est si étroit que les épaules d'Isabelle et de Stéphanie se touchent pendant qu'elles reculent dans les marches.

— Pourquoi c'est toujours toi qui as la plus belle place ? bougonne Isabelle à l'intention de Justine.

— La plus belle place, mon œil! Si vous échappez le meuble, je mourrai écrasée!

— Attention! crie Stéphanie, qui n'arrive plus à bouger. Mes doigts sont coincés contre le mur...

— Ça ne passe pas de mon côté non plus, constate Isabelle. Inclinons-le un peu.

Justine tente une manœuvre sur la droite, les deux autres sur la gauche. Stéphanie soupire.

— À *go,* on va vers la droite... donc à gauche pour toi, Justine!

— Non, attendez! proteste Justine. Je suis bloquée, moi aussi.

Isabelle remet ses mains sur le bord coupant du meuble. Puis elle recule un pied pour avoir une meilleure prise.

— Pousse un bon coup!

Justine se hisse sur le bout des orteils pour mieux voir la position de sa sœur.

— Es-tu sûre?

— Ouin, es-tu sûre, Isabelle? lance Stéphanie tout en se préparant à recevoir le *bon coup*!

— Vas-y! Ça passe ou ça casse!

Justine redresse les bras, donne un élan pourtant pas si terrible... Boum! Elle est surprise par le peu de résistance qu'elle rencontre dans son mouvement, comme si elle avait fendu l'air. Ou défoncé le mur. Stéphanie et Isabelle se retrouvent sur les fesses au milieu de l'escalier, la tablette du meuble sur les genoux...

— Eh bien, il est passé… dit Stéphanie en regardant le trou dans le mur.

Un gros trou de dix centimètres dans le contreplaqué !

— On pourrait coller un calendrier ou une affiche devant, suggère Justine. Ça camouflerait les dégâts. Ni vu ni connu. J'ai une idée ! Un beau gars nu avec des pectoraux d'enfer. Ça couperait le sifflet à ton *chum* qui aime reluquer des filles à poil. J'ai plusieurs affiches de ce genre qui traînent dans un tiroir. Je t'en donnerai une !

— Ton homme se cherche toujours des rénos à faire, alors ça passera son temps le samedi soir au lieu de faire des puits de lumière n'importe où ! se moque Isabelle.

— On verra ça plus tard, déclare Justine, le visage rouge et les jointures en charpie. En attendant, je force encore, moi !

Quelques traces sur les murs, la moitié d'un cadre de porte arraché, un orteil écrabouillé, un ongle cassé… Qu'importe, puisque le bureau est enfin au salon. Stéphanie tient son pied en grimaçant, tandis que Justine secoue ses bras endoloris.

— Ouin… C'est vraiment laid…

En effet, le résultat est une vraie horreur. Le *look* champêtre du salon vient de prendre le bord ! Le meuble en mélamine – qui était sûrement blanc dans ses beaux jours – détonne avec le noyer de la table basse et de l'imposante bibliothèque garnie du salon. Il empiète même sur une partie de la porte-fenêtre, car c'était le seul endroit où une prise électrique était libre. Bah ! Stéphanie mettra des plantes et des portraits de famille sur le bureau pour le décorer. Elle a une collection de photos scolaires des enfants depuis leur première année. Ce sera parfait !

Toute cette histoire de meuble d'ordinateur, de tête fendue et d'orteil bleu a fait perdre beaucoup trop de temps aux sœurs Gagnon ! Et ce n'est pas fini, car il faut tout ranger maintenant et rebrancher l'ordinateur.

— Lâchez ça, les *girls*, déclare Isabelle avec un plateau rempli de sandwichs au jambon dans les mains. Steph, il y a autre chose sur ta liste à faire de plus important que de te casser la tête avec des fils !

Stéphanie s'étire pour saisir un triangle de pain qu'elle enfourne en une seule bouchée. Le pain blanc ultra-moelleux collé au palais, elle marmonne :

— Bordel, c'était plus facile de tout débrancher que de remettre en place cette multitude de fils…

— Pousse-toi, je vais regarder ça, décide Justine qui jouait avec la petite Laurence bien réveillée.

Stéphanie abandonne sa sœur à quatre pattes devant le paquet de fils poussiéreux, puis elle file dans sa chambre. Deuxième tiroir, à droite… Voilà ! La jeune femme revient avec le chandail des Nordiques de Marc-André. Elle se demande comment il tient encore tellement elle l'a lavé souvent !

— Ça, c'est pire que les bobettes trouées de ton *chum*, Isa ! soupire Stéphanie en plaçant le tee-shirt sur le comptoir.

Le logo de l'équipe est presque tout effacé. Le bleu a pâli, le blanc a jauni. Accorder une aussi grande valeur sentimentale à un morceau de tissu qui tombe en lambeaux, Stéphanie n'avait pas vu ça depuis les doudous de ses enfants. Franchement, à cinquante-deux ans, c'est pathétique de pleurer pour un chandail.

Énervée, elle sort les ciseaux. Au moment de passer à l'action, elle hésite.

— Ça va me faire drôle, tout de même, de ne plus le voir…

Les sourcils froncés, Justine sort la tête de derrière le meuble d'ordinateur.

— Tu fais dans le sentimentalisme, la sœur ?

— Non, mais ce chandail représente des souvenirs pour moi aussi, explique-t-elle. Je lui en achèterai un des Canadiens qui sent le neuf ! rigole-t-elle, car elle sait à quel point il déteste cette équipe.

— Pauvre lui, tu veux vraiment l'achever ! crie Isabelle qui prépare un biberon.

« Les Canadiens sont pourris ! » Il y a toujours de beaux débats dans les fêtes de famille entre Marc-André et François. Du crêpage de chignons de gars, c'est toujours divertissant ! Ils en oublient même de regarder le hockey…

Déterminée, Stéphanie découpe le chandail en languettes. Les Nordiques sont en morceaux ! Ouf ! Son homme braillerait comme un bébé s'il voyait ça… Elle met le tout dans un sac en plastique et sort en trombe. À grandes enjambées, Stéphanie descend le perron, traverse la rue en oubliant de regarder des deux côtés et lance le sac dans le bac vert du troisième voisin. Bye-bye, les Nordiques de Québec ! Il est peu probable que Marc-André retrouve son tee-shirt. Évidemment, rien n'est impossible, et il serait capable de lui faire recoudre chaque bout de tissu un par un. Vivement le jour des ordures le lendemain !

Pendant que Justine et Isabelle se bourrent de sandwichs, Stéphanie sort de son sac à main la touche finale concernant sa mission d'aujourd'hui. Du moins le croit-elle. Il s'agit de bandelettes nasales anti-ronflement. Après avoir vu plusieurs publicités dans les revues de salles d'attente, elle s'est enfin décidée à en acheter pour Marc-André. La jeune femme n'a pris aucun risque : elle s'est aussi procuré du *spray* buccal anti-ronflement... et des pastilles à sucer. En fait, elle a pris toutes les boîtes sur lesquelles était écrit « anti-ronflement » ! La fille sur l'image a l'air en extase ; ça doit être efficace ! Un miracle se produira-t-il ? Stéphanie pourra-t-elle enfin dormir toute une nuit sans être réveillée par un bruit de moteur d'avion ou de tracteur rouillé ? Si Marc-André accepte d'utiliser ces produits, évidemment. Pas très chic, les petites bandes blanches. Mais si ça fait la *job*, on s'en fout...

Stéphanie dépose les boîtes bien en évidence sur la table de chevet de son mari. Dans le temps, elle lui laissait de petits mots d'amour. « Bonjour, chéri. » Ça change avec les années ! La jeune femme prend quelques secondes pour aligner parfaitement les objets, comme s'il s'agissait d'une vraie surprise. La plus grosse boîte derrière, la petite devant, la bouteille de *spray* sur le côté... Un coup partie, elle aurait pu lui faire un emballage cadeau !

— Mission accomplie !

Avec la naïveté d'avoir réglé la majorité de ses problèmes très facilement, Stéphanie prend sa liste – cachée dans la poche de son jeans – et fouille ensuite dans un panier sur le comptoir. Il lui faut un crayon pour rayer les éléments.

M-A

- ~~Ronfle~~
- ~~Marc-André passe beaucoup de temps sur Internet...~~
- Des outils partout
- ~~Le chandail des Nordiques~~
- Boit son café pendant que JE cours pour préparer tout le monde
- Le rasoir électrique
- Les rénos
- Perd ses affaires
- Zappage
- Siège des toilettes
- Ne sait pas remplir un lave-vaisselle
- Linge sale par terre

C'est le silence dans la pièce, à part quelques bruits de succion provenant du bébé. Et on entend les cric-crac de Justine qui mord dans une carotte récoltée dans le potager de Stéphanie à la fin de l'été. Celle-ci examine sa liste avec sérieux. Au fur et à mesure que son doigt descend sur le papier froissé, les épaules de la jeune femme s'affaissent. Elle ravale son impatience de pouvoir crier victoire, les bras dans les airs, comme si quelques interventions simples et rapides avaient tout résolu. Elle voit bien que non…

Elle mérite un caramel.

— Il y a encore beaucoup de choses à arranger, hein ? constate Justine, penchée au-dessus de sa sœur, sa carotte à moitié grugée à la main.

Le crayon de Stéphanie est suspendu dans les airs. En effet, il n'y a pas beaucoup d'éléments à biffer... Il y en a moins qu'elle ne le pensait. Il faudra y aller de façon plus radicale. Aux grands maux les grands moyens !

— Je vais avoir besoin de feuilles de papier !

— Tu crois que c'est nécessaire ? s'enquiert Isabelle, assise sur la chaise berçante avec la petite qui tient seule son biberon, le menton dégoulinant de lait chaud.

— Absolument !

Stéphanie trouve les papiers brouillons que les enfants utilisent pour faire des dessins. Ensuite, du revers de la main, elle repousse les circulaires du Publisac qui traînent en permanence sur le comptoir – la découverte des aubaines de la semaine est une religion pour Marc-André. Une fois, elle a jeté la circulaire du Canadian Tire par mégarde ; c'était presque mignon de le regarder aller voler celui du voisin !

Une fesse appuyée sur un banc instable – une autre chose que Marc-André doit réparer depuis des mois –, Stéphanie sort sa liste. Elle inscrit de son écriture ronde et fluide, avec un crayon-feutre noir qui écrit à moitié parce que les enfants avaient mal refermé le bouchon, un élément sur chaque feuille comme l'a fait sa sœur Isabelle plus tôt. Rasoir électrique, siège des toilettes, linge sale, poubelle. Marc-André aussi aura des instructions à suivre avec des flèches. De grosses flèches vert et rouge ! Interdiction de sortir de la salle de bain avec le rasoir électrique ! Si elle entend encore ce dernier pendant qu'elle boit tranquillement son café le matin, elle le lance par la fenêtre et lui achète de la crème à raser et des rasoirs jetables !

— Pour ses outils qu'il éparpille partout, as-tu un panier? s'informe Isabelle lorsque son aînée a fini de tapisser les murs. Chaque fois que tu trouves une vis ou un marteau, tu mets le machin dedans. Ça l'aidera sûrement puisqu'il perd sans arrêt ses affaires.

Stéphanie réfléchit. Il y a un vieux panier en osier qui traîne quelque part. Ah oui! Dans le garage! Elle glisse ses pieds dans ses vieilles pantoufles et disparaît à l'extérieur. Justine lâche un cri perçant en lisant le message texte qui vient d'entrer sur son cellulaire.

> Merci d'avoir payé le golf! On a juste fait un neuf trous, finalement. On prend un petit *drink* et on s'en vient. Mik

— C'est quoi? s'inquiète aussitôt Isabelle.

— Regardez comme c'est joli! s'écrie Stéphanie en revenant avec un panier en osier dans les mains.

Le panier est d'un brun aussi foncé que la table de cuisine. Si elle lave le tissu à la bordure en dentelle qu'il contient, il servira même de décoration dans la pièce. Une belle idée pour camoufler les traîneries de son homme!

— Oui, c'est beau! s'empresse de répondre Justine. Maintenant, il faut nous grouiller. Il nous reste une heure avant le retour des hommes, top chrono!

37

Une heure, top chrono

Aussitôt arrivées à l'appartement de Justine, les trois sœurs butent contre les nombreuses paires de chaussures jonchées sur le tapis de l'entrée.

— Dis donc, vous êtes combien à habiter ici ? s'informe Isabelle. Quarante-cinq ? se moque-t-elle en ajoutant ses propres souliers au lot.

Tout est pêle-mêle ; trouver un jumeau est sans doute très ardu ! Il y a des espadrilles, des Converse, des talons hauts, des sandales, des tongs, des bottillons, des bottes de caoutchouc. Du côté masculin, on trouve des souliers de course, des bottes de travail… Il y en a pour toutes les saisons et toutes les occasions. Il faut traverser une jungle pour atteindre la cuisine. Justine est la première à rager tous les jours à cause de ce bordel.

— Je sais, soupire-t-elle avant de sauter par-dessus le désordre. On aurait besoin d'un panier en osier, nous aussi, pour mettre toutes les chaussures dedans !

Isabelle est déjà devant la cage du perroquet. Le bébé s'excite en observant l'oiseau coloré.

— Wow ! Il est vraiment beau, le fameux Papi !

Justine ouvre avec détermination la porte de la garde-robe de l'entrée avant de grimper sur une chaise pour atteindre la tablette du haut. C'est là que Mik empile – ou plutôt qu'il lance – sa collection de casquettes.

— C'est un oiseau, marmonne Justine avec dégoût. Il a de petites pattes chétives qui font tic-tic quand il se promène sur le plancher ! Avec son bec pointu, il pourrait manger un chandail en laine au complet. Et rien ne semble échapper à ses petits yeux noirs scrutateurs.

— Je voulais dire qu'il est beau comme ça, de loin dans sa cage, rectifie Isabelle en passant son index à travers les barreaux pour le toucher. Allez, parle-moi, tête de plumes.

Justine roule les yeux. Elle jette par terre les casquettes défraîchies ou abîmées. Il y en a même des sales, tachées d'huile de garage !

— Attention ! Il va te bouffer le doigt !

— Tu vas vraiment te débarrasser de tout ça ? s'étonne Stéphanie en voyant le tas de casquettes. Mik est ton coloc, pas ton *chum*... Il ne sera sûrement pas content !

Agenouillée, Stéphanie joue à trouver Charlie avec les souliers sur le tapis.

— Disons que cette semaine, il n'est pas seulement mon coloc, mais l'homme idéal qui saura satisfaire les commandements ridicules de matante Clémence, lui rappelle Justine, qui se tient sur la pointe des pieds pour atteindre le fond de la tablette. Ça me donne des droits, non ? C'est pour son bien, de toute façon… Avez-vous vu comme c'est horrible ? ajoute-t-elle en brandissant une casquette avec une tête d'orignal qui sourit.

— J'avoue ! lance Stéphanie. Mik est-il au courant de ta stratégie ? demande-t-elle avec un sourire en coin.

Justine saute par terre, à côté de la montagne de couvre-chefs. Elle a déjà eu un *chum* maniaque de manteaux ; il en achetait de façon compulsive. Mais c'est la première fois qu'elle rencontre un gars qui possède autant de casquettes ! Si, au moins, il les portait ! Mais non, il a toujours la casquette blanc et bleu sur la tête, ou celle des Expos. Les autres, il les garde par superstition. C'est pour la chance…

— Non, pas vraiment…

— Il comprendra assez vite lorsqu'il rencontrera matante ! pouffe Isabelle.

Mik a le charisme pour passer le test de la vieille ratoureuse ! S'il y met du sien… Justine regarde sa montre ; selon son estimation, il ne reste plus que trente minutes avant le retour de son coloc ! Elle court dans la chambre de ce dernier et fait exactement ce qu'elle lui reprochait il y a quelques jours à peine : elle fouille dans ses affaires pendant son absence. Vite, elle doit faire disparaître la camisole des Simpson ! Justine fixe le caleçon *sexy* qui traîne par terre au pied du lit… C'est celui que Mik portait hier après sa douche et qui moule ses fesses de mannequin ! Justine soupçonne même que son coloc a remarqué qu'elle le reluquait…

Concentre-toi, Justine…

Le chandail des Simpson est suspendu à la poignée de la garde-robe. Justine s'en empare avant de sortir de la pièce comme une voleuse. Elle dépose ses trésors dans un sac vert pendant que ses sœurs relisent déjà sa liste pour gagner du temps.

— On ne lâche pas, les poulettes! On a presque terminé! les encourage Justine avant d'ouvrir la porte de l'appartement.

Sa première idée est de balancer le sac dans le gros conteneur à côté de l'immeuble. Mais elle change d'idée au son de la musique trop forte du voisin d'en bas. Ce dernier porte toujours une casquette différente chaque fois que Justine le croise – tournée vers l'arrière ou placée sur le côté. Elle dévale donc l'escalier, puis elle abandonne le sac devant sa porte comme un cadeau tombé du ciel. Espérons que Mik ne rencontre pas trop souvent le rappeur. Sinon, il pourrait reconnaître ses affaires!

— Tu veux coller des feuilles sur les murs, toi aussi? demande Isabelle lorsque sa sœur revient.

— Ce n'est pas tellement le genre de Mik, répond Justine. Je pensais plutôt à dresser une liste de règles de vie que je pourrais coller sur le frigo...

Entre colocs, il faut bien établir quelques règlements pour mettre les choses au clair. Justine prend le tableau aimanté qui sert de liste d'épicerie. Avec son doigt, elle efface les mots «lait» et «pain» que Mik y avait inscrits il y a déjà plusieurs jours. Il doit avoir oublié... Justine prend le crayon.

RÈGLEMENTS

*Avertir l'autre lorsqu'on reçoit des amis

*Horaires de la télévision :

- lundi, mercredi, vendredi : Justine
- Mardi, jeudi, samedi : Mik
- Dimanche : Pas de télé, on joue aux cartes

*Aucun bruit n'est permis en aspirant le café (ou tout autre liquide)

*Ne pas déplacer les meubles dans l'appartement sans le consentement de l'autre

*Volume raisonnable pour la musique

*Aucune serviette mouillée qui pue sur le comptoir

*Interdiction d'entrer dans la chambre de l'autre sans sa permission

*Utiliser un verre pour boire...

*Ne pas parler la bouche pleine

*Aucun oiseau en liberté dans l'appartement

*Ranger les souliers sur le tapis de l'entrée

*Baisser le siège des toilettes

Assise à la table, Isabelle occupe son temps entre redonner la suce à Laurence et rayer les éléments un à un sur la liste de Justine.

— J'espère au moins que tu as payé ta facture d'Hydro ? On ne voit plus le montant tellement la feuille est barbouillée…

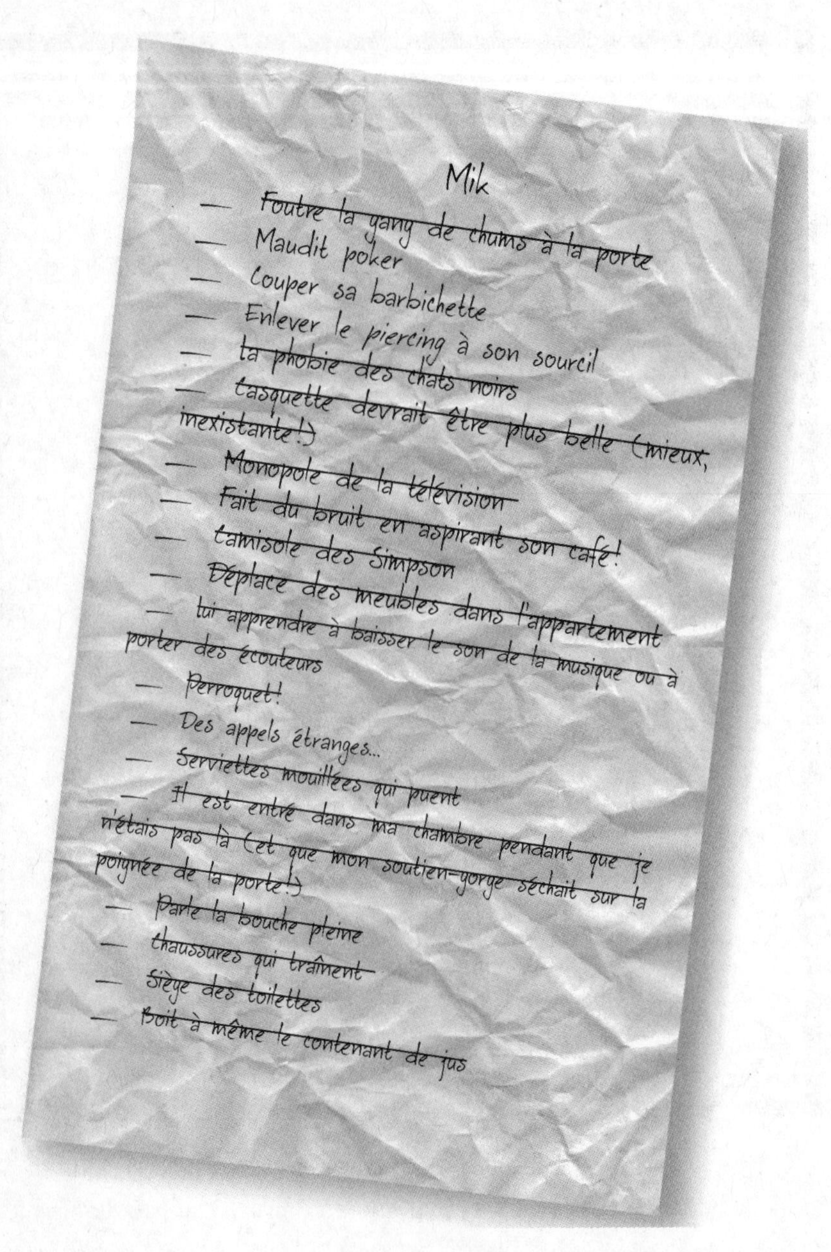

Mik

— ~~Foutre la gang de chums à la porte~~
— Maudit poker
— Couper sa barbichette
— Enlever le piercing à son sourcil
— ~~La phobie des chats noirs~~
— ~~Casquette devrait être plus belle (mieux, inexistante!)~~
— ~~Monopole de la télévision~~
— ~~Fait du bruit en aspirant son café!~~
— ~~Camisole des Simpson~~
— ~~Déplace des meubles dans l'appartement~~
— ~~Lui apprendre à baisser le son de la musique ou à porter des écouteurs~~
— ~~Perroquet!~~
— Des appels étranges...
— ~~Serviettes mouillées qui puent~~
— ~~Il est entré dans ma chambre pendant que je n'étais pas là (et que mon soutien-gorge séchait sur la poignée de la porte!)~~
— ~~Parle la bouche pleine~~
— ~~Chaussures qui traînent~~
— ~~Siège des toilettes~~
— ~~Boit à même le contenant de jus~~

— Wow ! Presque tout est biffé sur ta liste, ma pitoune ! s'exclame Isabelle, jalouse.

— Oui, mais ça ne signifie pas que ledit jeune homme respectera les règlements ! plaisante Stéphanie. Maintenant, ma chouchoune, il te reste exactement quinze minutes pour aller à l'animalerie !

Justine frotte vivement ses mains l'une contre l'autre. Voici son coup de théâtre ! Mik veut garder son perroquet ? Alors, elle aura aussi un animal de compagnie ! Elle rit en imaginant l'expression de son coloc lorsqu'il verra le chaton entièrement noir aux yeux bleus.

38
Le retour des trois mousquetaires

Ce même dimanche après-midi, François Rancourt dépose son sac de golf sur le perron. Il est mécontent de sa performance. Il a perdu au moins cinq balles dans le lac et s'est fait battre à plate couture par le jeune qui a juré n'avoir joué qu'une fois ou deux dans sa vie. Petit merdeux! Impossible d'être aussi parfait sans des années d'entraînement. Piqué dans son orgueil, François a mal joué, incapable de se concentrer. Ses balles partaient dans tous les sens! Même dans le bois; il a dû crier «Fore!» à deux femmes qui cueillaient des pommes.

Avec l'idée d'ouvrir une bière et de s'écraser devant le match de football diffusé sur RDS, François découvre son Isabelle resplendissante dans un jeans noir et le chandail rouge qu'elle garde pour les sorties ou les grandes nouvelles. *Elle n'est pas encore enceinte?...* Même le bébé qui, à cette heure, chigne normalement et se tortille de fatigue, bave gaiement en grugeant une girafe en caoutchouc.

— Salut, mon chéri! lance Isabelle en se haussant sur le bout des pieds pour déposer un léger baiser sur les lèvres de son *chum.*

— Allô... répond François sur un ton prudent.

L'homme vêtu de blanc de la tête aux souliers jette un regard rapide autour de lui. À part les traîneries habituelles et les pétales de fleurs pour la déco du baptême, François ne voit rien d'anormal. Isabelle se balance d'une jambe sur l'autre, comme une petite fille qui a joué un mauvais tour. Ce petit air espiègle n'augure jamais rien de bon. Le genre d'expression qui annonce: « Chéri, j'ai dépensé trois cents piastres pour du linge ! »

— Comment a été le golf ? s'informe la jeune femme avec une pointe d'excitation dans la voix, ce que François ne manque pas de remarquer.

— De la merde !

— Ah !

Sa blonde est fébrile. François sent qu'une bombe lui explosera au visage d'une minute à l'autre. Cette sortie imposée au golf ne partait pas de la seule intention de lui offrir un moment de détente entre gars. François, Marc-André et Mik ne sont pas idiots ; ils ont deviné que les femmes ont quelque chose derrière la tête. Quoi exactement ? Ils ont fait le tour de la question entre deux coups roulés sans trouver la moindre réponse satisfaisante.

La première chose que François remarque est la disparition de son panier de gousses d'ail. Ce dernier n'est plus sur le comptoir, posé entre le savon à vaisselle et les bananes. Ce n'est pas étonnant, car Isabelle lui fait régulièrement le coup. Sur le chemin du retour, il a été bien inspiré d'en acheter au marché ! Discrètement, l'homme sort de sa poche les deux gousses qu'il y avait glissées. Sa cure de quarante-huit heures se termine demain et il a bien l'intention de la faire jusqu'au bout !

Pendant qu'il se déplace du salon à la cuisine, François sent qu'Isabelle le suit du regard. Va-t-elle cracher le morceau ? Sa blonde a beaucoup d'imagination et très peu de subtilité. François n'espère qu'une chose : qu'Isabelle ne souhaite pas qu'ils s'assoient tous les deux pour discuter… Il connaît les sujets d'avance, puisque ce sont toujours les mêmes : baptême, mariage, sa mère un peu dérangée…

Son passage à la salle de bain lui confirme ses soupçons. Le dessin avec un bol de toilettes gauchement griffonné à la main lui saute aux yeux. Il y a aussi un papier concernant sa brosse à dents. Lorsqu'il va se changer dans la chambre, il en découvre un autre pour le panier à linge sale. Est-ce une tentative de chasse au trésor ? *Trouve les papiers, chéri.* Ou un jeu ? Ou un message ? Isabelle aurait dû lui donner des instructions plus précises, car il ignore où elle veut en venir. François mettrait sa main au feu que sa blonde a eu des complices. Mais qu'ont fait les femmes pendant qu'ils frappaient sur de petites balles blanches avec des bâtons ? Est-ce que chez Mik et Marc-André, il y a aussi des feuilles sur les murs ?

Avant de sortir de la pièce et de partir à la recherche d'autres papiers, le jeune homme – qui n'a pas trouvé son chandail préféré de fin de semaine – envoie un message à Marc-André.

> C'est confirmé : il s'est passé des trucs étranges pendant notre partie de golf… Je trouve des papiers partout sur les murs ! Frank

> Ici aussi ! M.-A.

Marc-André n'a rien dit à propos des mots écrits sur les feuilles brouillons qui décorent les murs. Pour lui, ce geste est banal et enfantin – le genre de choses qui amusent les femmes… C'est tout le reste qui cloche : les trucs anti-ronflement sur sa table de chevet, son chandail des Nordiques de Québec qu'il ne trouve pas lorsqu'il décide d'enlever le polo de style golfeur dont l'encolure l'agace…

Stéphanie vit sûrement une crise de remise en question. Ça lui arrive au moins une fois par an. Surtout à l'automne. Elle désire alors tout changer. Si elle est en SPM, c'est encore pire. Mieux vaut se montrer passif et attendre que ça passe ; sinon, ce sont des heures de discussion sur les hauts et les bas de son couple qui attendent Marc-André ! Et cet après-midi, il a autre chose à faire que de répondre à la question : « Pourquoi tu m'aimes ? »

L'homme est quand même surpris de voir son vieux meuble d'ordinateur dans le salon. Marc-André ne croyait même pas qu'il était possible de le faire passer dans l'escalier !

— Les enfants grandissent, alors je veux garder un œil sur leur navigation, annonce Stéphanie sans lever les yeux du magazine *Elle Québec.*

C'est sûrement entre les belles pages de cette revue que sa femme trouve toutes ses bonnes idées. Marc-André l'observe entre ses paupières mi-closes. L'excuse des enfants est complètement bidon puisque Megan et Émile ont déjà accès au WiFi sur leurs gadgets électroniques où qu'ils soient dans la maison.

— Tu t'es fait mal ? demande-t-il en pointant le front de Stéphanie.

— Oui. Le meuble est très lourd.

L'affiche du chiot en maillot de bain sur une plage fait le travail sur le mur de l'escalier du sous-sol. Marc-André n'a donc pas encore vu le trou dans le contreplaqué. Ce dernier sourit avec une idée bien précise en tête.

— C'est une bonne idée de garder cet ordinateur pour les jeux des enfants. Il est plus que temps que je me procure un portable.

Marc-André sent le regard suspect de Stéphanie se poser sur lui pendant que, l'air innocent, il s'installe dans son fauteuil, allume le téléviseur et met la chaîne des sports.

Pendant ce temps, à l'appartement de la rue D'Auteuil, Mik est ébloui par la rangée bien droite de souliers contre le mur de l'entrée. Ils sont même placés en ordre de grandeur. Justine a-t-elle eu une crise de ménage ? Son ancienne blonde en avait une toutes les fins de mois, alors c'est peut-être aussi le cas de Justine !

— Allô ? lance-t-il en étirant le cou pour voir s'il y a quelqu'un.

Seul Papi répond. Mik retire ses souliers, se surprend à les ranger avec les autres. Son pied heurte quelque chose lorsqu'il s'engage en direction du salon. S'ensuit un petit cri. Une souris ? Il baisse la tête et voit une boule de poil rouler devant lui. L'homme de grande taille et aux muscles développés recule. Il y a un chat dans son appartement. En apparence, c'est un petit chaton inoffensif au nez rose. Le seul problème, c'est que l'animal est entièrement noir.

Il est un peu plus de vingt-deux heures lorsque Justine se pointe à l'appartement après son quart de travail à l'hôpital. Mik n'est plus là depuis longtemps.

39
Comment arranger son homme

IsaG : Ouf ! Vieille peau, es-tu là ? !

Stéphanie : Ouin...

IsaG : Ce ne sera pas aussi facile qu'on le croyait, hein ?

Stéphanie : Mets-en !

IsaG : François n'a rien dit au sujet des papiers sur les murs... Pire, il n'a même pas baissé le siège des toilettes tantôt ! Échec total de l'opération !

Stéphanie : M.-A. n'a pas passé le moindre commentaire, lui non plus ! Et il veut acheter un portable...

IsaG : Ouch ! Et les bandes anti-ronflement, ça marche ?

Stéphanie : Je crois qu'il a oublié d'en mettre une avant de se coucher.

IsaG : Son chandail des Nordiques ?

Stéphanie : Je lui ai dit qu'il était au lavage :S

Justine_30 : Allô, les filles ! Je reviens du travail et Mik est porté disparu !

Stéphanie : Porté disparu ? ! ^^

IsaG : QUOI ?

Justine_30: Je suis déçue, car il n'est pas là. Il a enfermé le chaton dans ma chambre avec sa litière et ses jouets... D'ailleurs, la boule de poil a pissé sur mon lit !

Stéphanie: Ça paraît que tu n'as pas d'enfants, toi ! :P Tu n'as donc pas vu la réaction de Mik quand il a vu Gustave ?

IsaG: Tu t'attendais à quoi ? À trouver Mik endormi sur le divan avec le chaton sur le *chest* ? Le mec aux gros muscles a peur des chats noirs ! Lol !

Justine_30: Je veux vraiment lui prouver que les superstitions, c'est dans sa tête. Avoir un chat noir ne porte pas toujours malheur ! Alors, priez pour que rien de grave ne nous arrive dans les prochains jours.

Stéphanie: Tu ignores où il est ?

Justine_30: Sans doute chez Fred, son pote de poker. Par contre, sur le tableau du frigo, il a modifié mon règlement « Ne pas avoir d'oiseau en liberté dans l'appartement » par « Aucun animal en liberté dans l'appartement. »

IsaG: Commence tout de suite à chercher un autre gars, au cas il se serait sauvé pour de bon ! :P

Justine_30: Pfff ! Au lieu de niaiser, dites-moi donc comment ça se passe avec vos hommes ? Ont-ils mis leurs bas sales dans le panier ?

IsaG: Ça se passe mal ! Ça prend plus que des instructions sur un bout de papier pour changer un gars... Je me demande même à quoi on a pensé !

Stéphanie: On a fait ce qu'on pouvait avec le temps qu'on avait ! Vous avez eu des nouvelles de matante Clémence ? Je sursaute chaque fois que le téléphone sonne !

Justine_30 : Rien... Mais le sentiment qu'elle peut cogner à ma porte à tout moment ne me lâche pas !

IsaG : Elle est toujours aussi intense, la vieille... Même quand elle n'est pas là, on a l'impression qu'elle nous surveille du coin de l'œil.

Stéphanie : C'est con ! On dirait qu'on a quinze ans et qu'on a peur de se faire disputer !

IsaG : Un héritage, ça vaut la peine de subir un certain stress, j'imagine ! Par contre, on a pas mal de chemin à faire pour toucher le magot ! Au souper, j'ai essayé de donner un cours intensif à François sur comment prendre soin d'un bébé. Mais il me regardait comme si j'étais une débile. Avec raison !

Justine_30 : Les filles, on est à côté de la *track* !

IsaG : ? ? ?

Stéphanie : Qu'est-ce que tu veux dire ? Qu'on est à côté de la *track* ?

Justine_30 : Oui. On s'est acharnées sur des détails peut-être pas si importants, au fond. Rappelez-vous ce que matante nous répétait après notre prière des dix commandements ?

Stéphanie : Elle nous faisait réciter le *Notre Père...*

Justine_30 : Oui, mais après tout ça, elle terminait toujours son discours de la même façon.

IsaG : Oh merde !

Stéphanie : Clémence disait : « L'homme parfait sait danser ! »

Justine_30 : *Fuck !*

40
La danse des canards

Le mardi soir, dans la maison près de la rivière Saint-Charles à Lac-Beauport, Stéphanie est en mode panique. Les enfants sont revenus de l'école, laissant leur trace derrière eux : un sac d'école dans l'entrée, une boîte à lunch sur le divan, un emballage de barre tendre échoué sur la table, une veste abandonnée sur une chaise… Le tout multiplié par deux !

Alors qu'elle fait la toupie pour tout ramasser, la jeune femme reçoit une petite poudre blanche sur la tête ! Marc-André a choisi CE moment pour sabler le plâtre autour du puits de lumière. Il y a de la poussière partout sur le plancher et les comptoirs !

— Hé ! crie Stéphanie, les baguettes en l'air. Arrête ça tout de suite ! On reçoit des invités dans moins de trente minutes !

Elle devra tout nettoyer ! *Encore une fois…*

— Des invités ? Franchement, Steph, il s'agit seulement de tes sœurs… Ça ne me prendra pas beaucoup de temps pour tout sabler. Je dois m'y mettre aujourd'hui si je veux pouvoir appliquer la deuxième couche demain.

Stéphanie recouvre ses belles coupes d'un linge à vaisselle et met le couvercle sur le beurre qui ramollit doucement pour être à point au moment du repas.

— Il fallait vraiment que tu fasses ça, maintenant? ronchonne-t-elle en sortant le balai. Je venais de faire le grand ménage de la cuisine!

Ça lui avait pris la journée pour gratter les galettes de plâtre durcies sur le plancher, la table, les comptoirs... Marc-André descend de l'escabeau. Il secoue ses cheveux et ses vêtements, histoire d'empoussiérer un peu plus les lieux.

— Allez, va te changer! ordonne Stéphanie en le chassant de la cuisine.

Quand son mari est en mode rénos, il ne pense à rien d'autre. *Il me semble que c'est évident qu'on ne s'embarque pas dans des travaux avant de recevoir des gens à souper!* De quoi auront-ils l'air pendant leur petit cours de danse privé? C'est un vrai chantier, ici! Ça sent même un peu la peinture. Les éclaboussures laissées par Marc-André en se lavant les mains ne sont guère ragoûtantes. Il y a des cernes blancs dans l'évier. Stéphanie sort le Comet et le SOS en sacrant tout haut! Il aurait fallu qu'elle colle une feuille d'instructions dans la cuisine...

Concentrée sur sa tâche, elle ne lève les yeux que lorsque Marc-André revient de la chambre après sa douche.

— Tu ne vas pas rester comme ça? le réprimande-t-elle, les sourcils froncés.

Sacramant!

Il porte un jeans bleu et son tee-shirt rouge usé à la corde. Et ses bottes à caps d'acier!

— Il est parfait, ce chandail-là! répond Marc-André en haussant les épaules.

— Oh non ! Pour une fois qu'on reçoit à souper, tu vas porter quelque chose de présentable. Va chercher le chandail blanc avec des boutons au col, celui que tu as mis pour le quatre-vingt-dixième anniversaire de mon oncle Raymond. Et, de grâce, oublie les caps d'acier pour ce soir !

Marc-André regarde le plafond pour admirer son travail. Hum ! Il manque un peu de sablage sur la droite…

— Je déteste les boutons ! Ça me pique !

Devant la maison, deux jeunes gens ayant l'air d'un couple tournent dans la cour. Mais ils n'en forment pas un. Justine, qui devance légèrement Mik, marche à petits pas pressés. C'est ridicule, mais elle est nerveuse de présenter le jeune homme à ses sœurs. Ce dernier la suit d'une démarche nonchalante, les mains dans les poches de son jeans délavé. Il a refusé de porter une tenue plus appropriée pour cette sortie.

— Je ne comprends toujours pas ce que je fais ici, grogne Mik en regardant la maison d'un œil mauvais. J'avais un changement d'huile à faire…

— On vit ensemble, en quelque sorte. Alors, c'est normal que je te présente à ma famille !

Justine ne peut quand même pas lui dire comme ça, à froid, que s'ils sont là, c'est pour lui apprendre à danser la valse dans le sous-sol de sa grande sœur !

Mik s'immobilise.

— Ne me dis pas que tes parents seront là ?!

Ses parents ? Ha ! Ha ! Ha ! Quels parents ?

— Mais non, voyons ! Tu sais que mon père est trop malade pour se déplacer.

— Heureusement, je connais déjà tes beaux-frères... déclare-t-il en montant l'escalier.

En fait, Mik a échangé plusieurs messages textes avec François et Marc-André durant les dernières vingt-quatre heures. Ces jours-ci, les trois sœurs ne sont pas dans un état normal : feuilles de papier collées sur les murs, règlements, chat noir, vêtements disparus... Ce souper improvisé en pleine semaine est tout sauf rassurant. Quand plusieurs femmes se réunissent pour montrer aux hommes comment rincer un évier, c'est dangereux.

— Tu vois, Mik, ça fait deux jours que Gustave est dans l'appartement et personne n'est mort ! lance fièrement Justine en frappant à la porte du revers de la main.

— J'ai failli me faire écraser par la lourde porte du garage ce matin, réplique-t-il. Je suis certain que c'est lié...

On met du temps à venir ouvrir. Pourtant, il y a du mouvement derrière la vitre. Le verre est travaillé de façon à ce qu'on puisse deviner les silhouettes sans qu'il soit possible de distinguer quoi que ce soit d'autre. Justine jette un œil à sa montre. Peut-être sont-ils arrivés trop tôt ? On dirait que le couple à l'intérieur se dispute pour savoir qui accueillera les invités. « Vas-y ! » « Non ! Vas-y, toi ! » Cette situation rappelle des souvenirs à Justine. Cela ressemblait à ça lorsqu'elle habitait avec Joëlle, sa meilleure amie, et que le propriétaire de l'appartement passait récolter le chèque de loyer en retard.

— Ah oui, c'est vrai ! s'exclame Justine. J'ai oublié de te dire qu'il est possible qu'on danse ce soir, balance-t-elle lorsque la porte s'ouvre enfin.

Mik fige un sourire poli sur ses lèvres. Puis il marmonne, afin de s'assurer que seule Justine puisse l'entendre :

— Pourvu que ce ne soit pas la valse. Je suis bon dans la danse des canards, par contre !

Justine répond tout bas tandis que Stéphanie et Marc-André les invitent à entrer.

— C'est justement la valse qu'on dansera !

41
Ma mère chantait toujours

François aurait dû se douter qu'il y avait anguille sous roche lorsque Isabelle avait demandé à sa mère de venir garder la petite un mardi soir. Il s'agissait d'un supposé souper de couples tranquille chez sa sœur. « Ça nous fera du bien de nous changer les idées, hein ? »

Justine, Stéphanie et Isabelle attendent, comme trois bombes à retardement, que les hommes aient la panse bourrée et que les deux bouteilles de vin soient vides pour les entraîner au sous-sol. Marc-André, François et Mik se sont fait avoir ! Un piège, voilà ce dont ils sont victimes !

— Il va y avoir de la musique au baptême ! s'exclame Isabelle avec le disque de Ginette Reno dans les mains. Tu sais comme j'aime danser, François.

— *Come on,* pas Ginette Reno !... marmonne Mik, sur le point de s'inventer une gastro-entérite soudaine pour s'éclipser.

C'est fou comme le mot « gastro » fait fuir les gens. Il pourrait même se sauver du baptême !

— Justement, tu l'as dit : il s'agit d'un baptême, pas d'une réception de mariage, fait François, qui s'est assis sur le divan avec la ferme intention d'y rester.

Il croise les jambes et étend les bras sur le dossier.

— Oui mais, c'est que… j'ai engagé un DJ.

— Dans ce cas, on dansera la macarena ou sur l'air de la chanson *YMCA*. Et tout le monde sera content !

— Bien sûr, mais il n'y aura pas que ça, sourit Isabelle.

Mik se tourne vers Justine. L'alcool a rendu son regard bleu étincelant.

— Je dois vraiment y aller, à ce baptême ?

Danser sur *YMCA*, ça, il en est capable. Surtout en fin de soirée avec plusieurs *shooters* dans le corps. Pour ce qui est du reste, c'est hors de ses compétences. Au mariage de son oncle en 1994, il avait dansé une valse, mais ça ne compte sûrement pas comme une expérience en la matière. Et puis, lorsque Mik a eu la gentillesse de se proposer pour accompagner Justine, danser ne faisait pas partie du marché. Assister à la cérémonie, manger du gâteau *cheap* d'épicerie au crémage blanc et rose, s'éclipser à l'heure des cadeaux, voilà à quoi ressemblait son plan. Une valse ? Mais c'est quoi cette connerie ?

Sa coloc s'approche. Son chandail blanc rend visible son soutien-gorge de dentelle. Justine sourit ; ses mèches blondes encadrent joliment son visage. Elle lui prend une main, puis plaque l'autre sur sa taille dans une position de danse à deux qui ne plaît absolument pas à Mik. Ce dernier est meilleur dans les *slows*. Même pas besoin de bouger et on a l'air de danser !

— Oui, il faut vraiment que tu viennes, répond Justine avec un regard insistant.

Mik aurait voulu s'esclaffer, lever sa casquette en souhaitant bonne chance aux parents de Laurence avec leur *party* de famille zinzin, et ajouter ensuite qu'il avait autre chose à faire de plus palpitant que de danser la valse un mardi soir au milieu de gens qu'il ne connaît pas et qu'il ne reverra jamais de sa vie. Peut-être est-ce à cause de sa proximité avec la jeune femme, de leurs bassins qui se frôlent – ce qui le trouble –, mais il ne bouge pas.

— Je t'avertis : je vais te marcher sur les pieds, et peut-être même te casser un poignet…

D'un geste rapide, Justine lui enlève sa casquette et la lance au bout de la pièce comme un frisbee. Voilà qui est mieux ! Ses cheveux châtains aplatis sur le front, Mik s'adresse à Marc-André, témoin muet de la scène depuis le début. *Vous essaierez de danser avec des caps d'acier…*

— Tu n'aurais pas une bouteille de vodka qui traîne dans le fond d'une armoire ? Je sens qu'on va en avoir besoin !

— Mieux, j'ai du cognac ! répond Marc-André. On ne devrait pas se laisser faire comme ça, grogne-t-il alors que Stéphanie lui fait sa petite face de bébé gâté.

Si Marc-André avait devant lui la personne qui a inventé l'expression « Ce que femme veut, Dieu le veut », il l'enverrait au tapis. Un seul coup de poing. Pow ! Adieu, le grand penseur ! L'homme aux larges épaules, habitué à trimer dur, ne gagne jamais contre ce regard typiquement féminin que Stéphanie lui retourne. Il devra se méfier, car sa fille en a hérité ! D'ailleurs, Megan est assise sur le divan avec son oncle François. Elle a hâte de voir son père danser.

Marc-André connaît les pas de la valse – du moins, la base. Il n'avait pas eu le choix d'apprendre à danser pour son mariage. Stéphanie avait menacé de le tenir à l'eau et au pain sec s'il ne livrait pas une performance époustouflante. Finalement, sa prestation n'avait guère été éblouissante : il a autant de fluidité dans les hanches qu'un bout de bois.

— Fais attention à mes orteils avec tes caps d'acier ! lui ordonne sa femme qui sait qu'elle a gagné.

Dans un grincement qui fait peur au chien, Ginette Reno crache *Ma mère chantait toujours* par les vieux haut-parleurs en bois. Ils sont énormes, bruns et recouverts de mousse... Le son est pourri. Les trois couples sont aussitôt téléportés dans l'univers des années 1980. Même le *look* du sous-sol avec ses rideaux orange opaques convient parfaitement. Il ne manque que la boule miroir au plafond ! Stéphanie s'étonne que Marc-André n'en ait pas déjà installé une.

François ne bénéficie d'aucun temps de réaction, car Isabelle tire aussitôt son poignet pour le forcer à quitter le confort des coussins usés d'un divan de sous-sol ayant du vécu. Un pas à droite, un pas à gauche. Les épaules se frappent les unes contre les autres, il y a des coups de genoux et des pieds écrasés. Les enfants de Stéphanie regardent la troupe en se marrant. Tous les orteils de Stéphanie sont maintenant bleus ! La pièce est trop étroite, les murs arrivent vite – la bibliothèque et les vieilles chaises de bois à moitié cassées que Marc-André garde *au cas où* également ! Justine reçoit le poing de Marc-André en plein visage, et Isabelle frappe Mik de plein fouet. Entre quelques éclats de rire et plusieurs « Ouch ! » et « Ayoye ! », les danseurs ne remarquent pas tout de suite la silhouette qui les observe, plantée dans l'escalier.

— Alors là, je suis déçu. Vous ne m'avez pas attendu pour faire la fête ?

Les rires s'estompent. Les trois couples s'immobilisent en se marchant sur les pieds. Isabelle cogne son front contre l'épaule de François, Justine manque d'embrasser Mik... On dirait bien qu'il y a un invité surprise. Les enfants murmurent : « C'est qui ? » Par réflexe, Marc-André tend le bras pour interrompre la musique.

— Ted… souffle Justine.

Usant de son regard de velours, Ted est heureux de l'effet que provoque son apparition.

— Eh oui ! C'est moi ! s'exclame le visiteur. Vous n'êtes pas contentes de me voir, mes chères sœurs ? demande-t-il en inclinant la tête sur le côté.

Pendant plusieurs secondes, Justine, Isabelle et Stéphanie considèrent l'homme en silence. Secrètement, elles avaient chacune imaginé un millier de scénarios possibles quant au retour de Ted. Celui pour qui elles ont pleuré, se sont inquiétées jour après jour jusqu'à ne plus espérer le revoir est maintenant un étranger. Le voici qui refait surface après des années d'absence. Fait étonnant, Ted n'a plus rien du gars capricieux et tête en l'air qui avait tourné le dos à sa famille. Ses traits sont durs et déterminés.

— Qu'est-ce que tu fais là ? arrive difficilement à prononcer Stéphanie, perturbée par cette apparition.

Ted avance de quelques pas. D'instinct, les six danseurs esquissent un mouvement de recul.

— Je suis venu reprendre la place qui me revient, lâche Ted qui, depuis qu'il est là, ne regarde que Justine, sa préférée.

Cette dernière décide de profiter de l'attention qu'il lui donne.

— Tu l'as toujours eue, ta place. C'est toi qui as fait le con.

Ted affiche un sourire amusé.

— Ouais, c'est ça !

Promis à une brillante carrière de footballeur, les déceptions avaient été grandes pour tout le monde lorsque Ted s'était fait expulser de l'équipe pour consommation de drogue. La descente aux enfers avait été brutale. Le jeune insolent ne voulait pas d'aide, car il se considérait comme le roi du monde. Ted voulait fuir sa vie. Ce qu'il avait fait.

Mik chuchote à l'oreille de Justine :

— C'est qui, ce type ?

— Mon demi-frère… répond la jeune femme.

42

Prise d'otage

Le mercredi matin, une Mercedes noire aux vitres teintées sillonne lentement les rues de Beauport jusqu'à la maison d'Isabelle et François. On dirait que tout le monde s'est donné le mot pour laisser le champ libre aux passagers du véhicule : l'endroit est désert. Les balançoires grincent au vent, les chats grimpent dans les arbres sur le passage de l'auto. Ça fait presque peur ! Clémence trépigne sur son siège de cuir avant d'ouvrir sa portière. C'est l'heure de passer à l'attaque !

— Aussitôt que ma nièce sort de la maison, tu l'interceptes et tu l'embarques. Elle s'appelle Isabelle.

Albert regarde sa bonne amie Clémence dans son rétroviseur. Il lui adresse un sourire complice.

— Ne t'en fais pas ; elle n'aura aucune chance de m'échapper ! Et je m'occuperai du reste…

— Parfait. Merci, Albert ! Et n'oublie pas de confisquer le cellulaire de ma nièce.

43
Le macho

Isabelle est nerveuse et fatiguée. Elle a mal dormi. Des cauchemars mettant en vedette le visage au sourire baveux de son demi-frère l'ont hantée toute la nuit! Stéphanie ne s'était pas trompée: c'est bien Ted qu'elle avait entrevu à la résidence de Jacques il y a quelques jours. Ti-Cul a changé, pendant toutes ces années; il est devenu un homme. Il paraît plus grand, plus costaud, et son regard est plus allumé. Il a fait son tour de piste, la veille, en dansant comme un pro avec les trois filles. Où a-t-il appris ça? En prison? Tout est possible avec lui! Il peut très bien avoir passé les dernières années à jouer au gentil organisateur dans un Club Med.

Pour l'instant, le dossier «demi-frère en crise d'identité» est remis à plus tard. Isabelle a autre chose de plus urgent à gérer! Matante Clémence doit arriver d'une minute à l'autre, et elle ignore toujours comment s'éclipser pour la laisser seule avec François – qui, aujourd'hui, ne donne pas de cours avant quinze heures. La jeune femme a l'impression que tout lui glisse des mains. Biberon, bol de céréales, café... elle ramasse dégât après dégât. Elle a ouvert un peu les fenêtres pour changer l'air afin que sa tante ne tombe pas raide morte à cause de l'odeur d'ail régnant dans la maison. François a terminé sa cure, mais les lieux dégagent encore des effluves de riz frit ail et champignons! Par crainte d'empester elle aussi, Isabelle passe son temps à renifler subtilement son chandail!

François lit *La Presse +* sur son iPad tout en avalant des rôties au Nutella. Il a même mis un peu de chocolat sur son doigt pour le faire goûter à Laurence ! Isabelle serre les poings pour ne pas réagir. Elle a pourtant été claire : pas de sucre avant l'âge d'un an. La petite se lèche les babines, les yeux ronds. Terminée l'innocence de sa fille face à la drogue du sucre. Bordel, elle réclame déjà une autre lichette ! Qu'est-ce que François lui donnera lorsque Isabelle ne sera pas là pour le surveiller ? Une cuillère au complet de crème glacée dégoulinante ? *Tiens ! Voilà du sucre pour toi, mon bébé !*

La sonnerie du cellulaire de François interrompt les réflexions d'Isabelle. Grrr ! C'est un message texte. Encore cette Marie-Josée ? Elle a fouillé sur Facebook pour trouver le profil de la prof d'espagnol. Cette dernière, nouvellement célibataire, n'est pas si belle que ça... Profitant de l'inattention de son *chum,* Isabelle attrape sa veste. C'est le moment d'agir.

— Je vais chercher du lait !

L'air incrédule, François lève la tête. Il a du chocolat au coin de la bouche. Isabelle vient de claquer la porte comme une ado qui fuit son père après avoir fait un mauvais coup. Elle a foutu le camp en sauvage ! Elle n'a même pas donné un million de bisous à Laurence avant de partir. L'homme fronce les sourcils, car sur la table se trouve une pinte de lait à peine entamée. Il se souvient alors que ce matin, contrairement à son habitude, Isabelle n'a pas traîné en pyjama. Elle s'est même coiffée ; elle a remonté ses cheveux avec une pince. Qu'est-ce qui se passe, *encore* ? François secoue la tête. Il ne sait pas quelle mouche a piqué sa blonde, mais, ces jours-ci, elle est dure à suivre. D'ailleurs, il a enlevé les papiers sur les murs parce que, franchement, il n'a pas besoin d'un dessin pour pisser dans les toilettes. Est-ce qu'il a mis ses bas de la veille dans le panier ? Il n'en est pas certain...

La réponse à toute cette mascarade surgit lorsqu'on frappe trois coups rythmés sur la porte. Intrigué, François pose une main protectrice sur les petits cheveux fous du bébé qui tète un biberon, puis il va ouvrir. Isabelle lui a peut-être préparé une surprise pour ses trente-cinq ans le mois prochain ? Ou bien, c'est Max... ou un de ses frères. *Pas sa mère ?!* Il s'attend à tout, sauf à ce qu'il découvre. Se tenant droite sur le perron, une femme – aussi grande que lui et aux cheveux noirs agrémentés de mèches rouges – lui tend la main.

— François, c'est ça ? Je suis Clémence, la tante d'Isabelle.

La poigne solide de la visiteuse et la couleur étrange de ses yeux surprennent le jeune homme... Il n'a jamais vu cette tante de sa vie, mais il en a déjà entendu parler. Matante Clémence a été une deuxième mère pour Isabelle. Son accent français l'énerve déjà. Elle va jusqu'à le pousser de son chemin pour entrer sans y avoir été invitée. François referme la porte sur le vent qui fait rouler quelques feuilles dans la rue.

Clémence n'a pas fait deux pas sur le tapis qu'elle s'exclame en se bouchant le nez :

— Oh mon Dieu ! Mais c'est quoi cette odeur ?

La dame inspire par petits coups tout en agitant ses mains autour d'elle pour chasser l'air nauséabond. François se demande si elle fait réellement une crise d'asthme ou si elle exagère. Il croise les bras.

— C'est une cure d'ail, déclare-t-il. Vous devriez essayer ; ça purifie l'intérieur, ajoute-t-il, toujours heureux de faire fuir la drôle de visite.

— Hé ! Arrête ça tout de suite. Sinon, tu vas pourrir vivant ! Pauvre Isabelle, elle endure ça ? C'est insupportable ! Vite, ouvre une fenêtre...

Eh bien, justement, la porte est là. Bye!

— Vous tombez mal, car Isabelle est absente, dit-il poliment. Elle est… euh… elle est allée acheter du lait.

François se rend compte que l'excuse est vraiment ridicule. Le haussement des sourcils bien épilés de la dame toute vêtue de rouge lui confirme qu'elle est du même avis que lui.

— C'est toi que je suis venue voir, mon vieux. Isabelle n'est pas allée acheter du lait; elle est partie pour la journée.

— Quoi?

Le regard scrutateur de la vieille folle le rend mal à l'aise. Il est en pantalon de pyjama, torse nu.

— Va t'habiller. Ensuite, on va commencer. Je suis là pour t'arranger!

Le ton de Clémence le cloue sur place. A-t-elle vraiment agité le doigt en direction du couloir? Elle lui a donné un ordre, ou quoi?! On dirait bien… Et puis, elle veut l'arranger? Mais c'est quoi, ce bordel? Il dort encore et il s'agit d'un cauchemar? Ou c'est une mauvaise blague? Les caméras de *LOL* sont sur le point de sortir des placards, c'est sûr…

— Allez! On se bouge!

François sourcille. La folle qui l'étourdit déjà le renvoie d'un mouvement de la main, comme on chasse un moustique qui nous achale. Vraiment, si ce n'était pas une femme ET la tante d'Isabelle, il entourerait son biceps d'une seule main, puis Clémence se retrouverait sur le perron. Mais ce foutu regard à deux couleurs est vachement agaçant. À eux seuls, ses iris brun et bleu empêchent François de répliquer. Son cellulaire à la main, il fonce dans la chambre, ses talons claquant sur le plancher. Si le bébé n'était pas là, François foutrait le camp par la fenêtre. *Hé! Ça va faire, la capotée!* Est-ce une idée d'Isabelle? Il n'en serait même pas surpris!

En rogne, François enfile un jeans et un tee-shirt avant d'écrire un texto à Isabelle:

C'EST QUOI, LA *JOKE*?

Le jeune homme l'ignore, mais il ne recevra jamais de réponse à son message…

Sans prendre la peine de mettre des bas et de se coiffer, François traverse le couloir à grandes foulées, soudain alarmé par des bruits étranges. Mais qu'est-ce que la vieille capotée fait avec sa fille? Il s'arrête sous l'arche de la cuisine. Laurence est couchée sur la table entre le pot de Nutella et un contenant de deux litres de jus d'orange. La matante lui fait des prouts sur la bedaine. Battant des bras et des jambes, la petite rit aux éclats. C'est mignon, mais il a hâte de savoir ce que Clémence lui veut exactement.

— Et si on allait droit au but? émet François, interrompant ainsi le petit jeu attendrissant.

Il ne sait pas ce que tout ça signifie, mais plus vite l'affaire sera réglée, plus vite il pourra retourner à sa *Presse* +! L'article sur le libre-échange entre les États-Unis et le Canada était vraiment plus palpitant. François bouille d'impatience. Clémence prend la petite dans ses bras. Celle-ci attrape aussitôt le collier à son cou.

— Je suis au pays pour une unique raison: je veux m'assurer que tu es un homme convenable pour ma nièce. Tu comprends, je l'aime beaucoup et je veux le meilleur pour son avenir.

Alors que la dame s'approche lentement de lui, le détaillant de la tête aux pieds, l'homme la suit des yeux, les traits crispés.

— Et vous vous basez sur quoi pour réaliser ça ?

— Sur une liste et quelques commandements, répond Clémence, la mine réjouie, tout en l'examinant. Assez grand, belles fesses, des bras tout en muscles, une gueule de prof… cheveux longs ! Pas si mal, conclut-elle, réfléchissant tout haut.

Pas si mal ?!

Elle est plutôt drôle, finalement, la matante. Peut-être parce qu'elle lui fait penser à Colette, sa mère. La même certitude qu'elle détient la vérité absolue brille dans ses yeux. Mais il ne laissera pas une vielle capotée l'arranger comme bon lui semble !

— Il paraît que tu ne te salis pas les mains avec les couches, toi ? Eh bien, mon vieux, c'est maintenant que ça se passe ! La petite a besoin d'être changée.

Le sourire de François s'éteint.

44
Isabelle et Albert

Isabelle Gagnon venait à peine de dévaler le perron qu'une voiture noire s'était garée dans la cour, derrière l'auto de François. Les deux véhicules étaient si près que la jeune femme avait cru qu'ils allaient se percuter ! Comme dans les films d'action, la portière s'était ouverte à toute vitesse, puis un soulier à talon était apparu dans le champ de vision d'Isabelle. Matante Clémence. Toute souriante, cette dernière était descendue de la Mercedes.

— Tu peux faire confiance à Albert. C'est un ami.

Isabelle avait penché légèrement le haut de son corps vers la gauche pour observer l'homme qui semblait l'attendre. Où voulait-il l'emmener ?

— As-tu apporté des sous-vêtements comme je te l'avais demandé ?

— Oui.

Elle les avait mis dans la poche de côté de son sac à main, avec sa brosse à dents.

— Parfait ! C'est tout ce qu'il te faut.

— Où va-t-on ? s'était inquiétée Isabelle. Je ne peux pas partir très longtemps, François ne reste jamais seul avec la petite !

Clémence avait souri, puis l'avait contournée pendant qu'Albert ouvrait la portière, signe qu'il était temps de partir. Incertaine, Isabelle avait fait quelques pas hésitants. L'homme au visage rond et sympathique avait tendu la main, paume vers le haut.

— Cellulaire.

— Quoi ? s'était écriée Isabelle.

NON!

45
Un macho aux mains sales

Toujours immobile, François regarde Clémence sortir de sa poche un pince-nez et des gants de caoutchouc qu'elle lui plaque ensuite dans les mains. Ark ! Des gants à vaisselle ! Le bébé dans les bras, elle s'empare du rouleau d'essuie-tout.

— Tu vas voir, le grand, ce n'est pas si pire que ça une fois bien équipé ! dit-elle en donnant une tape sur le bras de François.

Le jeune homme a le réflexe de reculer pour qu'elle ne le touche pas avec ses doigts parés de bijoux. D'un simple regard, il calcule que ses mains valent le prix de sa voiture ! C'est évident que ce n'est pas elle qui va se salir en changeant une couche. Il est dans la merde – c'est le moins qu'on puisse dire !

Comme si l'endroit lui était familier, Clémence effectue un aller-retour dans la chambre de la petite pour aller quérir une couche et la boîte de serviettes humides. Elle pousse de côté l'assiette, qui contient encore la moitié de la rôtie au Nutella froide de François, et étale les affaires du bébé sur la table. Mais c'est quoi ce cauchemar ? Elle ne va pas lui montrer comment changer une couche pour de vrai ? L'homme se sent comme le dernier des épais ! Et Clémence ne lui fera pas croire que l'odeur que dégage le bébé en ce moment est moins pire que celle de l'ail ! C'est épouvantable ! C'est l'ODEUR qu'il est incapable de supporter ; ce n'est pas sorcier de mettre une couche, quand même ! Il y a peut-être la vue de la chose, aussi... Est-ce possible, en plus du pince-nez, d'avoir un bandeau sur les yeux ?

— Vous avez oublié le matelas à langer, remarque François. On ne va quand même pas changer la petite directement sur la table.

Isabelle ne trouve pas ça très hygiénique de changer un bébé sur la table de la cuisine. Lui non plus ! Disons que ça coupe l'appétit. La tornade Clémence cesse de tourbillonner dans la pièce. Elle examine le matériel répandu sur la table.

— Hum ! Hum ! émet-elle au bout de quelques secondes. Bonne observation. Tu gagnes des points, le grand ! Va chercher le matelas ! ordonne-t-elle avant de reprendre ses mouvements effrénés.

Si elle l'appelle encore une fois « le grand », il lui fera avaler ses amygdales ! Le toussotement de François oblige Clémence à se calmer encore une fois. En voyant le jeune homme les sourcils haussés et les bras croisés sur sa poitrine, la tante pince les lèvres. Elle avait oublié : les machos sont résistants à l'autorité. Une main de fer dans un gant de velours, c'est ce qu'il faut avec eux ! François et Clémence se font face – deux lutteurs dans une arène. Qui l'emportera ? Pour Clémence, tout se joue dans la tête, même si ses années de judo lui permettraient de surprendre son vis-à-vis et de le plaquer au sol en moins de deux. Elle est moins habile que dans le temps, certes, mais elle n'a pas oublié la technique ! Clémence sait que l'homme attend une réplique de sa part. Il ne faut donc pas qu'elle se trompe ; sinon, son plan tombera à l'eau. Se forçant à prendre un air décontracté, ce qui n'est pas dans ses habitudes, matante se détend. Sans quitter François des yeux, elle demande d'une voix douce :

— Est-ce que tu pourrais aller chercher le matelas à langer, s'il te plaît ?

La capotée a même le bec en cul de poule, et son accent la rend encore plus chiante. Qu'est-ce que François ne donnerait pas pour l'envoyer promener avec ses ordres à la con, comme le diraient si bien les Français. Au fond de lui, quelque chose le retient. Quoi exactement ? Il ne sait pas.

Puisque François ne réagit pas, Clémence donne un grand coup :

— Tu n'es pas capable de changer une couche, c'est ça ?

Piqué à vif dans son orgueil de mâle, François gratifie la tante d'un regard frondeur. Lui, incapable de changer une couche ? Pfff ! Dans un élan déterminé, il va chercher le matelas à langer. Il décide d'apporter la crème pour les fesses. Elle n'a encore rien vu, la bonne femme ! Quand un homme se décide…

Lorsque François revient à la cuisine, Clémence lui tend la petite avec un sourire diabolique. Aussitôt, le jeune homme regrette d'avoir obéi ! Il s'est fait avoir comme un débutant ; maintenant, il est pris dans le guêpier de la vieille folle ! Elle ne lui donnera aucune chance de s'en tirer, il le sait. Elle l'a mis au défi, alors maintenant, il est impossible pour François de reculer sans avoir l'air d'un lâche ou d'un incompétent ! Gardant Laurence le plus loin possible de lui, François la soulève par le dessous des aisselles. Ses narines ultrasensibles aux émanations naturelles de l'humain ont déjà du mal à supporter l'odeur. *Oui, c'est possible.*

En bonne observatrice, Clémence recule de trois pas. François s'inquiète : elle ne scrutera pas à la loupe tous ses gestes ? *OK, on va lui montrer ce qu'on sait faire.*

François dépose le bébé sur la table avec une délicatesse qui surprend Clémence. Une douceur réelle et bien sentie… Il a pris soin de ne pas cogner la petite tête sur la surface pourtant moelleuse du matelas à langer. Laurence se met à pleurer. Son père la caresse sur la joue.

— Tu as peur que papa change ta couche, mon trésor? murmure-t-il. Moi aussi, j'aurais peur à ta place, ajoute-t-il avec un regard noir pour Clémence. Bon, donne une chance à papa et cesse de bouger les pieds, d'accord?

Très orgueilleux, François refuse le pince-nez et les gants. Il prendra une grande inspiration et retiendra son souffle. Voilà tout!

Malheureusement, il avait sous-estimé ses capacités pulmonaires. Changer une couche, c'est plus long qu'une minute vingt secondes, le temps qu'il arrive à ne pas respirer. Avant de perdre connaissance, il inspire à nouveau… C'est toujours à cet instant que la réaction chimique se crée dans son corps. L'odeur tombe directement dans son estomac! Façon de parler, évidemment. Sa rôtie au Nutella menace de ressortir. Dans un ultime geste de désespoir, François enfouit son nez au creux de son coude.

— Tu es certain de ne pas vouloir le pince-nez? s'informe Clémence.

À sa voix enjouée, François devine que la chipie sourit. *La vieille crisse!* Il ferme les yeux une seconde pour se calmer. Non, il ne donnera pas à Clémence la satisfaction de hausser les épaules et de lui balancer: «Je savais bien que tu n'y arriverais pas! Meilleure chance la prochaine fois!» À la guerre comme à la guerre.

François empoigne une quantité astronomique de serviettes humides.

— Non, pas de pince-nez ! répond-il. Tabarnak que c'est dégueulasse !… marmonne-t-il en essayant de faire vite.

Il tient si fort les petits pieds de sa fille que François a peur qu'ils bleuissent ! Tant pis ! Il ne veut pas risquer que Laurence joue de la claquette avec ses talons dans sa couche sale. Combien de fois il a entendu Isabelle crier : « *Fuck !* Elle en a partout ! » La coquine… François a de la chance, car la petite semble compatir à la misère de son père : elle reste immobile, les fesses dans les airs, et mâchouille sa suce avec ardeur. *Maggie Simpson sort de ce corps !* François s'empresse de lancer la couche souillée au fond d'un sac en plastique qu'il referme en faisant trois nœuds. Il essaie ensuite d'attacher la nouvelle couche. Il fronce les sourcils… Il y a quelque chose qui cloche.

— Elle est à l'envers ; il faut la retourner, précise Clémence par-dessus son épaule.

Grrr ! Clémence se tient trop près de lui, exactement comme le fait Isabelle chaque fois qu'il s'approche du bébé. Ça l'agace. En vitesse, François installe le tout de son mieux. L'air suspicieux, l'inspectrice passe l'index entre la couche et le petit bedon chaud du bébé. C'est un peu serré, mais acceptable.

— Alors, j'ai passé le test ? demande François en se nettoyant les mains avec le reste de serviettes humides dans la boîte.

S'il croyait se débarrasser vite fait de la vieille capotée, le jeune homme comprend au regard rusé de celle-ci qu'il s'est trompé.

— Si tu as passé le test ? Non, pas encore, car ça ne fait que commencer !

46
La suite du test et mauvaise surprise

En un tournemain, Clémence range l'attirail à couches pendant que François l'observe d'un œil mauvais.

— Y a-t-il beaucoup d'étapes à ce test ? s'informe-t-il, un peu blasé. C'est mon jour de congé, aujourd'hui, vous comprenez ?

Il y a un match de football qu'il ne veut surtout pas manquer ! Il aimerait boire son café en paix et prendre une douche. Quand Clémence se tourne vers lui, les nombreux bracelets à ses poignets s'entrechoquent. Elle est bien décorée, la vieille capotée ! Ça sent l'or à plein nez. Elle s'entendrait bien avec sa mère… En plus d'avoir la gestuelle d'une reine d'Angleterre, elle occupe les lieux comme si tout lui appartenait !

— Il y a encore un truc ou deux que j'aimerais vérifier avant l'étape finale ! lance Clémence en fonçant sur le lave-vaisselle.

« L'étape finale ? » François s'inquiète. L'expression de la sorcière n'augure rien de bon ! Soutenant le bébé de son bras gauche, François se sert de l'autre pour stopper Clémence dans sa course vers le lave-vaisselle.

— Oh non ! Chère dame, on ne touche pas au lave-vaisselle d'Isabelle ! s'écrie-t-il comme si la tante s'apprêtait à commettre un crime grave et irréparable.

Clémence s'immobilise, la main sur la poignée en plastique sur laquelle un restant de sauce à spaghettis a séché.

— Pourquoi ? L'appareil est-il défectueux ?

L'homme saisit le biberon sur la table et le donne à Laurence. Clémence guette chacun de ses gestes depuis qu'elle a mis les pieds dans cette maison qui pue l'ail, mais qui est somme toute chaleureuse. Oui, François est un peu gauche pour changer une couche, il est crispé lorsqu'il a le bébé dans les bras, il tient le biberon trop bas et la petite avale de l'air, mais l'amour qu'on lit dans ses yeux lorsqu'il pose son regard sur sa progéniture est palpable. C'est beau. Il dépose même un baiser tendre et touchant sur le front de sa fille. Impressionnant... pour un macho ! Isabelle se plaignait qu'il était maladroit avec Laurence, qu'il ne savait pas comment faire, qu'il la surveillait mal. Peut-être. Mais un père qui aime son enfant, ça n'a pas de prix. Avec un peu de pratique, François deviendra bon !

Ce dernier lève les yeux au ciel.

— Non, le lave-vaisselle n'est pas défectueux, mais c'est risqué de s'en approcher. Chaque fois que je le fais – ou plutôt, les rares fois où j'ai pris cette initiative –, Isabelle a tout replacé derrière moi en bougonnant parce que je n'avais pas rangé les choses au bon endroit dans l'appareil ! J'ai renoncé depuis longtemps, puisque ça ne donnait rien. Je vous le répète : ce n'est pas une bonne idée de toucher à ça. Ma blonde a une relation particulière et exclusive avec son lave-vaisselle...

Clémence lâche la poignée en plastique.

— Je vois...

Clémence devra faire comprendre à sa nièce que de la vaisselle propre reste de la vaisselle propre, même si les assiettes ne sont pas alignées du bon côté. L'important est que le travail soit accompli!

— J'imagine que c'est la même histoire pour la lessive? suppose Clémence.

François essuie avec son doigt le menton dégoulinant de lait du bébé.

— Le linge, c'est encore pire! s'écrie-t-il. Les débarbouillettes doivent être toutes placées dans le même sens. Et il y a un ordre précis pour plier les tee-shirts... Je n'essaie même pas de participer. De toute façon, Isabelle m'a interdit de m'en mêler!

— Hum!...

Un portrait clair de la situation se dessine dans l'esprit de Clémence. Bordel! Ce François qu'elle considérait comme un macho paresseux n'est pas si mal intentionné. Il est pris avec une femme exigeante qui passe son temps à le critiquer.

Une sonnerie de cellulaire met fin aux réflexions de Clémence. Elle regarde François répondre au message texte avec empressement. C'est quoi, ce petit sourire coquin sur ses lèvres? On dirait même qu'il a oublié qu'il tenait un bébé dans ses bras! Clémence le libère.

— C'est une femme? interroge-t-elle sans ménagement.

Le jeune homme relève la tête, très conscient de l'animosité contenue dans les propos de la bonne femme qui se tient droite devant lui avec sa fille dans les bras. Un ton qui lui agresse les tympans et qui lui donne envie de répondre: «Oui, c'est ma maîtresse!»

— Oui, c'est une collègue, confie-t-il d'une voix plus calme que ce qu'il ressent. Cela cause-t-il un problème ?

— Si j'avais un mari, je n'apprécierais pas beaucoup que celui-ci échange des messages avec une autre femme.

François plisse les yeux. Mais où la tante veut-elle en venir ? Pour qui se prend-elle ? Certes, Clémence veut un homme convenable pour sa nièce, mais en quoi cela la regarde-t-elle qu'il communique avec Marie-Josée ? Ses paroles sont bourrées de sous-entendus et d'accusations gratuites. C'est évident : elle veut savoir s'il trompe Isabelle. *Tu n'as aucune subtilité, la vieille...*

— Elle m'aide à préparer une surprise pour Isabelle au baptême de la petite, qui aura lieu la fin de semaine prochaine, réplique-t-il pour lui clouer le bec. Est-ce que cette réponse vous satisfait ou dois-je vous expliquer mon plan de long en large, histoire de savoir si celui-ci est décent ? ajoute-t-il, insolent.

Clémence affiche un sourire satisfait. Tant mieux ! Et s'il n'a pas envie de lui révéler ses intentions, c'est correct ! Après tout, ça ne la regarde pas !

— Isabelle se plaint que je ne fais rien dans la maison, c'est ça ? s'enquiert-il spontanément pour mettre fin à toute cette mascarade.

C'est la seule explication à la présence de la vieille capotée dans sa cuisine un matin de semaine. Surtout qu'Isabelle est sortie en voleuse sans rien lui dire ! Il y a un complot, c'est évident.

— Oui et non.

Contrairement à ce que croient les trois sœurs Gagnon, Clémence n'a pas d'idées préconçues au sujet de l'homme parfait... sauf pour les cheveux longs et les barbichettes au menton. Elle ne les tolère pas ! Pour le reste, elle ne fait que suivre la liste d'Isabelle.

— Dans ce cas, il faut que je vous raconte quelque chose, déclare François, l'air songeur. Peu après son accouchement, Isabelle m'a fait une crise d'enfer… une vraie. Je pensais qu'elle virait folle et qu'elle allait me mordre ! Le visage rouge, elle crachait presque du sang ! Vous voyez le genre ?

— Hum ! Hum ! émet Clémence, impatiente de connaître la suite.

— C'était épouvantable ; je ne l'avais jamais vue dans cet état ! J'avais couché Laurence sur le ventre, parce que… ça semblait lui faire du bien. Elle avait des gaz qui puaient le fond d'égout ! Bref, Isabelle m'a crié dessus que j'aurais pu la tuer ! La mort subite du nouveau-né… Je n'y avais pas pensé. Je m'en suis tellement voulu !

Clémence soupire en devinant le reste de l'histoire… Quand il est question de la sécurité de son enfant, une maman pourrait déplacer des montagnes. François n'ose plus rien faire maintenant, de peur d'une gaffe qui pourrait s'avérer grave. Mieux vaut s'abstenir que de risquer de se tromper encore une fois.

— Depuis ce temps, Isabelle me suit à la trace chaque fois que j'ai le bébé dans les bras ! Elle surveille tous mes gestes. C'est moins épuisant de ne rien faire ! Même si je ne supporte pas l'odeur des couches, ce n'est pas moi qui ne veux pas rester seul avec la petite ; c'est elle qui demande toujours à ma mère de venir ! Sinon, elle envoie la voisine espionner pour s'assurer que tout se passe bien !

— Mon pauvre, les femmes ne sont plus elles-mêmes après un accouchement… explique Clémence en secouant la tête. Les hormones sont dans le tapis, alors il ne faut pas en faire une affaire personnelle !

Clémence dépose Laurence devant une pile de hochets et de peluches qui font de la musique. Émerveillée, la petite bat des pieds et des bras.

— Je sais ! lance François. J'ai laissé le temps passer, mais rien n'a changé. Isabelle se montre aussi nerveuse et surprotectrice avec la petite. Et maintenant, elle est épuisée… Bon, c'est fini ? proclame-t-il, plein d'espoir de pouvoir s'écraser devant le grand écran de sa télévision.

C'était rêver en couleurs. La vieille capotée à qui il vient de se confier agite les mains ; ses bracelets à cinq cents piastres cliquettent. On dirait le Joker qui se réveille !

— Oh non ! Ce n'est pas fini, mon vieux. Il reste tes cheveux.

Sous le coup de la surprise, François se met à reculer.

— Mes cheveux ? !

Plus il s'éloigne, plus elle se rapproche. Il contourne la table. C'est franchement ridicule de fuir une vieille dame sans défense.

— Les cheveux longs, c'était beau dans les années 1990, mais ce n'est plus à la mode ! explique Clémence.

François comprend qu'il est trop tard lorsqu'il voit la vieille sortir de sa poche des ciseaux de coiffure dans un étui. Ses yeux de couleurs différentes font peur et un rire de sorcière monte de sa poitrine. Non ! Là, c'est vraiment un cauchemar. Il attend le bon moment pour sortir de la pièce. Après tout, il est assurément plus rapide qu'elle avec tous ses bijoux et ses talons hauts. Si ce n'était que de lui, il s'en irait au cégep, ce qui mettrait fin à l'expérience une fois pour toutes. Mais Laurence est là. Et puis, si Isabelle ne revient pas rapidement, il aura besoin d'une gardienne pour pouvoir aller travailler !

Chacun de leur côté de la table, Clémence et François se dévisagent. Qui réagira le premier ?

— OK, la matante, se permet-il de lancer sur un ton de prof. Stop ! Ma blonde est coiffeuse, alors je gérerai le dossier avec elle !

— Pas besoin, car c'est moi qui vais te couper les cheveux !

— C'est ça, oui !

François fait un pas sur la gauche. Mais vive comme un vampire, matante Clémence le prend par surprise : elle bondit et l'agrippe par le collet. Elle lui fait sauter les pieds d'un coup précis de soulier à talon. François se retrouve sur le plancher de céramique. Vient-elle vraiment de lui passer des menottes aux poignets ?

Calvaire !

47
Le sort d'Isabelle

Après plusieurs détours qui ont donné la nausée à Isabelle Gagnon, la voiture noire conduite par Albert tourne enfin dans une longue entrée en gravier bordée d'arbres qui se font secouer par le vent. Ils ont traversé le pont de Québec, puis roulé plusieurs minutes sur la route 132 jusqu'à Lévis. Isabelle doit se pencher vers la fenêtre pour voir le sommet de l'immense maison blanche qui se dresse au bout de l'allée. Trois lucarnes avec des fenêtres à carreaux agrémentent le toit bleu. C'est magnifique ! Elle n'a aucune idée de ce qui l'attend. À bien y penser, elle n'est pas certaine de vouloir le savoir ! Sa nervosité la fait fouiller dans sa poche toutes les trente secondes pour prendre son cellulaire ; elle oublie toujours qu'on lui a confisqué l'appareil. Pour se calmer, elle engouffre de façon compulsive des petites menthes vertes Excel !

— Hé ! J'ai besoin de mon téléphone. Je dois parler à mon conjoint !

Elle a oublié de lui dire que Laurence n'aime pas les pêches, qu'il faut lui chanter *La poulette grise* au moins cinq fois avant de la coucher, que sa sieste est à treize heures… Qui gardera la petite quand François ira donner son cours ? Isabelle colle son front contre la vitre, qui lui procure un peu de fraîcheur. Elle doit respirer… François se débrouillera, n'est-ce pas ?

— Il ne faut pas vous en faire, la rassure Albert après avoir ouvert sa portière. Votre tante veille à tout.

C'est justement ce qui inquiète la jeune femme ! Bah ! Il y a sûrement un téléphone dans cette baraque, songe-t-elle ; elle appellera en cachette. C'est vraiment important que François fasse chauffer le biberon avant de le donner à Laurence. Et il ne faut pas qu'il oublie la crème pour les fesses…

Isabelle marche lentement derrière le vieil homme en serrant son sac à main contre sa poitrine. La vue sur le Château Frontenac est parfaite. Ce sera de toute beauté en soirée avec les lumières qui se reflètent sur le fleuve – un décor de carte postale.

Albert s'immobilise devant la porte. Il n'entre pas ? s'étonne Isabelle.

— Vous pouvez y aller. Je vous souhaite une bonne journée. Vous ne vous ennuierez pas !

Les yeux ronds, Isabelle le regarde ouvrir la porte. Puis il s'éloigne. Il l'abandonne ici toute seule ? Hésitante, la jeune femme passe la tête dans l'entrebâillement pour jeter un œil à l'intérieur. Tout brille ! Et ça sent le Lysol. Les planchers blancs luisent comme un miroir, et les meubles sont très foncés. Puis, dans ce décor épuré, une boule de couleur apparaît dans son champ de vision.

— Coucou ! Moi, c'est Joé ! Je vais m'occuper de toi aujourd'hui.

Cet homme, qui a tellement de gel dans les cheveux qu'ils en paraissent gras, est assis sur un divan pâle, et ses jambes sont croisées d'une façon féminine. Il porte des pantalons jaunes et une seule boucle d'oreille. Très gai. Finalement, Isabelle ne sera pas seule à la maison !

48
Le coloc superstitieux

En ce mercredi après-midi, dans un appartement du Vieux-Québec, Justine paresse sur le divan en regardant Canal Vie. Pour une fois qu'elle peut avoir la télévision pour elle toute seule! C'est une émission de demandes en mariage; le gars attend la fille avec une caméra et ladite demande doit être originale. Justine aurait tellement aimé vivre ça! Mais ce n'était pas le genre de Sébastien... Non, lui, il lui aurait plutôt sorti une phrase à la Stan du film *Les Boys*: «Veux-tu être ma remorque sur l'autoroute de la vie?» Ou quelque chose d'autre dans le même genre. Pour ça, il aurait fallu qu'il l'aime vraiment, ce qui n'était pas le cas. En réalité, Justine détesterait se faire passer la bague au doigt dans un centre commercial avec Youppi en arrière-plan! *C'est tout ce qu'il a trouvé, le petit frais chié à lunettes? C'est poche!*

Au moment où la fille va répondre «Oui, je le veux» en pleurant, Justine sursaute. Le perroquet vient de bouger dans sa cage. Il se balance sur un bâton de bois, il gruge, il se lave... Jusque-là, elle s'était contentée de lui jeter un regard en biais. Ce qui l'énerve vraiment, c'est d'entendre crier cet idiot pour un rien à tout instant! Il répète à la chaîne la phrase: «Papi, manger; Papi, banane.» Il ose même la regarder en tournant sa petite tête. Le pauvre ne s'adresse pas à la bonne personne. S'il veut vraiment manger une banane, il devra attendre; ce n'est certainement pas elle qui ouvrira la cage pour le nourrir. Justine est plutôt du genre à vérifier toutes les cinq minutes que cette dernière est toujours bien verrouillée.

La porte de l'appartement s'ouvre. On entend ensuite l'exclamation étouffée de quelqu'un qui vient de se cogner :

— Ayoye, ciboire !

Mik apparaît, les bras chargés de boîtes. Justine bondit sur ses pieds.

— C'est quoi ? demande-t-elle en faisant une pyramide avec les objets éparpillés sur la table pour que son coloc puisse déposer ses paquets.

— Mon stock !

Intriguée, Justine s'approche pour mieux voir. Voilà donc enfin le fameux stock ! Ce dont il discutait énergiquement au téléphone et que Justine s'imaginait déjà être de la cocaïne, des armes, une bombe… Finalement, c'est peut-être juste un nouveau truc pour développer les muscles. Les appareils d'exercice poussent comme des champignons dans l'appartement : il y a maintenant un vélo à côté du divan, en plus d'une collection complète de poids et d'haltères. Si ça continue, le salon ressemblera à une vraie salle d'entraînement ! Justine n'aura aucune excuse de ne pas s'y mettre.

La jeune femme trépigne à côté de Mik qui prend tout son temps pour ouvrir les boîtes. Elle a hâte de savoir de quoi il en retourne ! Malgré toutes ses tentatives plus ou moins subtiles pour lui tirer les vers du nez, jamais Mik ne lui a donné d'indices sur le mystérieux stock qu'il attendait avec impatience. Il était sûrement policier dans une autre vie, car il excelle dans l'art de répondre à une question par une question !

Sur la table, il y a trois paquets identiques. Mik est en extase devant eux.

— Je ne peux pas croire qu'elles sont enfin arrivées ! Bob devait me les livrer la semaine dernière !

— Tu vas les regarder jusqu'à demain, ou quoi ? lance Justine. Allez, *go* ! l'encourage-t-elle en lui tendant un couteau à steak.

Beaucoup trop lentement, Mik passe la lame sur le ruban adhésif de l'une des boîtes. Il fait durer le suspense, retardant au maximum le moment de lever le couvercle. Il va même jusqu'à tourner le dos à Justine pour l'empêcher de voir le contenu du carton. Elle essaie de le pousser, mais il est solide comme un roc.

— Hé ! crie Justine en essayant de se faufiler devant son coloc.

Impossible ! Mik excelle à freiner ses ardeurs.

— C'est encore plus beau que je ne l'imaginais !

Justine sautille sur place, mais elle n'est pas assez grande. Ou ses épaules sont trop larges… C'est alors qu'une solution évidente s'impose à son esprit. C'est trop facile ! Pourquoi n'y a-t-elle pas pensé plus tôt ?! Se donnant un élan, la jeune femme vise le cou de Mik. Ce dernier ne vacille même pas lorsqu'elle agrippe son tee-shirt et passe ses jambes autour de sa taille. Ce n'est qu'une fois grimpée sur son dos comme un singe qu'elle aperçoit enfin la merveille.

Bon, « merveille », c'est relatif. Justine est déçue. Mik s'excite pour… ça ? Ce dernier, qui se fout du poids comprimant ses épaules, saisit précautionneusement une voiture vert et noir. Il la fait tourner sous ses yeux.

— Regarde comme elle est parfaite... souffle-t-il avec admiration. C'est une voiture téléguidée. À plein rendement, elle peut atteindre soixante-dix kilomètres à l'heure ! C'est génial, non ?

Mik redevient un petit garçon devant son jouet. Il est si beau lorsqu'il s'émerveille ainsi que Justine ne songe même pas à retrouver le plancher des vaches. Le regard de l'homme est presque attendrissant, ce qui rend l'objet un peu plus précieux aux yeux de Justine. Elle sourcille toutefois à la vue de l'étiquette rouge collée sur la boîte : huit cent vingt-cinq dollars ! *Sacramant!...*

— À ce prix-là, il vaut mieux éviter une collision avec une chaîne de trottoir !

Mik n'a certainement pas l'intention de jouer avec son auto dans le corridor de l'appartement ! Et ni dans sa chambre ! Justine imagine déjà une fausse manœuvre, l'engin qui éclate en morceaux en frappant le ciment à l'extérieur. Kaput, le jouet ! Comment faire pleurer un homme...

— C'est pour ça que tu n'auras pas le droit de jouer avec ! lance Mik en tournant la tête pour regarder sa coloc.

La joue de Justine se retrouve collée contre celle du jeune homme. Le coin de leurs lèvres se touche un peu... Mik dépose doucement la voiture, puis il attrape les poignets de Justine pour la faire passer devant lui. Son regard a changé. Il n'est plus coquin, ni réjoui par la vue de sa nouvelle bébelle ; il est plutôt troublé. Mik dépose la jeune femme sur la table. Étonnée, cette dernière doit repousser en vitesse la boîte à trésor pour ne pas l'écraser. Une manœuvre assez risquée, selon elle ! Ce serait un bien mauvais moment pour envoyer valser sur le plancher la voiture de luxe.

Avec son genou, l'homme ouvre doucement ses cuisses pour se rapprocher d'elle. Histoire de mettre de l'ambiance, le perroquet commence à répéter son nom en boucle. Rien de plus romantique qu'un oiseau à la voix enrouée comme musique de fond... Justine le déteste vraiment, ce truc à plumes...

Les mains délicates de Justine rencontrent le ventre ferme de Mik, les muscles taillés au couteau de son torse. Lui, il replace une mèche de cheveux blonds derrière l'oreille de sa compagne, dévoilant du même coup le cœur en or y pendant. Le jeune homme se force à ne pas bouger. *N'oublie pas que c'est ta coloc, le gros !*

Ses bonnes intentions durent au moins cinq secondes. C'est quand même bien... Ensuite, au diable les bonnes manières ! Il empoigne la taille et la nuque de Justine, et fait basculer celle-ci sur la table en l'embrassant avec fougue. Il a tellement rêvé de ses lèvres roses quand elle léchait un fudge au chocolat, de ses fesses rondes lorsqu'elle sortait de la salle de bain avec une serviette autour du buste – et qu'il apercevait bien malgré lui la chair fraîchement parfumée.

Des coups à la porte interrompent l'élan du couple. Justine soupire, ses lèvres effleurant la peau rugueuse d'une barbe naissante. C'est sûrement encore ce Fred, le roi du poker, qui se pointe à l'improviste. Ou un autre des copains de Mik. Quoiqu'ils n'ont pas l'habitude de frapper avant d'entrer. Son coloc grogne de mécontentement. Tant pis pour lui ! Justine a souvent répété à ses amis de ne pas se présenter n'importe quand à l'appartement !

Mik délaisse à regret Justine. La jeune femme tire sur son chandail pour le replacer. Ils se sont embrassés seulement deux minutes, mais on dirait qu'une tornade est passée !

— Justine ? fait une voix derrière la porte.

— Matante Clémence ! chuchote Justine en sautant à terre.

Les mains dans les poches, Mik la laisse passer devant lui. Justine court mettre ses chaussures. Clémence doit rester seule avec lui. C'était le plan. Zut! Elle devait apporter des bobettes!

— Elle est ici pour faire de toi un homme parfait! annonce-t-elle à voix basse.

Mik la suit du regard, appuyé contre la table et les pieds croisés.

— Dans ce cas, j'espère qu'elle a beaucoup de temps devant elle! rigole-t-il.

Chaussée de ses mocassins, Justine fouille dans le bordel de la garde-robe pour trouver sa veste.

— Fais un effort, c'est important! insiste-t-elle tout en repoussant les nombreux manteaux de Mik dans l'espoir de trouver le sien.

Mik balance au bout de ses doigts un blouson en jeans.

— C'est ça que tu cherches?

Justine lui arrache le vêtement des mains. Puis elle souffle un bon coup pour repousser les cheveux de son visage.

— Oui, merci! s'exclame-t-elle. Et puis, ne t'en fais pas: ça repousse une barbichette, ajoute-t-elle en touchant le menton de son coloc.

Mik hausse un sourcil. Plaquant une expression enjouée sur son visage, Justine ouvre la porte.

— Allô, matante! clame-t-elle avec une petite voix aiguë qui incite le perroquet à crier.

Une femme aux cheveux rouge et noir est postée sur le seuil. En agitant les mains comme si elle allait s'évanouir, elle s'exclame :

— Putain ! Le beau morceau !

Cela ressemble à une scène déjà planifiée d'une mauvaise téléréalité ! Pourquoi Mik est-il soudainement convaincu d'être tombé dans un piège ?

49
Justine disparaît

Justine ne trouve rien de mieux pour passer le temps que de faire les cent pas autour de l'immeuble de l'appartement. Matante Clémence lui a dit qu'elle recevrait des instructions une fois à l'extérieur. Mais la jeune femme ne voit rien. Il n'y a pas un chat noir aux alentours ! Justine refuse de s'éloigner ; elle reste aux aguets. Clémence est capable de tout, même de faire peur à Mik ! Bon, peut-être pas... Justine se rappelle comment sa tante lui a expliqué jadis le fonctionnement des organes reproducteurs de la femme avec des croquis explicites ; c'est la raison pour laquelle elle s'inquiète de ce que matante pourrait tenter d'inculquer à Mik ! S'il sort en courant, Justine veut réussir à l'intercepter et lui expliquer toute l'affaire ! Et dire qu'il vient de l'embrasser... *Seigneur !*

Justine croise monsieur Bégin dans le stationnement. Pour une fois, elle accepte de l'écouter. L'entendre lui raconter ses problèmes de prostate n'a jamais été si divertissant. Il paraît que cela affecte les fonctions érectiles.

Ouch !... Trop de détails ! *Bonsoir, là, monsieur Bégin.*

Plantée derrière une voiture, Justine attend en tapant du pied. Si rien ne se passe durant les dix prochaines minutes, elle remontera à son appartement ! Elle n'a pas que ça à faire, perdre son temps pour les mystères de sainte Clémence. Et elle songe à Mik, qu'elle a embrassé si facilement, sans se poser de question. C'était agréable.

Elle n'a même pas pensé à Sébastien ! La jeune femme regarde à gauche, puis à droite. Que va-t-il se produire ? Un cirque surgira-t-il ? Ou le père Noël ? Leonardo DiCaprio ? Martin Matte ?

Perdue dans son imagination trop fertile, Justine cligne des yeux lorsque des phares l'éblouissent. Une voiture noire vient de tourner dans le stationnement.

50
Une matante et un beau morceau

Mik n'a pas bougé ; il est encore appuyé contre la table. La dame le dévisage. Justine a foutu le camp après de brèves présentations du genre : « C'est lui, Mik. » Elle lui a souhaité bonne chance... Ouais ! À voir l'allure de l'illuminée qui incline la tête d'un côté puis de l'autre pour l'examiner, il va en avoir besoin !

Le regard de Mik revient sans cesse sur le long parapluie vert à pois noirs que Clémence tient sous le bras. Pourquoi a-t-elle apporté cet objet ? Il ne pleut pas dehors. Mik déteste les parapluies. C'est de la merde : ils protègent la tête, mais pas les pieds, et ils se retournent au moindre coup de vent. Et après les avoir utilisés, on doit les faire sécher ! À l'intérieur !

— Tu es avec ma nièce depuis combien de temps ?

Quand Mik se redresse, il se rend compte que ses yeux arrivent à la hauteur de ceux de la dame. Son regard est fort impressionnant. C'est la première fois qu'il voit une personne aux pupilles de couleurs différentes.

— J'habite ici depuis un mois, répond-il simplement.

— Un mois... Bon...

Clémence s'approche de lui, le parapluie sous le bras.

— Cette touffe de poils à ton menton, coupe-moi ça. C'est laid.

Mik hausse un sourcil. Elle arrive d'où, cette bonne femme ?

— En quoi mes poils au menton vous concernent-ils ?

Clémence l'observe de plus près. Vraiment un beau morceau, ce Mik ! Il est totalement son genre d'homme. Ah ! si elle avait quarante ans de moins !

— Justine n'aime pas ça.

C'est vrai ; c'était inscrit sur sa liste ! Mik plisse les yeux pour éviter d'éclater de rire. Elle se prend pour qui, celle-là ? Un peu plus, et il croirait qu'il a été parachuté dans un film de comédie. C'est presque drôle. Pour se marrer, il décide de jouer le jeu.

— Si Justine n'aime pas ça, je la couperai, ma barbichette ! lance-t-il.

— Bon garçon ! approuve Clémence en déposant le parapluie sur la table. Et ce truc à ton sourcil, c'est un *turn off.* Enlève-moi ça !

Cela ne figure pas sur la liste de Justine, mais Clémence n'aime pas les décorations inutiles sur le corps humain. Les boucles d'oreilles vont sur les oreilles, et nulle part ailleurs.

— Eh bien, le truc à mon sourcil, comme vous dites, ça ne regarde personne, et surtout pas Justine, répond-il posément.

— Il paraît aussi que tu blasphèmes ? riposte Clémence en battant des cils.

Cette fois, incapable de se retenir, Mik pouffe de rire.

— Euh... Comment vous expliquer ? émet-il, l'air blasé. « Zut de flûte ! » ou « Citron ! » ne défoulent pas tellement lorsqu'on se frappe le petit orteil contre une patte de chaise. Ou quand on échappe la même vis pour la troisième fois au fond d'un moteur de char.

Clémence sourit. Elle l'aime bien, ce jeune homme. Il est mignon, a l'esprit vif et un sens de l'humour dosé. Au fond, même sa barbichette lui va bien ! Pour le *piercing*, par contre, c'est une autre histoire…

— Je suis d'accord. « Zut de flûte ! » ne convient pas aux petits orteils cassés.

— Justine trouve que je jure trop, vraiment ? s'étonne Mik.

Pourtant, il se contrôle depuis qu'il habite avec une femme. Il essaie de faire attention aux oreilles sensibles de sa coloc, même s'il a entendu plusieurs jurons sortir de la bouche de Justine ! Pauvre Papi ! L'oiseau en entend de toutes sortes.

— Oui. Mais je te le concède : un bon « Tabarnak ! », ça paraît plus viril !

Un homme qui dit « Citron ! » ou « Fudge ! » après s'être donné un coup de marteau sur le pouce, c'est louche. Elle en a connu un, une fois. En plus, il portait des bas blancs dans ses sandales…

— Ouvre-le ! ordonne Clémence en pointant le parapluie.

Ah ! Il ne s'était pas trompé : quelque chose se prépare avec ce parapluie ! Mik prend l'objet dans ses mains.

— Pourquoi dois-je l'ouvrir ? demande-t-il en haussant les épaules.

Clémence explique :

— Pour te montrer que la terre ne s'arrête pas de tourner lorsqu'on ouvre un parapluie à l'intérieur.

Mik sourit. Il commence à comprendre... Sa coloc lui a vaguement parlé d'une liste de choses à arranger!

— Justine vous a parlé de mes superstitions, c'est ça?

— Oui. Et à mon avis, ça frôle la folie dans ton cas.

Le jeune homme remet le parapluie à sa place, entre sa voiture téléguidée – qu'il est impatient d'essayer – et une boîte de carton. Il fait deux pas vers la matante. N'importe qui aurait reculé devant ce regard défiant, mais pas Clémence.

— Écoutez-moi bien, fait Mik, les dents serrées. Le jour où je suis passé sous une échelle, j'ai accroché le coude d'une dame avec mon vélo. En apparence, il s'agissait d'un incident banal, ridicule même: ma poignée s'est prise dans sa veste de laine. Mais elle a perdu pied et est tombée dans la rue. Un autobus l'a frappée et elle est morte sur le coup. Je n'ai rien pu faire. C'était un vendredi treize. Alors oui, peut-être que mon affaire, ça frôle la folie, mais depuis ce temps, je ne passe plus sous les échelles et je n'ouvre jamais un parapluie à l'intérieur. C'est clair?

Clémence est bouche bée. Quelle histoire épouvantable... Après avoir avalé sa salive, elle parvient à parler:

— C'est horrible... prononce-t-elle, incapable de voir autre chose dans son esprit qu'une dame écrasée sous les roues d'un autobus. C'est pour ça que tu es devenu si superstitieux...

— Oui, c'est horrible. C'était il y a dix ans. Mes superstitions ridicules, c'est tout ce qu'il me reste pour me convaincre que le drame n'était pas entièrement ma faute...

— Je comprends. Alors, tu t'es jeté dans le poker et les jeux d'argent pour donner un sens à ta vie ?

— Justine vous a vraiment tout raconté, à ce que je vois, grogne-t-il, exaspéré.

— Seulement l'essentiel ! déclare Clémence. On se fait une petite partie ? propose-t-elle, le regard malicieux.

La vieille dame aimerait vérifier si ses réflexes sont encore bons. Autrefois, elle passait des soirées à jouer au poker avec Jacques Gagnon, le père des trois filles.

— Mais avant, vous me racontez cette histoire d'homme parfait ? demande Mik. Je n'y comprends rien du tout !

— Oh ! Je constate que tu en sais déjà beaucoup, réplique Clémence en souriant. Justine n'a jamais été capable de tenir sa langue ! poursuit-elle en roulant les yeux. Elle t'a sans doute parlé de son héritage ?

Stupéfait, Mik s'écrie :

— Quel héritage ?

— Je veux un homme convenable pour ma nièce, tu comprends ? C'est important pour son avenir…

— Mais je ne suis pas…

— Parfait ? le coupe Clémence.

Mik voulait préciser qu'il n'est pas en couple avec Justine. Tout s'éclaircit : sa coloc a besoin d'un homme pour jouer la comédie devant sa tante. Elle se sert de lui ! Ratoureuse, la petite, puisqu'il n'a rien vu venir ! Il sort ses clés de voiture du fond de sa poche – qui contient un paquet d'objets inutiles, comme des vis et des bouts de caoutchouc.

— C'est exactement ça : je ne suis pas parfait !

— Non, attends ! fait Clémence en le retenant par la manche.

Mik se demande pourquoi il s'immobilise, car il n'a plus rien à faire ici. Pourtant, le voilà figé devant la dame qui le fixe, l'air sincère.

— Justine, tu l'aimes vraiment ou pas ?

Abasourdi, Mik recule. Non, il ne peut pas dire qu'il l'aime. Justine est attirante, drôle et de bonne compagnie. Il l'a embrassée parce qu'il en avait envie ! Grrr ! Il vient de réaliser que sa coloc n'est pas aussi naïve qu'elle en a l'air. Elle le fait passer pour son amoureux pour une raison bien précise : une histoire de famille et d'héritage. Ça l'écœure ! Elle l'a manipulé. Et le baptême ? Et le petit cours de danse privé ?

Mik est toujours immobile devant Clémence qui prend son silence pour un oui. Qui ne dit mot consent !

— Dans ce cas, reste ; ça ne fera pas mal ! Va chercher tes jetons et tes cent piastres !

— Non. Je ne joue jamais à l'argent.

51
L'amant poche

Mercredi soir, Stéphanie est assise sur le divan, qui a changé de place depuis l'arrivée du meuble d'ordinateur au salon. Elle a le bureau en pleine face ; il est vraiment laid. Elle ne s'habitue pas à le voir là. Plus elle le regarde, plus elle le trouve vieux ! Ça prendra plus que des photos d'enfants et des plantes vertes pour arranger son beau décor. Il y a un livre sur les genoux de Stéphanie. En fait, la jeune femme regarde les mots plus qu'elle ne les lit. Sa jambe repliée sur son genou se balance au rythme du sablage de Marc-André à la cuisine. L'opération produit un « grish-grish » vraiment énervant. Du coin de l'œil, elle voit l'ombre de son mari sur le mur. Grimpé sur un escabeau, Marc-André frotte le puits de lumière. C'est vrai que ce sera beau, même si ce gadget est parfaitement inutile. La porte arrière ferme mal, il faudrait régler le problème avant l'hiver. Ça, c'est urgent ! Marc-André lui assure que le puits de lumière est presque terminé, que la prochaine étape est la peinture. Après, Stéphanie pourra reprendre le contrôle de sa cuisine et tout nettoyer…

La jeune femme a coiffé ses cheveux au fer plat et elle a enfilé son plus beau jeans – celui un peu évasé à la cheville et avec des brillants sur la couture des poches. Elle a aussi sorti ses bottes avec un petit talon qu'elle ne porte que pour les grandes occasions. Stéphanie les a même lavées et cirées. Elle est prête. Pour quoi exactement ? Elle n'en a aucune idée. Sa tante lui a dit d'apporter des sous-vêtements. Stéphanie a en donc mis plusieurs dans un sac. Elle n'a pris aucun risque ; elle apportera également une brosse à dents et un savon. Maintenant, il ne lui reste plus qu'à attendre le signal. Ce qu'elle fait en bouffant des caramels. Jean lui en a donné un sac plein lorsqu'elle est allée acheter du lait au dépanneur cet après-midi. Ils sont tellement moelleux qu'ils fondent sur la langue. Sa marque préférée ! Stéphanie a promis de lui faire un énorme pouding chômeur lorsqu'elle en aura le temps.

Clémence court le plus vite qu'elle peut dans l'entrée en gravier. Il tombe des cordes ! Elle sonne trois fois chez Stéphanie, pressée d'échapper au vent froid. Son parapluie ne vaut rien ; elle doit le tenir solidement pour ne pas qu'il se retourne ! Clémence jette un œil à sa montre. Pile à l'heure ! En soupirant, elle frappe une seconde fois. Le bas de son pantalon est trempé.

La poignée tourne enfin. Clémence pousse elle-même la porte pour entrer au plus vite. Un vrai temps de chien !

— Allô, matante ! s'exclame Stéphanie. Désolée de t'avoir fait attendre…

Le malaise de Stéphanie à l'égard de l'homme à ses côtés est perceptible. Clémence a déjà rencontré Marc-André quelques fois, au début des fréquentations du couple. La cinquantaine maintenant entamée, grand, des traits sévères… À ses épaules carrées et à ses mains tachées, on devine qu'il travaille dur. D'ailleurs, il est en vêtements de travail – jeans défraîchi, chandail blanc poussiéreux. Il lui fait un signe de tête en guise de salut. Elle lui sourit. *Donc, ce couple ne baise plus,* ne peut s'empêcher de songer Clémence. Pourtant, Marc-André est bel homme. Encore droit et fier, il a une coupe à la Richard Gere et il est tout en muscles.

— Il n'a pas voulu se changer, ni enlever ses caps d'acier ! souffle Stéphanie lorsque Clémence se penche pour l'embrasser sur les joues.

— C'est *sexy*, des caps d'acier !

La conversation s'arrête net lorsque le cellulaire de Marc-André sonne. Après plusieurs « Hum ! Hum ! », il raccroche avec un soulagement évident.

— Je dois y aller ! Une fenêtre est tombée chez un de mes clients… Voyez-vous, le vent est fort et… Bref, bonne soirée !

Le menton de Stéphanie tombe. *Sacramant! Il se sauve!* Marc-André s'empare de son coffre à outils et sort, sous le regard perplexe des deux femmes. Elles ne sauront jamais que la personne au bout du fil était en réalité Mik. « Si une folle aux cheveux rouge et noir entre chez vous, décrisse ! » Ce qu'il a fait sur-le-champ !

— Ce n'est pas grave, ma chouette, fait Clémence en tapotant le bras de Stéphanie. J'ai tout ce qu'il faut dans mon sac !

52

Romans érotiques et culottes sexy

Stéphanie met du café Van Houtte dans sa cafetière achetée en solde chez Sears.

— Désolée, je n'ai pas de vraie machine à café, s'excuse-t-elle.

Au moins, elle a encore ses tasses *vintage* avec une jolie bordure en or. Clémence verse une grande quantité de sucre dans sa tasse, ce qui fait sourciller Stéphanie. Celle-ci choisit plutôt de faire fondre un caramel dans son café...

— Est-ce que j'ai l'air si snob ? interroge la tante.

— Euh... oui !

Les deux femmes gloussent, le nez au-dessus du filet de fumée s'échappant du liquide chaud. Les enfants de Stéphanie ont dit un rapide bonjour à matante Clémence. En fait, ça ressemblait davantage à un grognement, car ils étaient contrariés de s'être fait déranger dans leurs activités super *importantes*. Ils ont avalé en vitesse quelques beignes fourrés au chocolat avant de reprendre la direction de leur chambre.

— Maintenant, passons aux choses sérieuses, déclare Clémence en prenant le sac en plastique qui se trouve sur la table.

C'est le sac qu'elle portait sous le bras à son arrivée. Elle en vide le contenu entre le litre de lait et le sucrier. Stéphanie cligne des yeux à la vue d'un pénis en caoutchouc qui roule devant sa tasse à café !

— Eurk !

Clémence le prend dans ses mains. Vraiment, c'est une image que Stéphanie aurait préféré ne jamais voir !

— Ne fais pas cette tête-là, ma chérie ! C'est pour t'aider avec ta libido.

Sa tante tient l'objet comme une prof s'apprêtant à donner un cours d'anatomie 101. Non, c'est trop ! Stéphanie se cache les yeux.

— Ça va, matante. Je sais comment ça fonctionne…

— Atteins-tu l'orgasme, au moins ?

— Aaaaah ! crie Stéphanie en se prenant la tête.

Clémence lève les yeux au plafond. Toujours aussi prude, cette Stéphanie ! La tante se souvient que celle-ci était très secrète durant son adolescence ; elle ne parlait jamais de ses amours, ni de ses expériences. C'est même par hasard que Clémence avait découvert que la jeune fille avait ses menstruations depuis des mois !

— OK, allons-y plus doucement, alors ! déclare Clémence. Tiens, je t'ai apporté la meilleure huile pour les massages chauds. C'est même possible de l'utiliser sur les parties intimes ! Elle est comestible !

— Oh mon Dieu ! Non ! Marc-André ne fait que ça, des caresses à n'en plus finir. S'il utilise une super huile en plus, je n'aurai plus de peau sur le corps !

— OK, pas d'huile à massage, dit Clémence en fourrant la bouteille dans son sac. Avoir su, j'aurais apporté un fouet…

Stéphanie soupire en soulevant du bout des doigts une culotte en dentelle blanche. Ce bout de tissu ne doit pas cacher grand-chose !

— Je ne connais pas tes goûts, alors j'en ai apporté de toutes les couleurs ! commente Clémence. Préfères-tu la rouge ? demande-t-elle en brandissant la culotte devant les yeux de sa nièce.

Stéphanie se renfonce dans sa chaise.

— Je ne suis pas certaine que Marc-André…

— Il regarde des putes sur Internet ou non ?! la coupe Clémence. Il faut mettre un peu de vie dans votre lit si c'est trop ennuyant !

Le regard las de Stéphanie s'arrête sur les bouquins. *Kamasutra illustré : Les 75 positions amoureuses en images*. Il y a un recueil de nouvelles érotiques, un livre sur les façons de satisfaire un homme au lit. À la pensée que sa tante s'est présentée dans un magasin pour acheter de tels ouvrages, elle engouffre une poignée de caramels.

— Un peu de lecture de chevet ne peut pas nuire !

« Hum ! Hum ! » C'est tout ce que Stéphanie peut répondre, car elle a plein de caramels collés après les dents.

— Ce sont les miens, annonce Clémence. Je te les donne.

Ça y est : Stéphanie s'étouffe avec les caramels. La vue de la boîte carrée posée à côté d'elle ne l'aide en rien à reprendre son souffle. Un vibrateur ! Et plus loin, un jeu de société érotique. *Sexy Folies*. Sous le titre est écrit en rouge : « Droit de passage payable par des épreuves. » Non, Clémence n'a rien compris ! Marc-André, jouer à un jeu de société érotique ? Pouah !

Stéphanie arrive à avaler ses caramels. Ensuite, elle repousse du revers de la main tout ce qui se trouve sur la table. Son problème avec Marc-André n'est pas physique. Ils ne BAISENT plus, leur complicité s'est évaporée avec les années. Ce n'est pas une question de savoir-faire qui est en cause ! Stéphanie bondit de sa chaise, puis elle empoigne le sac en plastique.

— C'est bon ! Maintenant, rangeons avant que les enfants ne tombent là-dessus !

Son fils serait capable de dire à son enseignant que sa mère garde un faux pénis dans la cuisine ! La jeune femme prend celui-ci du bout des doigts et le lance au fond du sac. Livres, jeu, culottes vont le rejoindre... Ça lui fait du bien de tout faire disparaître de sa vue. Clémence se lève pour l'aider.

— Apporte tout ça avec toi. Mon ami Albert t'attend dans le stationnement au volant d'une voiture noire.

Stéphanie glisse une poignée de caramels dans sa poche.

— Je ne peux pas partir comme ça ! Les enfants sont là.

— Ne t'inquiète pas, je m'occupe de tout ! la rassure Clémence en la poussant vers la sortie.

Sa tante lui tend une veste et le fameux sac en plastique qui contient tous les objets sexuels.

— Et je vais où, comme ça ? demande Stéphanie, soudainement nerveuse.

— Tu vas rejoindre tes sœurs !

53
Le complot

Stéphanie devrait vraiment cesser de bouffer des caramels à la tonne, car elle a mal aux dents ! Un vieux monsieur sympathique du nom d'Albert l'abandonne devant une maison gigantesque. La jeune femme entend des voix au loin. Elle s'approche doucement, prenant soin de plaquer contre sa poitrine le sac en plastique transparent qui laisse très bien voir le titre du jeu érotique. Elle espère qu'Albert ne l'a pas vu !

— Tiens, voilà notre dernière rescapée !

Sur le seuil d'une immense arche retenue par des poutrelles de bois, Stéphanie regarde ses sœurs enfoncées dans un divan qui pourrait asseoir au moins dix personnes. Justine et Isabelle sont emmitouflées dans des robes de chambre blanches et portent des pantoufles de la même couleur.

— Eh bien, ça a l'air pénible ici ! Vous auriez pu m'avertir. Je me suis empiffrée de caramels toute la journée tellement j'étais stressée ! J'ai pris au moins deux kilos !

Justine lève dans les airs sa flûte de champagne.

— On aurait voulu te prévenir, mais nos cellulaires ont été confisqués !

— Il t'a laissé le tien ? s'empresse de demander Isabelle, déjà prête à bondir.

La jeune femme grafigne les murs. Elle veut savoir comment ça se passe à la maison ! Sa fille a-t-elle dormi ? A-t-elle mangé ? Qui l'a gardée ?... Stéphanie laisse tomber son sac aux trésors sur la table, où ses sœurs ont posé les pieds. Belle vie de pacha !

— Non, j'ai été obligée de le donner au vieux avant d'entrer.

Les filles sont toutes jolies avec leurs cheveux lisses et bien coiffés et leurs beaux ongles. Stéphanie, elle, est trempée par la pluie.

— J'ai manqué le meilleur, on dirait ?

Justine et Isabelle échangent un sourire complice de petites filles qui savent quelque chose que l'autre ignore. Rien de nouveau sous le soleil : Stéphanie est toujours la dernière à apprendre les nouvelles...

— Attend de rencontrer Joé ! répond Isabelle en souriant. Hummmm ! Il a des doigts de fée. Il a été aux petits soins pour Justine et moi : massage, soins du visage, manucure, coiffure... Vraiment, je pense à l'engager pour travailler avec moi au salon de coiffure ! Dommage, tu viens de le manquer... Tu devras attendre à demain pour faire sa connaissance !

— Et tu n'as pas encore vu le spa et la piscine ! s'exclame Justine qui a les yeux brillants.

— C'est un complot, c'est ça ? lance Stéphanie.

Isabelle se verse du champagne.

— Tout à fait ! Matante nous a carrément écartées de son chemin pendant qu'elle arrange nos hommes !

— Que va-t-elle leur faire, vous croyez ? s'inquiète Stéphanie.

— C'est ce qu'on se demande depuis tantôt, ma chouette... soupire Isabelle.

— Bon ! Il y a sûrement un verre pour moi quelque part ?

54
Trois sœurs et du champagne

Comme des adolescentes, Justine et Isabelle ont entraîné Stéphanie par la main et lui ont montré toutes les pièces de la maison. Celle-ci appartient à Albert. On dirait un manoir avec ses plafonds si hauts et les longs rideaux blancs à toutes les fenêtres. Les trois sœurs sont seules dans cet endroit magnifique mais si grand qu'elles pourraient s'y perdre. L'heure n'est pas à se raconter des histoires de sorcières, ce qui leur donnerait une bonne frousse. Surtout que c'est un soir de pleine lune : comme dirait un certain Mik, c'est toujours un mauvais présage ! Si elles entendent un loup-garou hurler ou le chien du voisin aboyer, elles décamperont !

— Es-tu prête pour le gros lot, Stéphanie ? s'informe Justine qui trépigne devant une porte.

Sa petite sœur est si belle avec ses joues roses et sa grosse robe de chambre qui cache une partie de ses cheveux blonds.

— C'est quoi ? demande Stéphanie en s'étirant le cou pour voir par l'ouverture.

— Talam !

Ce que la jeune femme découvre dépasse toutes ses attentes. Une vraie salle aux trésors !

— Wow ! Je rêve ! Comment je vais faire pour retourner à ma petite vie plate après tout ça ?

Stéphanie a l'impression de pénétrer dans une garde-robe géante ! Celle de Céline Dion n'est probablement même pas aussi grande ! Il y a des vêtements partout sur des présentoirs rotatifs et une multitude de chaussures.

— Joé est aussi styliste, lui annonce Isabelle. Il nous a fait quelques *looks* ! Attends de voir la jupe en jeans que j'ai choisie !

Justine fait signe à Stéphanie de se servir.

— Trouve-toi un maillot et ensuite on saute dans le spa ! dit-elle en brandissant la bouteille de champagne.

Spa, piscine, champagne. Un trio d'enfer. De vraies vacances ! Il ne manque plus qu'une musique rythmée comme dans le Sud !

Stéphanie n'a pas le choix de prendre un bikini. Elle n'en a pas porté depuis des années. Le seul maillot une pièce est rayé. Tout le monde sait que les rayures font grossir ! Gênée par les marques de ses grossesses sur son ventre, Stéphanie glisse rapidement ses jambes « pas faites » dans l'eau très chaude qui bouillonne. Son dernier rasage date de trois jours…

On ne sait plus à qui appartiennent les coupes à champagne à moitié vides. Peu importe ! Justine en saisit une au hasard.

— Et dire que les hommes ne savent pas qu'on fait la belle vie ! lance-t-elle en pianotant dans l'eau avec ses orteils roses.

Ouin ! À cette heure, la petite doit dormir… songe Isabelle.

Le dos appuyé contre un jet qui lui soutire son premier soupir de béatitude, Stéphanie boit une longue gorgée.

— Clémence a dit qu'elle avait le contrôle sur tout ! Alors, laissons-la contrôler…

— Quelqu'un a revu Ted? demande Isabelle, la tête posée sur le dossier et les yeux fermés.

— Non, pas de nouvelles... marmonne Stéphanie.

Justine s'immerge dans l'eau jusqu'au menton.

— Moi non plus.

— C'était étrange de le revoir, commente Isabelle, le visage humide à cause de la vapeur. Il a tellement changé...

— Changé?! s'écrie Justine. Ouf! S'il n'était pas mon frère, je lui ferais des avances! Sacramant, avez-vous vu ses épaules? En tout cas, il avait l'air sobre.

En effet, ses yeux étaient vifs, et noirs comme la nuit. Sa démarche était assurée, ses pas précis. Le voir manifester autant d'aplomb était plus que rafraîchissant. Il n'a plus rien à voir avec le gars qui rentrait au petit matin le regard absent, les mains tremblantes et le souffle rapide. Ted ingurgitait des *speeds* tels des bonbons de pharmacie. Après avoir été renvoyé de l'équipe, il était tombé dans les drogues dures. Son salaire de joueur vedette y était passé dans un temps record!

— Si tout ça est de la frime pour toucher son héritage, Ted joue bien le jeu! avance Isabelle qui a entrepris de remplir les coupes de champagne.

Plusieurs gouttes d'alcool tombent dans l'eau. Pas grave! Elle a toujours rêvé de prendre un bain de champagne!

— Euh... toussote Justine. Moi aussi, c'est de la frime, mon affaire! Je ne suis pas en couple avec Mik, et je manipule tout le monde. Je ne sais même pas ce qu'il adviendra du passage de matante Clémence chez nous...

— Tu crois que Mik arrivera à jouer à l'homme parfait? demande Isabelle avant de boire une gorgée à même la bouteille.

Justine prend quelques secondes pour réfléchir. Elle laisse son regard suivre les bulles qui éclatent sous son nez. Mik peut-il faire semblant d'être un homme parfait? Elle n'en a aucune idée!

— On s'est embrassés. L'arrivée de Clémence nous a interrompus...

Les deux mains d'Isabelle claquent dans l'eau, ce qui éclabousse ses sœurs.

— Oh! Il embrasse bien? C'est sûr que oui, il a une face à ça!

Et tant mieux si ça peut lui faire oublier Sébastien...

— Oui, il embrasse bien! Même que le qualificatif est faible... Ça s'est fait si naturellement! Dommage que j'aie mis une croix sur les hommes. De toute façon, c'est un joueur compulsif, alors mieux vaut me tenir loin de lui! J'ai assez de problèmes comme ça avec l'argent.

— Toi, tu es capable de mettre une croix sur les hommes?

Stéphanie et Isabelle éclatent de rire, puis elles entrechoquent leurs verres.

— Hé! C'est vrai! CETTE fois, c'est vrai...

Elle flancherait probablement pour une bonne baise sur le coin de la table avec un beau mec. Mais pleurer d'amour, ça fait trop mal! Elle passe son tour pour toujours!

Animée par l'alcool, Isabelle replace le cordon qui attache son maillot à son cou.

— Je commence à croire que tu as raison, ma pitoune, avec ton discours sur les hommes. Tout est tellement beau, au début ! Et puis, pouf ! Du jour au lendemain, ils ne nous ouvrent plus la portière de la voiture, ils sortent avec des bas troués ou nous invitent à manger chez Mc Do…

— Bon, enfin, vous ouvrez les yeux ! Depuis le temps que je vous dis qu'ils finissent tous devant le hockey à roter leur bière !

— Avant, François m'envoyait de petits courriels mignons la journée… confie Isabelle.

— Et Marc-André m'apportait mon déjeuner au lit tous les matins avant de partir pour le chantier ! déclare Stéphanie. Des *toasts* trop secs à la confiture de fraise, mais maudit qu'ils étaient bons !

— François regardait des films de filles avec moi le vendredi soir ! Ça a bien changé avec les années !

— Tout change, à commencer par le sexe… souffle Justine.

Elle n'a été que six mois avec Sébastien, mais déjà certaines habitudes se dessinaient dans leur quotidien. L'heure, l'endroit, la position… Ça promettait… et pas pour le mieux !

— Le sexe, pfff ! émet Isabelle. Dans notre cas, c'est comme au début. François voudrait baiser sept jours sur sept ! Ce qui a changé, c'est qu'avant j'arrivais à le satisfaire au minimum, mais là, avec la petite, mes piles sont à zéro.

— Dans mon couple, c'est le contraire… avoue Stéphanie dont les cheveux humides collent sur les joues.

— Normal, si ton amant est poche au lit ! lance Justine sans ménagement. C'est quoi, il bande mou ?

Vidant sa coupe d'un trait, Stéphanie lance un regard sombre à sa sœur à travers la buée qui s'échappe de l'eau très chaude.

— Marc-André n'est pas si mauvais. Et non, il ne bande pas mou ! On a seulement de la difficulté à se comprendre. Disons qu'on n'aime pas les mêmes choses…

— Eh bien, déclare Isabelle plus légèrement, les livres de matante Clémence vont peut-être t'aider ! Il me semble que c'est le genre de ton *chum* de jouer à *Sexy Folies* !

Des éclats de rire résonnent. Voir Marc-André exécuter une épreuve érotique dans un jeu acheté chez Wal-Mart, n'importe qui serait curieux d'assister à ça ! *Allez, chéri ! Il faut que tu lèches le chocolat autour de mon nombril.*

— C'est bien beau, la grosse vie, mais demain, c'est jeudi, dit Stéphanie en reprenant son sérieux. Les enfants ont un contrôle à l'école !

— Moi, je travaille. Je ne sais pas combien de temps on sera enfermées ici, mais je dois prévenir ma responsable.

— Moi, c'est pire ! crie Isabelle. J'ai un baptême à organiser ! Mes couronnes de fleurs ne sont pas prêtes, et je dois commander le buffet, le gâteau…

— Il y a sûrement un téléphone quelque part dans cette maison ? lance Stéphanie.

Isabelle et Justine secouent la tête.

— On a cherché partout, même dans les placards.

55
Trois hommes des cavernes

Dans un pub de Sainte-Foy, Marc-André, François et Mik sont attablés autour d'un pichet de bière. Ils boivent dans de grosses tasses. Avec la musique d'ambiance, le bruit des machines à sous et des boules de billard qui s'entrechoquent, la Heineken en fût n'a jamais été si bonne.

À côté de la table, dans un siège d'auto que François fait balancer du bout du pied, il y a bébé Laurence qui dort à poings fermés. *Si Isabelle voyait ça…*

— Tu m'as appelé juste au bon moment, mon vieux, fait Marc-André en tapant sur l'épaule de Mik. La matante venait d'arriver !

— J'aurais bien voulu y échapper aussi, grogne François qui n'avouera jamais s'être fait passer les menottes par une vieille bonne femme.

— Elle t'a passé au *clipper*? s'esclaffe Marc-André en pointant la nouvelle coupe de son beau-frère.

François dresse son majeur.

— Fais-toi à l'idée : Stéphanie aura disparu à ton retour, déclare-t-il. Isabelle n'est jamais revenue après être allée acheter du lait !

— Et Justine n'est jamais remontée à l'appartement après le départ de la folle.

— Paraît qu'il ne faut pas s'inquiéter, les rassure François. Mais c'est à n'y rien comprendre !

Mik se lève, le temps de sortir un papier de la poche arrière de son jeans, puis il se rassoit en tirant sa chaise bruyamment.

— Regardez ça, les gars. Ça vous dit quelque chose ?

Marc-André et François examinent le bout de papier. C'est une vieille facture d'Hydro sur laquelle une liste a été écrite à la main.

— Justine m'avait parlé d'une liste de choses à arranger. Voici ce que j'ai trouvé ! Est-ce qu'Isabelle et Stéphanie en ont une aussi ? Je n'avais pas saisi jusqu'à ce que la matante folle débarque à l'appartement. Elle m'a parlé d'un héritage... *Fuck !* Elle me prenait pour l'amoureux de Justine !

François et Marc-André échangent un regard perplexe par-dessus leurs verres à moitié vides. Leurs blondes sont tout à fait capables d'avoir dressé une liste, elles aussi. *Trop capables !*

— Ah ! ben crisse ! s'écrie Marc-André. Les filles ont fait des listes pour nous arranger ? !

— Je ne sais pas trop. Je soupçonne Clémence d'avoir été l'instigatrice de tout ça.

Le silence plane autour de la petite table carrée où les trois hommes réfléchissent.

— Les *boys,* j'ai une super idée ! s'écrie soudainement François avec un sourire en coin.

56
Joé, l'arrangeur de femmes

— Debout, les belles au bois dormant ! La vie de princesse, ce n'est pas de flâner toute la journée ! On se réveille, les paresseuses ! Allez !

Isabelle ouvre un œil avec difficulté. Le soleil qui éclaire la chambre lui donne mal à la tête. Eurk ! Sa bouche est sèche et ses yeux brûlent. Quelqu'un saute sur son lit. Quand ses paupières se soulèvent, elle voit le sourire trop blanc de Joé.

— Arrête de sauter comme ça. Sinon, je vais vomir !

Combien de bouteilles de champagne ont-elles bues cette nuit, ses sœurs et elle ? Isabelle a cessé de compter après trois… Quelques plaintes s'élèvent autour d'elle. La jeune femme est coincée entre Justine et Stéphanie. Ah ! Isabelle vient de se souvenir qu'elles avaient décidé de faire comme dans le temps et de dormir ensemble. Elles occupent le lit en rond placé au centre d'une pièce qui pourrait servir de salle de bal !

Joé saute du lit, ce qui produit un effet de vague. Les filles s'éveillent comme des ours ayant hiberné des mois. L'homme à la chemise rose pousse un chariot dont les roues grincent.

— Café ?

Ce mot magique sort instantanément les trois sœurs de leur léthargie. Elles s'assoient péniblement, s'aidant les unes les autres pour y arriver. Leur première brosse ensemble! Mieux vaut tard que jamais. Stéphanie, Isabelle et Justine se trouvaient bien drôles hier soir lorsqu'elles niaisaient avec le faux pénis en caoutchouc. Mais ce matin, Joé les étourdit; il ne cesse de tourbillonner dans la pièce.

— C'est au tour de Stéphanie de passer sur ma chaise!

Plus elle le regarde, plus Stéphanie trouve le type trop maigre. Et son unique boucle d'oreille est trop grosse. Ce qui le sauve du cliché parfait, ce sont ses gestes qui ne sont pas trop efféminés. Ou si peu. Il y a des hommes hétéros qui se trémoussent le derrière en marchant et qui replient le poignet sur leur hanche en parlant, non?

— Oh! s'exclame Joé. On aura aussi besoin d'une épilation ici.

Stéphanie remonte la couverture sur ses jambes poilues.

— Je te le dis tout de suite: j'ai peur des aiguilles!

Joé doit oublier l'électrolyse s'il ne veut pas assister à une crise en règle. Quand elle s'y met, Stéphanie peut être maligne! Elle ne veut rien savoir de l'épilation à la cire non plus! C'est l'enfer, cette technique. Au secours, l'aine! Et il paraît que le laser, ce n'est pas mieux. De plus, ça coûte une fortune! Elle passera son rasoir Gillette à Joé pour lui faire plaisir.

Joé frotte ses mains l'une contre l'autre.

— Pendant ce temps, reprend-il de sa voix trop aiguë pour l'heure matinale, Laurie-Ève s'occupera de vous, Isabelle et Justine. Elle vous maquillera et vous fera belles avant de vous relâcher dans la nature. Ensuite, vous retrouverez vos grosses brutes… termine-t-il, le regard désespéré.

Assises l'une à côté de l'autre sur le lit comme des petites filles, les sœurs Gagnon le regardent, l'air perplexe. Grosses brutes ? C'est ainsi qu'il qualifie leurs *chums* ?

Joé chasse l'air d'un geste de la main.

— Bon, au travail ! Je dois faire de vous trois merveilles. J'espère que vos hommes virils et gonflés de testostérone remarqueront le changement !

— Tu me laisseras faire les cheveux de Stéphanie, s'il te plaît ? lui demande Isabelle.

57
Colette contre Clémence

Se déplaçant à vive allure, Colette claque ses talons dans la cour de François et d'Isabelle. Son fils lui a téléphoné un peu avant le dîner pour lui annoncer, sur un ton banal et désintéressé, qu'elle n'avait pas à se déplacer pour venir garder la petite Laurence aujourd'hui, car une tante d'Isabelle verrait à tout. QUOI ?! Ça ne se passera pas comme ça! C'est ELLE la grand-mère, c'est ELLE qu'on dérange à tout moment quand le jeune couple a besoin de quelque chose. Colette n'en revient pas: sa bru a pris des vacances en plein milieu de la semaine. Pfff ! Elle est en congé de maternité, en plus!

Décidée à voir de ses propres yeux la tante en question, Colette – alias grand-maman-folle – use ses frêles jointures sur la porte. Elle prépare même son regard sévère – celui qu'elle lançait à ses fils pour en finir avec les batailles de petits gars sur le divan. Elle lève un peu le menton aussi, pour paraître plus grande. Quand la porte s'ouvre, Colette est prête.

— Oui?

Oups! La femme devant elle la dépasse de plusieurs centimètres. Et la tante n'a même pas de chaussures aux pieds!

D'un seul coup d'œil, Clémence devine l'identité de la personne qui vient de faire irruption dans la maison comme si elle avait le feu au cul. C'est la belle-mère hystérique d'Isabelle. Le genre de femme qui se croit sophistiquée parce qu'elle porte un parfum

Chanel. Son bracelet n'est même pas en or véritable. Clémence referme la porte calmement. Voilà une visite qui tombe bien. Elles pourront régler leurs comptes.

58
Chaque torchon trouve sa guenille

Ce même jeudi après-midi, Isabelle est excitée comme une gamine lorsqu'elle passe une ceinture de travail à sa taille. Ciseaux, peigne, pinces... tout y est. La bande de tissu qui retient son attirail et qui tombe sur ses hanches lui procure un plaisir presque jouissif. Une sensation familière, rassurante. Isabelle s'ennuie de son travail, de ses instruments. De passer son peigne fin dans des cheveux mouillés, d'observer la forme d'un visage pour créer une coiffure qui mettra la cliente en valeur, d'imaginer un mélange de couleur parfait s'harmonisant à son teint. Parce que son métier, c'est de l'art, peu importe ce qu'en pense sa belle-mère.

Dans une démarche de pingouin, les jambes écartées, Stéphanie avance lentement jusqu'à la chaise où elle se laisse tomber avec un air de martyr.

— Il m'a fait le bikini à la cire! Le maudit!

— Hon!...

— On aurait dû te prévenir! glousse Justine qui enfile une robe de coton par-dessus des *leggings*.

— J'ai besoin de caramels pour faire passer ça! *Now!* La peau me brûle.

Isabelle plie un peu les genoux pour être à la hauteur de sa sœur. Puis elle examine ses cheveux. Le visage de Stéphanie est mince;

une frange sur le côté donnerait un effet de volume, un dégradé aussi... D'un geste déterminé, Isabelle passe derrière la chaise. Sa *cliente* fait maintenant face au grand miroir du salon – ou plutôt de l'un des trois salons de la maison.

— Je te laisse carte blanche, alors fais ce que tu veux, petite tête ! dit Stéphanie en fouillant dans son sac à main pour trouver un caramel.

Même mou et écrasé, ce serait parfait !

— Là, tu me fais plaisir, vieille peau !

Isabelle tourne une mèche de cheveux entre ses doigts. Elle utilise ensuite une pince pour la retenir sur le dessus de la tête de Stéphanie. Il y a eu un temps, pendant son congé, où la jeune coiffeuse a craint de perdre la main, d'oublier, de ne plus savoir comment faire. Elle est rassurée. C'est comme faire du vélo : les gestes reviennent naturellement !

— Hé ! Isa ! s'excite Justine à l'autre bout de la pièce. En repensant à tes problèmes de couchette, je crois que j'ai trouvé la solution.

Robe noire, bottillons beiges, un peu d'ombre au coin des paupières, ses cheveux blonds coiffés à la façon des années 1960... Justine est à couper le souffle ! Les genoux du beau Mik vont plier en la voyant ! Isabelle la regarde, par le miroir, faire quelques pas de mannequin.

— Ah oui ?

— Oui ! Il faut vous faire un horaire !

Les cheveux noirs de Stéphanie tombent en cascade sur le sol à chaque coup de ciseaux d'Isabelle. Elle a perdu un peu en vitesse, mais pas en précision ! Sa grande sœur ne se reconnaîtra pas !

— Un horaire ? grimace-t-elle. Genre, on l'inscrit sur le calendrier ? C'est ben moche ! Adieu la magie !

— Tu as dit qu'il n'y a déjà plus de magie, que François ne pense qu'au sexe et que toi, tu le repousses parce que c'est trop. Si vous vous faites un horaire – les mardis et les vendredis, par exemple –, François saura qu'il aura son bonbon ces jours-là et il te laissera tranquille le reste de la semaine.

Justine affiche un sourire exubérant, signifiant : « Pas pire, hein ! » Isabelle roule les yeux. La jeune femme déteste quand sa sœur se trouve plus brillante qu'elle.

— Pour moi, faire l'amour est un moment important ; c'est se donner à l'autre, être à son écoute ! Pour François, c'est assouvir un besoin primaire ! Si je passe trop près de lui, c'est certain qu'une de ses mains atterrit sur mon cul ou sur mes lolos. Ça m'agresse et je me sens comme un morceau de viande.

Stéphanie joue avec ses doigts sous la cape.

— Il ne faut pas trop en demander. C'est un homme, quand même !

— Tu en connais beaucoup, toi, des hommes qui ne regardent pas les femmes comme un morceau de poulet frit ? lui demande Justine, convaincue que son idée est bonne.

— Oui, Joé ! s'exclame Stéphanie, morte de rire.

Isabelle essaie de réfléchir tout en étirant les cheveux de son aînée pour en vérifier la longueur. François est un homme beau, désirable ; en plus, ses fesses d'enfer et ses larges mains la font frémir. *Quand il s'en sert!* Parce que les caresses sont secondaires pour lui – une perte de temps. Il se contente de tripoter un peu sa poitrine ou son fessier, sans plus. Isabelle n'en peut plus des phrases plates du genre : « Viens ici, maudite chanceuse ! », « C'est ce soir que ça se passe ! » Elle en a vraiment marre. *Ce n'est certainement pas avec ça que tu gagneras une pipe, le grand !* Matante Clémence a qualifié François de macho. Finalement, c'est peut-être Isabelle elle-même qui aurait besoin des livres érotiques de Stéphanie ! Se coller contre un homme sans qu'il pense au sexe, est-ce possible ?

— C'est fou : je chiale contre mon homme depuis des jours, mais je suis impatiente de le retrouver ! clame Stéphanie avant de passer un ongle sur ses dents pour décoller le caramel qui y adhère fermement.

— Tu as raison ; on est vraiment mal faites... formule Isabelle. Figure-toi que j'ai même hâte d'entendre François frotter sa cuillère au fond de sa tasse à café !

— Et moi d'entendre Marc-André m'expliquer le fonctionnement d'un compresseur ou d'une scie à onglets !

— Je suis pressée de retrouver ses cheveux longs !

— À bien y penser, je le trouvais beau dans son vieux chandail des Nordiques... murmure Stéphanie.

Isabelle saisit le séchoir à cheveux.

— Avouons-le : au fond, on les aime avec leurs petits travers, nos *chums* !

Stéphanie avale un autre caramel avant de dire :

— C'est ça ! Et tant pis s'ils ne passent pas le test de matante Clémence !

— Je suis donc la seule qui cherche encore la perfection ? marmonne Justine qui a écouté ses sœurs se lancer la balle.

Stéphanie et Isabelle la fixent comme on regarde un chaton perdu. Les amours de leur petite sœur, c'est quelque chose d'encore plus compliqué que l'assemblage du meuble à ordinateur de Marc-André. Il faudrait que le souvenir de Sébastien s'efface de sa mémoire…

L'aînée prend un ton maternel :

— Ne t'en fais pas, ma chouchoune. On a toutes un torchon qui traîne quelque part. Il suffit de trouver le tien ! Mais pour la perfection, oublie ça !

— Oui, oublie ça, approuve Isabelle. Les hommes, ça pète, ça rote et ça ne fait qu'une seule chose à la fois. Quand tu auras compris le modèle de base, tu pourras peut-être en garder un plus de six mois !

— Je sais… soupire Justine en replaçant ses cheveux devant le grand miroir. Et ça mange de la pizza froide pour déjeuner aussi, ajoute-t-elle, ça contourne les sacs de déchets et il faut répéter deux fois la même consigne avant qu'ils lèvent leur cul du divan.

Isabelle et Stéphanie lui sourient en hochant la tête.

— C'est ça ! lancent-elles en chœur.

— Maintenant, Isa, dépêche-toi de me sécher les cheveux ! s'impatiente Stéphanie. Je veux retrouver mon mâle alpha !

— C'est vrai que Marc-André grogne au lieu de parler ! plaisante Justine en tournant sur elle-même.

Avant de mettre en marche le séchoir, Isabelle réplique :

— Oui, mais il faut attendre le signal de matante Clémence avant de bouger d'ici !

59

Une belle-mère et des culottes baissées

Le jeudi soir, Isabelle ne tient plus en place. Le trajet de Lévis vers Beauport lui a paru long ! Ses beaux ongles – l'œuvre de Joé – sont presque tous grugés tellement elle est nerveuse. Quand Albert la dépose devant sa porte, elle se sent comme une vraie vedette d'Hollywood. Il ne manque que le tapis rouge et la foule pour l'acclamer. Elle est coiffée, maquillée et elle porte des vêtements neufs. Une jupe, en plus. Elle n'en avait pas mis depuis sa grossesse. Encore moins des bottes noires aux genoux.

Qu'est-ce que Clémence a bien pu faire à son homme pendant son absence ? Tous les scénarios possibles défilent dans la tête d'Isabelle depuis le matin. Lui a-t-elle fait laver le plancher ou la douche ? Mais les toilettes seraient une meilleure option ; il verrait que ses gouttes de pipi éclaboussent partout. Lui a-t-elle rasé la tête ? Isabelle n'en peut plus d'attendre ! Sa fille lui manque aussi.

Isabelle avait reçu ce message : « Tu peux rentrer chez toi. Ton homme t'attend ! » C'est tout.

La porte de la maison n'est pas verrouillée. La jeune femme tourne la poignée prudemment, comme si elle avait peur de ce qu'elle allait découvrir. François s'est peut-être changé en crapaud. Ou en prince charmant…

— Allô ?

Aucun bruit. L'odeur d'ail est moins présente et un nouveau parfum flotte dans l'air. Isabelle inspire profondément. Ça sent le vaporisateur qu'on achète à l'épicerie. Tout est rangé, et le lave-vaisselle ronronne. Qui l'a rempli ? Vraiment, elle ne se sent pas bien quand quelqu'un touche à sa vaisselle. Elle se retient d'aller vérifier comment les plats sont placés, là, tout de suite. L'ordre des petites cuillères, c'est important ! *Ouf ! J'espère que je ne suis pas en train de développer un trouble obsessionnel-compulsif !*

Ce qu'Isabelle découvre au salon dépasse tout ce qu'elle a imaginé depuis la matinée. C'est pire – ou mieux ! – que dans ses rêves. Mais qu'est-ce que matante a fait ? Le décor se voile autour de la jeune femme. Elle titube quelques pas, encore sous le choc.

— Bonjour, chérie.

— Oh, là là !... souffle Isabelle. C'est du gros calibre comme changement.

François est assis sur une chaise au centre de la pièce, la tête légèrement inclinée. Son regard est difficile à déchiffrer. Il ne porte qu'un vieux jeans troué et ses mains sont menottées derrière son dos !

Mais ce n'est pas le plus fascinant.

Isabelle ne pense même pas à demander où est sa fille. Elle s'avance encore, puis elle se met à tourner autour de son *chum* en l'examinant sous tous les angles. Oui, c'est bien lui, mais ses cheveux sont courts...

— Qu'est-ce que matante a dit pour te convaincre de te les faire couper ? demande-t-elle avec un sourire béat.

— Elle ne m'a pas laissé le choix ! réplique François, les dents serrées.

La coupe est parfaite, bien exécutée, et au goût du jour. Les cheveux de François ne sont maintenant ni trop longs ni trop courts. Une jolie vague permettra encore à Isabelle de passer ses doigts dans sa chevelure épaisse, ce qu'elle adore. Qu'est-ce que ça le rend *sexy*, ce nouveau *look* !

— C'est… c'est… Wow ! bredouille Isabelle en posant sa main sur l'épaule de son homme.

— Je me sens tout nu sans mes cheveux.

Isabelle passe devant lui. De voir son *chum* ainsi attaché a quelque chose d'excitant ! Elle est toujours passive et ne prend jamais d'initiatives. Pour une fois, elle le domine complètement du haut de ses talons hauts ! C'est enivrant. À moins que ça ne soit la nouvelle coupe de cheveux qui lui fasse cet effet ? Isabelle s'assoit sur François. Ses doigts glissent le long de son torse avant de s'attaquer au bouton de son jeans.

— Où est le bébé ? demande-t-elle tout en descendant la fermeture éclair.

— Partie en poussette avec la vieille capotée.

Isabelle pouffe de rire. « La vieille capotée », c'est un excellent surnom pour sa tante !

— Donc, as-tu passé le test de matante Clémence ?

Abasourdi de voir sa blonde prendre les devants, François se laisse faire, un brin de malice au fond des yeux. Avoir su que sa nouvelle tête provoquerait une telle réaction chez Isabelle, il aurait fait couper ses cheveux bien avant !

— Aucune idée ! soupire-t-il alors qu'Isabelle enfonce une main dans son pantalon. Elle ne m'a rien dit... à part me donner des ordres !

François a obéi aux ordres de sa tante ? Isabelle verra ça plus tard ! La jeune femme se lève pour retirer sa culotte sous sa jupe en jeans. Elle lance le sous-vêtement dans les airs d'un geste coquin. Celui-ci reste accroché à la lampe... Histoire d'aguicher son homme un peu plus, elle relève lentement sa jupe, dévoilant ses fesses. C'est toujours à cette étape que ses dix kilos en trop à ses cuisses la dérangent. Mais pour une fois, Isabelle s'efforce de jouer le jeu jusqu'au bout ! François et elle sont seuls, et elle le trouve magnifique, désirable comme jamais.

Isabelle enjambe à nouveau François. Sans hésiter, elle lui donne le coup de hanche qu'il attendait. Ses mains remontent sur son torse, ses épaules, sa nuque... Toujours attaché, la seule chose que l'homme peut faire est de profiter de la vue superbe qu'il a dans le décolleté de sa blonde. Il embrasse ses lèvres lorsqu'elle les lui présente. Garder le contrôle de lui-même n'est pas facile ! Isabelle rebondit sur ses cuisses à une vitesse qui le rend fou ! Il ne se souvient pas de l'avoir vue faire l'amour avec autant d'ardeur. François ferme les yeux pour mieux écouter sa respiration haletante. Quelques gémissements s'échappent même de ses lèvres, ce qui l'excite davantage ! Il grogne, se maudissant de ne pas pouvoir la toucher à son goût.

Soudain, la porte d'entrée claque. Dans un sursaut, les amants cessent tout mouvement.

— Merde, c'est ma mère ! Vite, détache-moi !

— Ta mère ? panique Isabelle.

— Oui ! Il n'y a qu'elle qui marche de cette façon !

— Où est la clé des menottes ? s'affole Isabelle en passant la main dans ses cheveux pour les recoiffer.

— Là, sur le meuble de la télévision !

Isabelle se lève rapidement tout en cherchant sa culotte des yeux. Trop tard : Colette, la grand-maman folle, l'a déjà dans les mains.

— Doux Jésus ! s'écrie-t-elle, l'air horrifié.

60
Justine dans de beaux bras

Énervée, Justine monte quatre à quatre les marches menant à son appartement. Dans sa course, elle perd un bottillon. Ce dernier glisse dans l'espace vide de la contremarche et se retrouve sur le palier du bas. Elle doit redescendre le chercher. Grrr !

Justine se déplace en clopinant. Elle avancerait plus rapidement si elle avait retiré son autre bottillon. Elle rate l'avant-dernière marche, fait une culbute avec grâce. Ouille ! Ses fesses !

Son cri a alerté monsieur Bégin, son voisin, qui descend en vitesse. Il est suivi de son bichon obèse qui risque, à tout moment, de faire la boule de quilles dans les marches.

— Belle Justine, qu'est-ce qui s'est passé ? Es-tu correcte ?

Elle se relève, se secoue.

— Oui, oui, ça va…

— Attends, je vais t'aider à remonter.

Comme un gros paquet, Justine se retrouve dans les bras de son voisin aux problèmes érectiles. Ce dernier est un peu frêle, alors il sue à grosses gouttes à chacune des marches qu'il enjambe, même si Justine est toute menue. Heureusement, Mik passe la tête dans le couloir avant qu'une deuxième catastrophe ne survienne. Il les rejoint en quelques foulées. Puis il fait glisser Justine dans ses bras comme si elle était aussi légère qu'une plume. Ses mains se referment sur ses cuisses, ses cheveux frôlent son bras...

— La demoiselle a déboulé l'escalier, l'informe monsieur Bégin, appuyé contre la rampe, le souffle court.

— Je n'ai pas vraiment déboulé... précise Justine en levant les yeux au plafond.

— Merci, je vais m'occuper d'elle, dit Mik au voisin avant de regagner l'appartement.

Il referme la porte d'un coup de pied.

— Est-ce que ça va ? lui demande-t-il enfin, un pli soucieux sur le front.

— Mais oui ! Tu peux me déposer maintenant.

Ah ! Il a coupé la barbichette à son menton ! Justine savait qu'il avait une gueule d'acteur de cinéma... Merci, matante ! Et il ne porte pas de casquette.

— Alors, cette histoire de baptême et de liste, dit Mik en la fixant de ses yeux trop bleus, c'était pour que je me plie aux caprices de ta tante ?

— Complètement ! Je m'excuse de t'avoir entraîné là-dedans. C'était ridicule !

Justine remet rapidement son bottillon.

— C'est bien ce que je croyais... commente Mik, l'air songeur. Alors tu m'en dois une pour avoir diverti une personne âgée toute une soirée ! Au moins, je l'ai battue au poker.

Justine prend le chaton qui ronronne, égaré entre deux coussins sur le divan. Mik se concentre pour ne pas baisser le regard sur les jambes de sa coloc, qui lui paraissent interminables. Elle porte une robe trop légère pour ce temps de l'année… Est-ce que le baiser qu'ils ont échangé était de la frime aussi ? Était-ce pour mieux le manipuler ? La tante Clémence était convaincue que Justine et lui formaient un couple sérieux. Justine avait donc préparé son coup.

— Tu as joué au poker avec ma tante ?

Sans hésiter, Mik tourne les talons et se dirige vers la cage du perroquet.

— Oui ! Et voici ta punition pour tes manigances : Papi aimerait te dire bonjour !

— Non ! Pas ça !

61
Stéphanie, Jean et encore des caramels

Sur un coup de tête, Stéphanie demande au bon Albert de la laisser devant le dépanneur qui est situé tout près de chez elle. Elle détache d'une main nerveuse un bouton de plus à son chemisier tellement blanc qu'on voit son soutien-gorge. Portant une veste en jeans et une jupe en cuir, elle ne s'est jamais sentie aussi confiante qu'en ce moment. Elle a besoin de caramels avant d'affronter Marc-André. Du moins, c'est l'excuse qu'elle se donne avant de pousser la porte du dépanneur de Jean.

Une clochette annonce son arrivée. Jean, un carton de cigarettes dans les mains, se retourne. Les yeux ronds, il contourne le comptoir qui déborde de gommes à mâcher, de bonbons ET de caramels !

— Mais, mais, mais… Stéphanie ! Qu'est-ce que tu es belle ! Je ne t'ai presque pas reconnue ! Et tes cheveux, ta jupe… Wow !

Isabelle a fait des merveilles : sa nouvelle coupe la rajeunit de dix ans ! Fini le *look* mère de famille rangée et accomplie !

— Merci, Jean ! J'ai pris des vacances et, maintenant, je déborde d'énergie !

Stéphanie porte une attention particulière au regard admirateur de Jean. La jeune femme s'attendait à cette réaction ; c'est ce qu'elle est venue chercher. Elle a besoin de flatter son *ego*. En fait, ses visites répétées au dépanneur plusieurs fois par semaine n'avaient-elles pas comme but principal de croiser ce regard ? Celui qui vous retourne le cœur parce que quelqu'un vous trouve jolie ?

Dans la voiture la ramenant ici, le doute s'était installé dans ses pensées. Et si Marc-André ne remarquait pas sa nouvelle coiffure ? Ses nouveaux vêtements ? Il ne fait jamais de commentaires sur ses tenues, ni sur ses cheveux lorsqu'elle les place avec le fer plat. Ce sera peut-être la même chose cette fois ! Et s'il ne trouvait pas ça beau ? Stéphanie serait déçue... Voilà : elle savait que Jean ne la décevrait pas, qu'il lui dirait dix fois de suite qu'elle était magnifique.

— As-tu besoin de caramels ? demande Jean, souriant.

Stéphanie hoche la tête. Oui, elle veut beaucoup de caramels ! Professionnel, Jean regagne son comptoir et plonge sa main dans le pot en verre rempli de caramels carrés. Ensuite, la jeune femme l'observe compter silencieusement chaque friandise qui tombe dans un sac transparent. Pour tous les clients, c'est vingt-cinq petits caramels pour un dollar. Pour Stéphanie, c'est le double pour le même prix.

— Voilà ! lance-t-il en lui remettant le sac. Dis-moi, où es-tu allée pour une transformation comme ça ? C'est l'anniversaire de ma blonde la semaine prochaine et elle se plaint toujours de ses cheveux...

Stéphanie recule. Jean a une copine. Vraiment, là, tout de suite, elle se sent ridicule en songeant à tous les rêves érotiques qu'elle a faits sur lui ! Elle jette un dollar sur les gratteux de Loto-Québec alignés dans un présentoir. Mais qu'est-ce qu'elle a pensé ? Non, justement, elle ne pensait rien. Elle venait ici pour retrouver le sentiment d'être belle aux yeux de quelqu'un, sans plus. Se faire dire qu'on est en beauté, alors qu'on sait très bien qu'on a la sueur au front et les cheveux en bataille à cause d'une matinée passée à faire du ménage, ça redonne le moral ! C'est tout. Un petit remontant à sa déprime au sujet de sa vie de couple qu'elle trouve de plus en plus ennuyante.

— Ma sœur est la meilleure coiffeuse en ville ! répond Stéphanie avec enthousiasme. Elle est en congé de maternité, mais elle accepterait peut-être de faire une exception.

Jean appuie ses coudes sur le comptoir.

— Oh ! Ce serait super !

Stéphanie écrit les coordonnées d'Isabelle sur un vieux billet de Lotto Max non gagnant, puis elle sort en trombe. Elle s'immobilise devant la façade du dépanneur. Elle est soulagée. Elle s'est donné des papillons au ventre en s'imaginant toutes sortes d'histoires avec Jean, mais c'est Marc-André qu'elle aime vraiment. C'est avec lui qu'elle vit depuis douze ans ! Un constat rassurant !

Stéphanie fouille dans sa poche pour trouver son téléphone – que lui a remis Albert. Fébrile, elle écrit rapidement un message texte à Marc-André.

Allô ! Je serai de retour dans quelques minutes. Est-ce que les enfants sont à la maison ? S.

Nerveuse, elle jette un œil au sac qui contient les jouets sexuels que matante Clémence lui a donnés. Stéphanie a fait un peu de lecture érotique cet après-midi en attendant sa « libération ». Elle ne sait pas encore si c'est excitant ou non, mais ça met de l'ambiance.

Non. M.-A.

Bien sûr, le jeudi soir, Émile a un cours de danse et Megan un cours de gymnastique. C'est parfait !

Enlève ton sac à clous. J'arrive ! S.

62
Un homme reste un homme

Le dimanche matin, jour du baptême de sa fille, Isabelle Gagnon est tellement sur les nerfs qu'elle fait au moins quatre shampoings à ses cheveux sans même s'en rendre compte. Le curé n'aura jamais croisé une fille sentant autant L'Oréal ! Elle laisse le jet chaud submerger son visage. Puis elle fait quelques rotations des épaules et inspire profondément. Il ne lui reste rien d'autre à faire que de se préparer, car Clémence s'est occupée de tout. Sa tante a engagé quelqu'un pour orchestrer la cérémonie et la réception. Décorations, DJ, gâteau... Il paraît que, de son côté, Colette a trouvé le traiteur. Un buffet froid avec de petits sandwichs roulés au poulet et au jambon sera servi. Isabelle espère qu'il y aura aussi des œufs farcis !

Le plus étrange est que sa belle-mère s'est désistée pour le rôle de marraine. Comme ça, sans donner de raison. Elle a même été polie ! C'est ce que Colette venait annoncer à François et Isabelle lorsqu'elle les avait surpris en plein ébat amoureux au salon ! Le plus grand malaise de l'histoire de la vie d'Isabelle ! Elle aura pour longtemps de la difficulté à regarder dans les yeux sa belle-mère sans repenser à la scène. Ce sera donc Justine la marraine, comme Isabelle le voulait. Qu'est-ce qui a poussé grand-maman-folle à laisser sa place ? Isabelle ne le saura sans doute jamais...

En fait, la jeune maman est nerveuse pour plusieurs raisons. Beaucoup de gens assisteront au baptême – dont son demi-frère, Ted, et son père, Jacques. Tous deux peuvent être imprévisibles à leur façon. Comment le tout se déroulera-t-il ? Et cette histoire d'hommes parfaits, de danse en couple et d'héritage lui fait faire des cauchemars !

Posant un pied sur la céramique, Isabelle glisse sur une flaque d'eau. De la main, elle cherche le bord du comptoir pour s'y agripper. Pas de chance, ses doigts sont mouillés. Elle atterrit la figure dans la brosse pour laver les toilettes. Grrr ! François n'a pas essuyé le plancher en sortant de la douche ! Comme d'habitude ! Frissonnante, elle clopine jusqu'à la cuisine, avec une serviette autour du buste et les cheveux dégoulinants.

— Est-ce que je vais être obligée de remettre des dessins sur les murs ? Ça fait combien de fois que je te dis d'éponger l'eau par terre quand tu as terminé ? J'ai failli me casser deux dents sur la cuvette !

François lève les yeux.

— Désolé ! lance-t-il. On devrait acheter un tapis. En attendant, c'est toi qui fais de l'eau par terre, constate-t-il en pointant les pieds d'Isabelle.

La jeune femme hausse les épaules tout en regardant Laurence dans sa chaise haute. La petite pleurniche.

— Qu'est-ce que tu fais, François ? s'écrie-t-elle, indignée.

Ce dernier consulte tranquillement son iPad sans même réconforter sa fille !

— Pourquoi me demandes-tu ça ? Je fais de la recherche pour mon cours de demain…

— La petite est en larmes, marmonne-t-elle. Tu pourrais la consoler.

Son homme lui jette un regard en bais.

— Hé ! Elle n'est pas en larmes, elle chigne ! Elle ne veut pas manger ses morceaux de pêche et préfère un biscuit sec ; j'ai refusé. C'est tout. Elle va survivre.

Le cœur d'Isabelle se serre. Il fait pleurer la petite pour des morceaux de pêche ? Pour sa part, elle n'aurait pas hésité à lui donner un biscuit sec, elle. Et François pourrait parler un peu à Laurence, aussi, au lieu d'avoir le nez sur Internet. Le langage, ça se développe jeune ; elle l'a lu dans un livre. Isabelle se tait, car il paraît qu'elle veut tout contrôler. Pfff ! Bon, elle a du chemin à faire en ce qui concerne le lâcher-prise. D'accord, mais la petite a de la peine…

— Ah bon…

Ne t'en mêle pas, Isa. Laisse-le faire…

Dans la maison de Lac-Beauport, Stéphanie gère une crise de préados parce que c'est « vraiment trop pas *cool* » un baptême. Son fils ne veut par porter de chemise. Et sa fille de dix ans ne sait pas quoi mettre parce qu'elle ne trouve rien de beau dans sa garde-robe ! « Ark ! Le rose, c'est bébé, maman ! » Il faudra aller magasiner… Donc, lorsque Marc-André se pointe avec ses bottes à caps d'acier, Stéphanie explose :

— Tu ne vas pas venir au baptême avec ça aux pieds ?!

Marc-André lui lance un regard innocent.

— Je suis bien là-dedans. Mes bottes sont moulées à mes pieds ; de vraies pantoufles ! C'est ça ou mes souliers de course parce que je n'endure pas longtemps les godasses en plastique parfaites pour des funérailles. Déjà que j'aurais bien autre chose à faire que d'aller à un baptême…

Des caps d'acier avec des bas gris! Stéphanie s'interroge... Est-ce si grave? Peut-être que si elle lavait les bottes, ce serait présentable. Elle en a marre de se battre pour que tout le monde soit beau.

— C'est bon, je vais me changer, marmonne Marc-André devant le regard incertain de sa femme. Tu n'as même pas remarqué que j'ai vidé la poubelle, fait-il en retirant ses bottes.

Ah! Elle devrait le féliciter, peut-être? À travers les cris des enfants qui se chamaillent encore, Stéphanie sourit. Marc-André est beau, avec ses cheveux poivre et sel et sa chemise rouge.

— As-tu remarqué que j'ai fait la lessive, que j'ai nettoyé la douche, que j'ai fait la vaisselle? Je le fais pourtant tous les jours...

Marc-André lui donne une claque sur une fesse en riant.

— Une chance que tu es là! Et il y a autre chose que tu devrais faire tous les jours...

Eh bien, on croirait entendre François le macho, le *chum* d'Isabelle. C'est bon signe: Marc-André se déride! Au retour de ses vacances improvisées dans la luxueuse maison d'Albert, confiante en sa nouvelle apparence, Stéphanie avait pris une décision: si elle souhaitait voir son mari prendre plus d'initiatives au lit, elle devait lui montrer l'exemple! Baiser trois fois en trois jours, elle ne se souvient pas d'avoir déjà fait ça par le passé! Même pas dans leurs belles années.

— C'est ça! Maintenant, va mettre de l'essence dans le camion!

Marc-André avance rapidement vers Stéphanie et la fait basculer. Incliné au-dessus d'elle, il mordille le lobe d'oreille décoré d'un joli anneau dont il lui a fait cadeau à un anniversaire quelconque.

— Tu sembles un peu trop aimer me donner des ordres ces jours-ci, toi !

Stéphanie s'apprête à passer ses bras autour du cou de son mari, heureuse de sentir le parfum familier et masculin de son homme, lorsque Émile apparaît dans la pièce en hurlant à l'injustice.

— Mamannnnn ! Meg a effacé un jeu sur mon iPod !

Stéphanie et Marc-André tournent la tête. À plus tard, les folies !

Dans le Vieux-Québec, Justine est assise à la table de la cuisine. Elle applique du vernis violet sur ses ongles. Pas facile avec un chaton qui passe la patte sur l'applicateur pour jouer ! Mik entre dans la pièce, habillé comme s'il allait aux noces. Pantalon propre, chemise blanche, cravate turquoise – celle-ci s'harmonisera parfaitement avec sa robe ! Elle n'avait même pas remarqué qu'il avait cessé de jouer avec sa voiture téléguidée. Pourtant, celle-ci fait un tel vacarme dans le couloir. Souvent, il s'amuse à la faire passer entre les pattes des chaises… Ça fait peur au chat !

— Tu n'es pas obligé de venir, dit-elle en soufflant sur le bout de ses doigts.

Mik lui tourne le dos. Il est en train d'ajuster sa cravate. Il regarde par la fenêtre et reste muet. Justine agite les mains pour accélérer le séchage.

— J'ai décidé de dire la vérité à ma tante. Ça ne donne rien de lui mentir pour un héritage ; c'est con. Tôt ou tard, tout se sait.

Mik est distant avec elle depuis trois jours. Comment lui en vouloir ? Il a été un pion dans une histoire qui ne le concerne même pas. Justine s'en veut de l'avoir utilisé. Mik n'est pas le genre d'homme à se laisser faire… Elle aurait dû prendre n'importe quel bozo dans la rue ou au fond d'un bar.

— J'ai promis que je t'accompagnerais, alors je vais tenir parole, dit-il sur un ton neutre.

Il se penche pour mettre ses souliers luisants. Justine se lève. Elle fait quelques pas devant lui, les doigts écartés pour ne pas abîmer son vernis.

— Si tu as autre chose à faire, tu es libre d'y aller, insiste la jeune femme.

Elle préfère son absence à son indifférence. Mik se redresse dans un élan qui la force à reculer. Elle ne le reconnaît pas, sans sa casquette et habillé en comptable !

— Tu m'as embarqué dans cette histoire, alors tu vas l'assumer jusqu'au bout.

Justine avale sa salive. Elle oublie qu'il y a du vernis frais sur ses ongles. Ses doigts jouent avec le bord de sa robe. Les yeux bleus de Mik la fixent avec tant d'intensité qu'elle n'ose plus bouger.

— Tu as raison. Je m'excuse, Mik. Je… euh…

— Je vais me trouver un autre appartement, annonce-t-il en glissant ses mains dans ses poches.

Vraiment, le *look* comptable lui va trop bien. Justine a le cerveau embrouillé juste à le regarder. La seule chose dont elle est certaine, c'est qu'elle ne veut pas qu'il déménage !

— Non, ce ne sera pas nécessaire. Je vais m'habituer à Papi. Et si tu n'aimes pas le chat, je peux…

— Ce sera mieux comme ça. On y va ? Il ne faudrait pas que la marraine soit en retard !

Après une courte pause, Mik ajoute :

— Au fait, Justine, j'ai croisé le voisin d'en bas, ce matin. Il portait une casquette des Rangers.

Justine adopte son air de petite fille naïve qui ne sait pas du tout de quoi son interlocuteur parle.

— Ah oui ?

— Elle a été autographiée par Alex Rodriguez, exactement comme la mienne qui a disparu. Étrange, tu ne trouves pas ?

63
Un baptême raté

Le groupe de gens rassemblés près de l'autel se retourne d'un bloc, et le curé se tait. Que se passe-t-il ? Après trois bébés, c'est enfin au tour de Laurence de se faire mouiller la tête. Mais matante Ginette a coincé sa marchette dans le tapis ! La dame aux cheveux blancs qu'Isabelle n'avait pas vue depuis dix ans s'est retrouvée les quatre fers en l'air. Tous essaient de l'aider. Ça commence bien ! Pourvu qu'elle n'ait pas une hanche cassée ou le dos coincé. Ce serait le bouquet ! François et Mik parviennent à la relever. Ça a l'air d'aller…

Isabelle trépigne d'impatience. Elle a hâte que la cérémonie débute. Et hâte qu'elle finisse. Une cérémonie avec quatre bébés à baptiser, c'est interminable ! En tout cas, l'assistance de Laurence bat des records. On dirait une foule assistant à un spectacle rock à côté des quelques invités présents pour les autres familles. Les bancs sont tous remplis dans la section de François et d'Isabelle !

— Vous n'êtes pas Colette Bérubé ? s'étonne le curé, les sourcils froncés, en direction de Justine.

Debout devant l'auditoire, Isabelle fait sautiller Laurence dans ses bras dans l'espoir qu'elle ne pousse pas l'un de ses cris stridents qui seraient capables de faire éclater les vitraux des fenêtres. Dans une église, il y a beaucoup d'écho. *Allez ! Baptise pendant qu'elle est tranquille !*

— Non, répond la maman qui songe à tremper elle-même la tête de son bébé dans le bol d'eau. On a changé de marraine à la dernière minute. Finalement, ce sera Justine Gagnon, ma sœur.

— On ne peut pas faire ça, madame ! s'indigne le curé si mince qu'il a l'air minuscule sous sa soutane. Il faut remplir des papiers avant un baptême. Il aurait fallu nous avertir.

Lui aussi semble vouloir en finir au plus vite avec cette cérémonie qui s'étire. Et il n'est pas du tout heureux de ce revirement de situation. Les invités et les autres familles non plus, d'ailleurs. Ça soupire en chœur, et ça s'agite sur les bancs.

— En effet, mais nous n'y avons pas pensé, chuchote Isabelle en cherchant du regard sa tante Clémence.

— Peut-on procéder au baptême et vous acheminer les papiers dans le courant de la semaine ?

En temps normal, la réponse aurait sans doute été négative. Mais la chorale de murmures, les enfants qui courent dans les allées et les pleurs des bébés convainquent le curé du contraire.

— Bon... d'accord, dit-il enfin, l'air visiblement embarrassé.

Hou là là ! Un baptême clandestin !

— Mais juste avant, monsieur le curé, j'aurais une annonce à faire, si vous le permettez, déclare François.

Il s'avance devant le groupe pendant que toutes les personnes présentes le dévisagent avec des fusils à la place des yeux. *Allez ! On veut en finir !* Pire, l'homme fait durer le suspense en plongeant la main dans sa poche. Isabelle lui lance un regard incertain. *Qu'est-ce que tu fais ?! Accouche ! La petite est à bout de nerfs et elle est sur le point de réveiller le Christ avec ses cris !*

Avec fierté, François sort une bague au diamant discret. Il ne connaît rien aux demandes en mariage ! Après avoir fait quelques recherches sur Internet et regardé des émissions quétaines sur Canal Vie, il avait fait appel à sa collègue Marie-Josée pour l'aider à trouver la bague parfaite. Et dire qu'Isabelle avait failli découvrir la surprise en surprenant les textos qu'ils avaient échangés sur le sujet !

— Isabelle, je…

NONNN ! Le bijou lui glisse des doigts. François fait un mouvement pour le rattraper, sans succès. Au passage, il accroche le bol d'eau. Tout le monde fait un mouvement vers l'avant pour retenir celui-ci ! Pendant que la bague roule par terre, le bébé vomit sur sa belle robe blanche en dentelle – achetée par Colette –, dans le décolleté d'Isabelle et un peu sur la soutane du curé – qui vit probablement le pire baptême de sa vie.

64
Le verdict de matante Clémence

Est-ce que François, Marc-André et Mik ont passé le test de matante Clémence? C'est ce que les sœurs Gagnon sauront sous peu. Mais pour l'instant, c'est la cohue devant la porte du Café Pierrot. Tout le monde essaie d'entrer en même temps, ce qui crée un bouchon. Le fait que quatre-vingts personnes seront entassées à l'intérieur du commerce signifie qu'une odeur de transpiration flottera dans l'air au cours des prochaines heures. Jocelyne, la serveuse en or, salue les arrivants. L'endroit est décoré de couronnes de fleurs, comme le voulait Isabelle. Un buffet froid est déjà disposé sur une longue table, et le DJ passe une musique d'ambiance douce.

Clémence Guilbault profite du brouhaha pour s'approcher de Ted, qui se tient en retrait du groupe. Même à l'église, il était resté loin derrière, seul sur son banc. Ce dernier ne baisse pas le regard lorsque la dame arrive à sa hauteur.

— Bonjour, Ted! souffle Clémence avec émotion.

Ce petit garçon tourmenté est devenu un homme. Il lui répond simplement d'un signe de tête.

— Heureuse de te voir. Je ne pensais pas que tu prendrais mon défi au sérieux. Tu ne m'écoutais jamais!

Ted plisse les yeux tout en acceptant une coupe de vin rouge de la serveuse qui circule parmi les invités avec un plateau rempli.

— Quel défi ? J'ai décidé de revenir en ville, car j'en avais marre des Américains.

— Tu ne savais pas que je serais là ? s'étonne Clémence.

— Non, lance Ted. J'ignorais même qu'il y aurait un baptême, et aussi que j'avais une nièce, avoue-t-il, le regard absent.

Il est revenu au Québec de son plein gré, et non à cause de la promesse d'héritage de Clémence qui lui donnait dix ans pour devenir un homme convenable.

— C'était quoi, ton défi ? s'informe-t-il.

Clémence s'apprête à tout déballer. Mais, changeant d'idée, elle sourit de toutes ses fausses dents blanches.

— Avant de te rafraîchir la mémoire, je veux te voir danser !

Ted fait la moue, puis il contourne Clémence. *Toujours aussi folle, la vieille.* Il se dirige vers ses sœurs qui discutent devant l'assiette de cornichons.

— Je te dis que je sens le vomi ! se plaint Isabelle.

— Mais non ! Ce n'est pas si pire que ça ! la rassure Justine.

— Peut-être juste un peu... déclare Stéphanie.

Laurence a été baptisée à la vitesse grand V par un curé pressé d'aller se laver. Lui aussi sentait le vomi ! Les trois filles sursautent quand Ted se joint à elles.

— Alors, Ti-Cul, tu es venu chercher ta part d'héritage ? balance Justine sans détour avec un sourire espiègle.

— Coudonc, tout le monde parle le chinois, ici ? C'est quoi toutes ces histoires ?

— Le testament de matante Clémence… Elle nous donnait dix ans pour trouver l'homme parfait. Tu t'en souviens ?

— Dans ton cas, c'est TOI qui devais devenir un homme convenable, précise Isabelle.

Ted éclate de rire. Il dépose son verre déjà vide sur le plateau de Jocelyne.

— Oubliez ça ! Je ne deviendrai parfait pour rien au monde, surtout pas pour les beaux yeux de Clémence Guilbault ! J'aime trop la délinquance pour y renoncer pour de l'argent.

Stéphanie, Justine et Isabelle se rapprochent les unes des autres. Leur frère est de retour, et ce n'est même pas pour une question d'héritage ou pour une autre magouille. C'est presque trop beau !

— On pourrait se faire un souper, bientôt? lance Ted, l'air incertain. J'ai beaucoup de temps à rattraper… Et oui, Isabelle, tu sens encore le vomi.

— Je le savais ! *Fuck!*

Laissant sa sœur à sa crise de nerfs, Stéphanie sort de sa poche son cellulaire. L'appareil lui annonce l'arrivée d'un message texte.

Viens me rejoindre ! Je suis dans le *back-store*. M.-A.

Le cœur de Stéphanie rate un battement : Marc-André l'invite dans l'entrepôt !

— Tu jettes un œil sur Megan et Émile ? demande Stéphanie à Justine qui a déjà bébé Laurence dans les bras. Merci ! ajoute-t-elle sans lui donner la chance de refuser.

Justine se retrouve seule devant le buffet avec un bébé qui pue le lait caillé. Isabelle fonce à la salle de bain pour aller se laver, Stéphanie disparaît derrière les portes battantes telle une voleuse, Ted s'évapore comme un fantôme. Bon…

Mik profite du fait que la jeune femme est seule pour venir la rejoindre. De son index, il touche la petite main dodue du bébé.

— Mik, j'ai réfléchi… dit Justine en collant sa tête contre celle de Laurence. Je ne veux pas que tu quittes l'appartement.

Si chaque torchon trouve sa guenille, comme le disait sa sœur, Mik fait un maudit beau torchon que Justine ne peut laisser passer !

L'homme détourne son regard du bébé et le braque dans celui de Justine. Sa coloc a peut-être joué la comédie avec lui pour cette histoire de tante détraquée, mais ce qu'il lit dans ses yeux à cet instant précis est sincère. Lui non plus ne veut pas quitter l'appartement. Peut-être pourront-ils s'apprivoiser lentement, malgré sa peine d'amour encore évidente pour ce con de Sébastien ? *Oui, peut-être*… Mik pose la main sur la joue rose et délicate de Justine.

— Je reste, si tu te débarrasses du chat.

— D'accord, si tu te débarrasses de Papi ! riposte Justine.

Plus tard dans la soirée, après que les invités ont dansé la valse, Clémence se rend près de Jacques Gagnon. Elle prie l'infirmière qui l'accompagne de prendre une pause. L'homme a bien vieilli, malgré sa sournoise maladie. C'est lui qui l'avait forcée à partir dès l'apparition des premiers symptômes, il y a maintenant dix ans. Il ne voulait pas qu'elle le voie dépérir. La relation secrète qu'ils avaient entretenue des années s'était brisée brutalement. Malheureusement, il y a des choses qui ne s'arrangent pas. Le couple souhaitait attendre que les enfants soient adultes avant de s'afficher en public – après tout, Clémence était la sœur de l'ex-femme de Jacques. Tous deux avaient planifié de beaux projets de retraite, qui se seraient concrétisés grâce à la fortune de Clémence. À cette époque, cette dernière projetait déjà de vendre sa compagnie de chaussures. Le rêve s'était envolé.

Doucement, Clémence glisse sa main sous celle, un peu froide, de Jacques. Il ne manquera de rien, maintenant ; elle s'est occupée de lui trouver une excellente résidence, où lui seront prodigués les soins dont il a besoin. Elle songe même à revenir au Québec pour se rapprocher de lui. Clémence semble être la seule personne que Jacques reconnaisse. Un signe ou un hasard ? Le temps le dira. Mais la dame a bien l'intention de ne plus l'abandonner.

— Hé, matante, nos hommes ont-ils passé le test ? s'écrie Isabelle.

Les trois sœurs ont surgi autour de Jacques et Clémence comme des pies qui cherchent un morceau de pain. Elles parlent en même temps et gesticulent comme des adolescentes. Jacques les observe d'un regard vide. Mais Clémence sourit.

— D'après vous ?

— Ben… euh… bredouille Isabelle.

— Moi, je pense que oui, affirme Justine avec détermination.

Clémence regarde ses nièces à tour de rôle. Elle est tellement fière de ce qu'elles sont devenues ! Ces trois belles jeunes femmes sont brillantes, ambitieuses, aimantes. Elles méritent amplement de figurer sur son testament. Pour ce qui est de leurs hommes…

— Pour prendre ma décision, je me suis basée uniquement sur une seule question que j'ai posée à chacun d'eux.

Cette histoire de liste ne représentait qu'une mascarade. Un homme convenable n'est pas un homme qui ramasse ses bas sales ou qui range les verres de la bonne façon dans le lave-vaisselle. Non, c'est celui qui sera là quand ça compte vraiment.

— Quelle question ? veut savoir Stéphanie.

— J'ai demandé aux trois hommes quel était le premier mot qui leur viendrait à l'esprit s'ils apprenaient que leur femme avait disparu pour toujours.

Les sœurs Gagnon murmurent un « Oh ! » de surprise.

— Étrangement, ils ont tous répondu le même mot… s'étonne Clémence.

Impatientes de connaître la réponse, Justine, Isabelle et Stéphanie s'inclinent vers leur tante, comme si ce geste allait l'inciter à parler plus vite.

— Désespoir.

C'est tout ce que Clémence avait besoin de savoir. Tout le reste – les déchets, les traîneries, le plancher mouillé –, sont des détails sans importance. L'essentiel, c'est l'amour.

Parce qu'un homme, ça ne se change pas.

Épilogue

Il est très tard ce soir-là quand les invités laissent derrière eux les ballons dégonflés, la vaisselle sale et un gâteau à moitié mangé. C'est le calme après la fête ! Les hommes ont aidé la bonne Jocelyne à replacer les tables. Ils ont roulé les manches de leurs chemises et desserré leurs cravates. Colette est repartie avec bébé Laurence, Clémence avec les enfants de Stéphanie. Et Ted a disparu…

Les sœurs Gagnon sont avachies sur une banquette. Elles vident les fonds de bouteilles de vin rouge.

— Matante Clémence s'est sauvée avant de nous parler de ses histoires de cœur ! constate Justine. Elle avait promis de nous raconter si nos hommes avaient passé le test. Je suis certaine qu'elle nous cache un amour impossible…

— Hé ! Allume, ma pitoune ! s'exclame Isabelle. Tu n'as pas vu qu'elle tenait la main de papa ? C'est lui, son amour perdu !

Justine tourne la tête pour regarder Stéphanie. Celle-ci confirme d'un hochement de tête.

— Vous le saviez ? s'étonne la plus jeune en croisant les jambes.

— J'ai toujours eu un doute, confie l'aînée.

— Hé ben ! C'est triste, comme fin, quand on y songe.

— Hum !…

Clémence et Jacques auraient pu avoir de belles années ensemble. Ils auraient joué au golf, fait le tour des États-Unis en motorisé, suivi des cours de danse en ligne… Foutue maladie. Impossible de savoir ce que l'avenir nous réserve, alors mieux vaut savourer chaque moment sans trop s'attarder aux gouttes d'eau sur le miroir et aux brosses à dents abandonnées sur le comptoir. C'est ce que se dit Isabelle en faisant tourner la bague qui brille à son annulaire.

— Je n'en reviens tout simplement pas ! se réjouit-elle. Vous serez mes demoiselles d'honneur ?

— Seulement si tu ne nous forces pas à porter des robes en paillettes ! la prévient Justine.

— Ni des échasses aux pieds ou des fleurs dans les cheveux ! renchérit Stéphanie.

— Nah ! Je veux au moins que vous ayez une traîne !

— Une traîne ?! s'écrient Justine et Stéphanie en même temps.

— Hem !… toussote une voix masculine.

Les trois filles lèvent la tête. Debout devant elles, les bras croisés, se tiennent Marc-André, François et Mik. Ce dernier joue à la perfection son rôle de gars sévère, mais François a un petit sourire moqueur. Que manigancent-ils ?

— On voulait vous dire que vous nous avez fait vivre une semaine plutôt mouvementée, formule François.

— Oui, approuve Mik. Alors, on a décidé de faire des listes, nous aussi.

Dans un geste parfaitement synchronisé, les hommes sortent de leur poche arrière un bout de papier, qu'ils déplient ensuite. Oh! C'est une vengeance! Amusées, les filles ont hâte de savoir ce que leurs hommes ont écrit.

Mik rive son regard taquin à celui de Justine. Celle-ci adore se faire surprendre.

— On s'est donné un mois pour vous arranger.

Remerciements

Merci à mon conjoint Mathieu, un homme que je n'ai jamais eu besoin d'arranger parce que ses petits travers sont ce pourquoi je l'aime autant!

Merci à mes trois garçons, Sacha, Fabrice et Évance, qui deviendront de beaux grands hommes à qui j'aurai inculqué le droit à l'imperfection.

Merci à mon père, mon petit papa, qui est sans doute l'homme le plus important dans ma vie.

Merci à mon amie Marie Potvin, avec qui je ne parle jamais des hommes…

Merci à ma maman, qui m'a appris à choisir un homme pour ce qu'il est, et non pour ce qu'il possède. Elle avait tellement raison…

Merci à Daniel Bertrand, un homme de parole, juste et ambitieux avec qui j'adore travailler.

Merci à vous, chères lectrices, de me lire avec tant d'enthousiasme. Bonne chance avec vos hommes.

Aux hommes qui liront en cachette ce livre laissé sur la table de chevet de leur blonde, sachez qu'on vous aime! Même s'il y a des petites affaires qui nous tombent sur les nerfs…

Je vous laisse sur un extrait des paroles de la chanson *Si j'étais un homme* de Diane Tell : «Ah! si j'étais un homme, je serais romantique.»

M
MARQUIS
Québec, Canada